Einen aufrichtigen Petri Dank
meinen Freunden, Bekannten
und Fischerkollegen. Ohne ihre
bereitwilligen Mitteilungen wäre
die Herausgabe dieses Buches
nicht möglich gewesen.

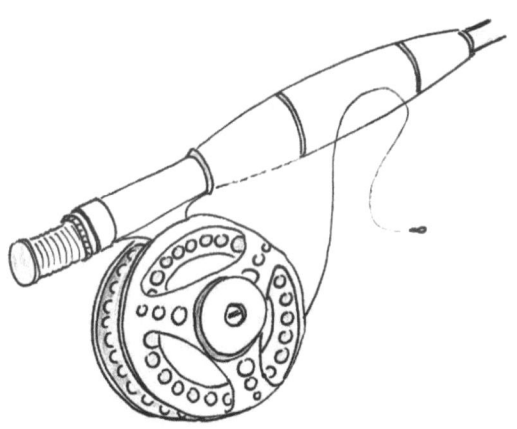

Bibliografische Information der Deutschen Nationalbibliothek:
Die Deutsche Nationalbibliothek verzeichnet diese Publikation in der Deutschen
Nationalbibliografie; detaillierte bibliografische Daten sind im Internet über
http://dnb.d-nb.de abrufbar.

1. Auflage	September 2024
© 2024	edition riedenburg
Verlagsanschrift	Adolf-Bekk-Straße 13, 5020 Salzburg, Österreich
Internet	www.editionriedenburg.at
E-Mail	verlag@editionriedenburg.at
Lektorat	Mag. Sigrun Eder
Bildnachweis	Coversujet: © Vectorstock Media
	Zeichnungen: © Gottlieb Eder
Satz und Layout	edition riedenburg
Herstellung	Books on Demand GmbH

ISBN 978-3-99082-161-9

GOTTLIEB EDER

WILDE GESCHICHTEN VOM FISCHEN

DOPPELDRILL UND BOGENJAGD: ÜBER 30 KURIOSE ERLEBNISSE

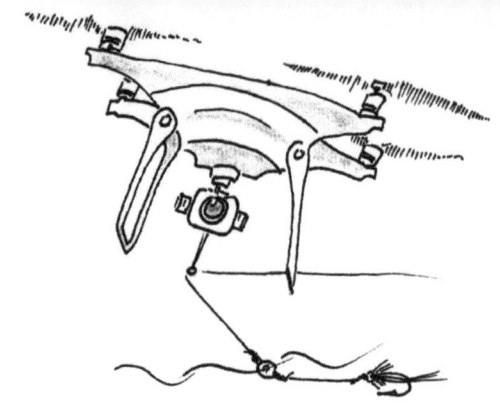

INHALT

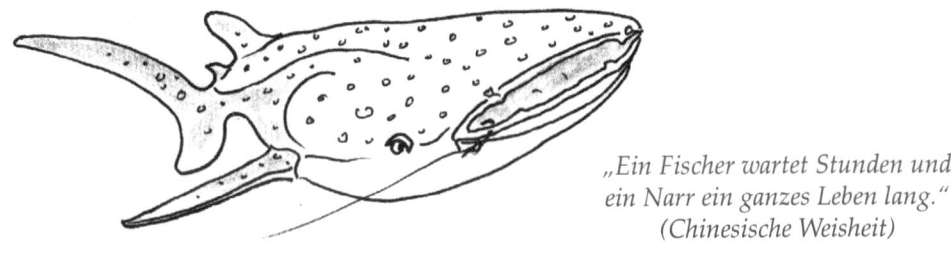

*„Ein Fischer wartet Stunden und
ein Narr ein ganzes Leben lang."*
(Chinesische Weisheit)

VORWORT

Vor einer politischen Wahl, nach einer Jagd und am Stammtisch der Fischer wird gelogen, dass sich die Angelhaken biegen. Dieses Zeitfenster ist die Hochsaison der Maulhelden. Natürlich gilt auch hier die Unschuldsvermutung. Leider ist das Jäger- und Fischerlatein ein nicht verbrieftes geistiges Weltkulturerbe.

Aber auf der anderen Seite der Medaille stehen außergewöhnliche Geschichten, die der Wahrheit entsprechen. Ich schwöre es bei Neptun, dem Gott des Wassers. Vermutlich reicht ein langes Fischerleben nicht aus, um die Erlebnisse an und im Wasser, mit der Tierwelt und den Menschen, gebührend darzustellen.

Angeblich rechnet der Schöpfer dieser Welt die verbrachten Stunden und Tage bei der nassen Waid nicht in die Lebensspanne ein. Wobei auch das Erzählen, frei von Lug und Trug, in diese Rechnung eingeschlossen ist. Quasi ein persönliches Guthaben für eine Verlängerung der Lebenserwartung. Neben dem Naturerlebnis noch dazu ein unbezahlbares Glück.

Die gesammelten Geschichten bieten abwechslungsreiches Lesevergnügen aus der Welt der Fischerei. Die Bandbreite der Schilderungen reicht von makaber über amüsante bis beinahe unvorstellbare Ereignisse.

Wahre Fischer lügen nicht, oder?

Jedenfalls sind alle befragten Fischer in ihrer Zeit geblieben und erzählen höchst subjektiv, wie ihnen der Schnabel gewachsen ist.

Viel Freude beim Lesen der Wilden Geschichten vom Fischen wünscht

Gottlieb Eder

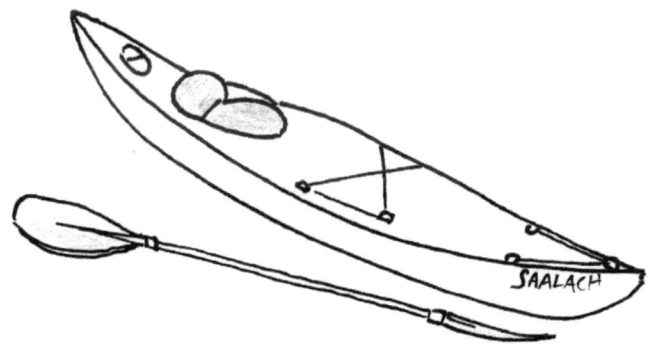

VERDECKTER
ERMITTLER
Silberlachse

Diese Geschichte habe ich selbst erlebt.

Nach der abenteuerlichen Flussbefahrung und dem zeitlich begrenzten No-madentum weit im Westen Alaskas ist nun die Hafenstadt Seward unser Reiseziel. Ein wahrer Luxus ist das gebuchte Motorhome im Vergleich zur Zelt-behausung mitten im Revier der Bären.

Die großartigen Landschaftsformen der Kenai-Halbinsel beeindrucken uns aufs Neue. Flüsse und Fjorde entlang der Küste sind voller Fische. Die blitzblan-ken Silberlachse mit den noch schmarotzenden Meerläusen, rund um den Af-ter, sind uns den Batzen Dollar wert.

Das unvorstellbare Karfreitagbeben im Jahre 1964 hat auch Seward mit voller Wucht getroffen. Zeitzeugen berichteten von einem dumpfen Rumoren und Grollen aus dem Bauch der Erde heraus. Hebungen und Senkungen der Erdkruste begleiteten die Stöße. Einem Monster gleich öffnete sich anschlie-ßend der Boden und riss Menschen, Fahrzeuge und Gebäude in die Tiefe. Gan-ze Straßenzüge wurden aufgeworfen, versetzt oder sackten in die Tiefe. Eisen-bahnbrücken kippten wie Spielzeug ins Wasser. Kartenhäusern gleich stürzten Gebäude in sich zusammen. Bergflanken bebten. Steile Hänge rutschten und Felsstürze polterten zu Tal. Im Siedlungsraum brachen Feuersbrünste aus.

Der Spannungsabbau durch die Plattenverschiebungen der Erdkruste führte dazu, dass ein rund 35 Meter breiter Küstenstreifen im Meer versank. Wir haben die von der Stadt zur Verfügung gestellten Informationen gelesen, können uns aber nicht wirklich die Urgewalt des Bebens vorstellen. Vom südöstlichen Zen-tralalaska ging das Epizentrum aus, und im Prinz-William-Sund setzte sich ein gewaltiger Tsunami in Bewegung. Die Wellenberge erreichten eine Höhe von weit über sechzig Metern und fegten in die enge Bucht.

Die Macht der Naturkraft zerlegte die Hafenanlagen und die vertäuten Boote in ein wahres Trümmermeer. Verwüstet wurde ein Großteil der Küstenregion. Die geringe Besiedlungsdichte, die Fangboote ankerten bereits im Hafen und der späte Ausbruch des Bebens bedingten verhältnismäßig wenig Todesopfer.

Bereits nach elf Minuten zeichneten die Seismographen auf der Hohen War-te in Wien das heftige Alaska-Erdbeben auf. In dieser kurzen Zeit überbrückten die Erdstöße eine Strecke von rund 7.000 Kilometern.

Mein Reisegefährte Walter und ich tappen nicht blind in die Charterfalle. Längst haben wir die Zeit der blutigen Anfänger abgeschüttelt. Wir fühlen uns erfahren genug und den Aufgaben gewachsen. Viel erlebt haben wir auf unse-ren fischenden Raftfahrten. Die Wildnis ist eine wahre Lebensschule. Besonders die schlechten Erfahrungen prägen sich tief in das Gedächtnis ein.

Wir pfeifen auf das Durchblättern der Werbefotos in den dicken Alben. Un-beeindruckt sind wir von den flotten Sprüchen in den Prospekten. Die Markt-schreier vor den Büros der Chartergesellschaften ernten von uns ein müdes Lächeln im Vorbeigehen. Gut, unser mageres Englisch ist ein Hemmnis und macht eher wortkarg. Gespannt warten wir auf die Rückkehr der Fangschiffe. Mit eigenen Augen wollen wir uns von der Beute, der Mannschaft und dem Zustand des Bootes überzeugen. Wenig begeistert sind wir von dem Kampffischen mit Schulterkontakt. Eng ist der Platz an der Reling. Unvermeidbar ist das Verwickeln der Leinen. Laufend tuckern am späten Nachmittag die Boote in den Hafen. Sie gleiten fast behäbig zum Liegeplatz und werden mit dicken Tauen gefesselt. Fender fliegen über Bord. Sie sollen die Reibereien mit den Nachbarbooten verhindern.

Wir merken uns die erfolgreichen Heimkehrer sowie die Nummer des Liegeplatzes am Steg. Einprägsam ist auch so mancher Name am Rumpf des Schiffes. Unüblich ist das orientalische Feilschen, ziemlich einheitlich sind der Preis für die Ausfahrt und die Zeit auf dem Wasser festgelegt. Wir mühen uns ab. Zahlreiche Klinken der Charteranbieter putzen wir. Ständig heißt es leider, wir sind schon ausgebucht. Das Geschäft mit dem Lachs und dem Heilbutt läuft wie geschmiert. Der Geschäftsneid ist nicht der Rede wert. Mit einem mündlichen Überweisungsschein steuern wir den nächsten Anbieter an. Wir nützen das letzte Buchungsfenster. Das Glück ist uns hold. Gut Ding braucht eben Weile, bis es endlich klappt. Puffin Lady nennt sich unser Fischerboot. Insgesamt sind wir rund acht Stunden – laut Buchungsvertrag – auf dem Wasser unterwegs. Groß ist die Vorfreude auf die intensive Betreuung. Der Bootseigner ist Mädchen für alles und unser persönlicher Guide. Wir sind nur zu dritt auf dem Schiff.

Am nächsten Tag taucht noch einer bei der gebuchten Nummerntafel und der schwimmenden Papageitaucherdame auf. Ein Einheimischer, wie wir aus dem Wortwechsel zwischen Bootseigner und dem Mann mutmaßen.

Wir brettern von einer vorgelagerten Insel zur nächsten. Funksprüche vernetzen die Jagd nach den Fischen. Die ziehenden Schwärme und ihre Tiefe sind im Zeitalter der Echolote kein Geheimnis. Die Lachse folgen den riesigen Schulen der pazifischen Heringe nach, die in den flachen Gewässern ihre Laichgebiete suchen. Der Rogen wird an Tang, Steinen oder Baumleichen abgesetzt. Seelöwen, Buckelwale, Bären, Küstenwolfe, eine Vielfalt an Vögeln und natürlich auch die Lachse schätzen diesen Futterfisch und ihre Eier, wenn die Brandung sie an das Ufer spült.

Im Golf von Alaska und in dem Beringmeer fressen die Lachse Krill. Sie jagen erfolgreich den kleinen Schwarmfischen nach. Heringe sind ihre Leibspeise.

Ist ihre Zeit gekommen, treibt es die künftige Elternschaft wieder heimwärts. Mächtig ist der genetische Drang. Bewundernswert ist der Orientierungssinn der Fische. Unfehlbar finden sie zu den Flussmündungen zurück. Das Magnetfeld der Erde und der Sonnenstand ersetzen den menschlichen Kompass. Eingeprägt sind der Geschmack und Geruch ihres Geburtsgewässers im eigentlich lächerlich kleinen Hirn.

Noch im Küstenbereich fressen sie sich die Fettreserven auf die Gräten. Zu Beginn des letzten Wanderzuges blitzen ihre Körper wie blankes Silber. Während des Aufstieges zu ihren Geburtsgewässern stellen sie die Nahrungsaufnahme gänzlich ein. Die angebotenen Reizköder in den Flüssen sind den Wanderfischen nur eine Belästigung vor dem Maul. Sie wollen einfach diese Dinger aus ihrer Welt schaffen. Reflexbisse sind die Fehlentscheidung aus der Sicht der Fische.

Die Laichwanderung zerrt an den Kräften. Außerdem wird die im Muskelfleisch gespeicherte Energie zur Entwicklung der Geschlechtszellen umgewandelt. Ihr Temperament, der Geschmack des Fleisches und die Ausdauer leiden mit der zurückgelegten Strecke im Süßwasser.

Beim Aufsteigen in die Flusssysteme und Quellgebiete verpassen sie keine Abzweigung. Weit stromauf kämpfen sich die gedrungenen, bulligen Silberlachse zu ihren Laichgewässern durch. Ein faszinierendes Verhalten dieser prächtigen Fische zeigt, dass sie je nach Weglänge zu den Geburtsgewässern, dem Pegelstand und der Wassertemperatur den Zeitpunkt der Wanderstrecken abstimmen.

Immer wieder legen sie Ruhepausen in den tiefen Pools ein. Während dieser Zeit reifen die Geschlechtsprodukte heran. Sind schließlich die Eier entwickelt genug, zieht es die Rogner zügig zum eigenen Geburtsort. Von den Hormonen gesteuert, folgen die Milchner auf den Flossen.

Typisch für diese Pazifische Lachsart ist ihre Aufspaltung in einen Sommer- und Herbstlaichzug. In der gemächlichen Strömung der Hauptflüsse kommen die Wanderer flott voran. Gering ist ihr Kräfteverschleiß. Die Veränderung des äußeren Erscheinungsbildes hält sich in dem trüben Gletscherwasser noch in Grenzen. Biegen jedoch die Trupps in die klaren Flüsse und Bäche ab, dann tickt die biologische Uhr einen rascheren Schlag.

Zum prächtigen Hochzeitskleid wandeln sich die Schuppen. Sekundäre Geschlechtsmerkmale prägen sich aus. Die Milchner beeindrucken die Rivalen und das weibliche Geschlecht gar mit einem geierartigen Laichhaken. Erschöpft vom Laichgeschäft taumelt schließlich diese Generation dem Tod entgegen. Rapide schwindet der Schutz der Schleimhaut und Pilzkulturen verbreiten sich wie ein Fleckerlteppich. Eingeplant ist ihr Verwesen in den Kreislauf der Natur. Die Vergänglichkeit der Alten ist kein Vergeuden, sondern bildet die Basis für neues Leben. Eine Art von Wiedergeburt.

Je nach der Wassertemperatur schlüpft die Brut in den Laichgruben nach rund hundert Tagen. Im Gegensatz zu den rasch ins Meer abwandernden Buckellachsen halten sich diese Jungfische mindestens ein Jahr lang im Geburtsgewässer auf. Einigen Populationen eigen ist, dass sie sich gar einige Winter lang in Seen herumtreiben, ehe sie ins Salzwasser wechseln.

Endlich steht unser Boot still. Unüblich ist das Setzen eines Ankers. Gemächlich treiben wir mit der Brise. Die Striche auf dem Echolot verraten einen Fischschwarm unterm Kiel. Auch die Tiefe der Wanderer zeigt das Gerät an.

Der Kapitän holt eine Packung Heringe aus dem Kühlschrank. Er halbiert die Baits und zieht geübt den Drilling durch das Fleisch. Die Bremse der handlichen Multirolle ist schnursicher eingestellt. Nach einem neuerlichen Blick auf den Fischfinder lässt uns der Mann unterschiedliche viele Fußeinheiten Schnur von der Rolle abziehen. Der bewegungsarmen Beute und ihrem Geruch können einzelne Schwarmfische nicht widerstehen. Vehement ist ihr Biss. Die eher steife Rute verbeugt sich schlagartig und das Surren der Rolle löst ein Glücksgefühl aus.

Im Meer sind es keine zufälligen Reflexbisse. Irgendwie sind wir durch die geübte Fliegenfischerei zu schnell mit dem Anschlag. Oft reißen wir den getürkten Happen aus dem Maul des Fisches oder der Haken schlitzt nach kurzem Kampf aus dem Fleisch. Der Unbekannte hingegen wartet mit Geduld, bis der Fisch den Hering schluckt. Tief im Maul oder gar schon im Schlund sitzt der Drilling. Er zeigt kein Mitgefühl der Kreatur gegenüber. Es gibt kein Entkommen. Jeder Zugriff endet tödlich für den Fisch.

In Bootsnähe gehakt, gebärdet sich der Fisch ungestüm. Er versucht mit mächtigen Sprüngen den Fremdkörper im Maul abzuschütteln. Zieht mit hoher Geschwindigkeit seine Kreise um den Rumpf und kreuzt den Schatten des Schiffes. Trotz Leinenzwang und der Bremswirkung der Multirolle schießt er einem Torpedo gleich neuerlich in die Weite. Er kehrt um. Taucht in die Tiefe und stiftet mit seinem sonderbaren Verhalten Verwirrung unter seinen Schwarmmitgliedern. Die Federkraft der Rute und die Übersäuerung seiner Muskeln zeigen alsbald Wirkung. Im klaren Wasser ist der Überlebenskampf des Silvers gut zu beobachten. Immer wieder blitzt die weiße Bauchseite auf. Der Fisch gibt sich geschlagen. Auf die Reißfestigkeit der geflochtenen Schnur ist Verlass. Kurbelumdrehung um Kurbelumdrehung nähert sich der Fisch der Bordwand. Sein Kopf an der Oberfläche schnappt Luft statt Wasser. Der langstielige Kescher, vom Kapitän geführt, streckt sich der Beute entgegen. Das Netz vor den lidlosen Augen weckt neue Lebensgeister. Der Silberlachs bäumt sich auf und schiebt sich mit seiner kräftigen Schwanzflosse halb aus dem Wasserspiegel. Wenige Meter weit tanzt er auf seinem Antrieb, dann ist seine Lebenskraft verwirkt.

Die Zwangsjacke des Netzes schränkt jede Bewegung des Fisches ein. Jeder Knüppelschlag ist ein Treffer und schickt den Fisch in die ewigen Jagdgründe. Die Masse eines handlichen Eisenrohres verstärkt die Wirkung. Weidgerecht ist das Töten. Nach dem Ausdrehen des Hakens oder der blutigen Operation landet der Fisch in einer mächtigen Kühlbox. Der Unbekannte hat das Fleischmachen im Griff. Wischt sich mit einem Fetzen die Hände ab und fischt sich eine Zigarette aus der Schachtel. Er genießt und beobachtet das Geschehen rundum mit wachen Augen.

Wir bemühen uns, seine erfolgreiche Art zu fischen nachzuahmen. Unsere Erfolgsquote ist bescheidener. Immer wieder befreit sich ein Silberlachs vom getürkten Haken. Die Stückzahl von sechs Fischen pro Lizenz wehrt sich erheblich. Mein Freund und ich haben bereits vor zwei Jahren in Seward den kraftvollen Silberlachsen nachgestellt. Unvergleichlich ist der Überlebenswille dieser Pazifischen Art mit ihrem auffallenden weißen Zahnfleisch. Einmal gehakt, kämpfen sie wie die Teufel. Der Coho, wie ihn die Ureinwohner respektvoll bezeichnen, ist mit Abstand der beißfreudigste und aggressivste Lachs. Es verwundert also nicht, dass gerade die Zunft der Fliegenfischer diesen Vertreter der Salmoniden verehrt.

Der Mann hat schon längst sein Fanglimit erreicht. Zum vergnüglichen Zeitvertreib pafft er nun wie ein Kettenraucher. Uns hingegen läuft die Zeit durch die Rutenringe. Die Ungeduld erfasst auch bereits den Kapitän am Funkgerät. Ein rascher Ortswechsel soll uns das erlaubte Limit ermöglichen. Er bemüht sich nach Möglichkeit, schließlich ist unser Erfolg seine Garantie für ein sattes Trinkgeld. In unserer fleischlichen Not versprechen wir dem arbeitslosen Meisterfischer ein Abendessen in einer typischen Hafenkneipe.

Gar mit einer Packung Mozartkugeln, als süße Bestechung, versuchen wir unser Glück. Vergeblich ist unser charmantes Betteln, der Kerl rührt keinen Finger. Immer öfter tippt er mit seinem Zeigefinger auf die Uhr und zeigt mit dem gestreckten Arm die Peilung zum Hafen an. Mit Dollarscheinen versuchen wir uns eine Verlängerung der Fangzeit zu erkaufen. Der Lockruf des Geldes verfehlt die Wirkung. Wir fühlen es, irgendwie ist auch schon der Kapitän mürbe. Mit einem Achselzucken gibt er sich schließlich geschlagen und wirft die Maschine an. Während der flotten Rückfahrt einen Köder zu schleppen, hätte wenig Sinn. Der halbe Hering würde nur auf den Schaumkronen hüpfen, statt in der richtigen Tiefe die Lachse verführen.

Möwen sind unsere gefiederte Begleitagentur. Mit ihren scharfen Augen beobachten sie genau das Verhalten der Leute auf den Booten. Sie wissen Bescheid, dass während der Rückfahrt in den sicheren Hafen oft Lachs und/oder Heilbutt an Deck filetiert werden. Natürlich von der Stärke der Crew abhängig. Begehrt sind unter den Studenten die Ferienjobs. Statt Mann über Bord fliegen Fischabfälle über die Reling. Im Blasenteppich des Kielwassers streiten sie sich um die Fetzen. Ein billiges Fressen ohne Aufwand.

Putzige Seeotter, sie haben pro Quadratzentimeter mehr Haare im Pelz als ich auf dem ganzen Kopf, flüchten aus der Visierlinie des Buges. Laut genug ist der Lärm der Motoren unter Wasser. Die Geräuschkulisse trägt sicher Schuld daran, dass viele Wale ihre Orientierung verlieren. Einmal gestrandet, drückt das Gewicht die Luft aus der Lunge. Der Tod folgt auf die Atemnot.

Trupps von Kormoranen, neidvoll von den Fischern als schwarze Pest bezeichnet, heben sich widerwillig aus dem Wasser, um einen sicheren Abstand zum Boot anzustreben. Andere wiederum sitzen mit gespreizten Flügeln auf wassernahen Verdauungsplätzen. Nach dem Tauchgang gehören das Trocknen und die Gefiederpflege zum Geschäft. Kolonien von Seelöwen räkeln sich auf flachen Felsen. Die Bullen mit ihrer Masse stechen auch ohne Fernglas aus der Herde heraus. Im Reigen der Haremsdamen lässt sich gut faulenzen. Auch ihnen schmeckt frischer Lachs ausgezeichnet.

Je enger der Fjord sich zieht, umso öfter entdecken wir kahle Felsen, die vom Vogelmist geradezu weiß gestrichen scheinen. Und auf schmalen Simsen leuchten die bunten Schnäbel der kecken Papageitaucher. Vereinzelt sitzen die Wappenvögel Alaskas, die Weißkopfseeadler, in ihren Horsten. Wichtig ist der Überblick in ihrem Revier. Die beeindruckende Naturkulisse und die Vielfalt der Tierwelt entschädigen bei weitem das knappe Verfehlen des Fanglimits. Wir grämen uns nicht lange, schließlich haben wir schon köstliche Rotlachsfilets zum Räuchern und Vakuumverpacken abgeliefert.

Die berühmte Fuchsinsel verhindert noch die direkte Peilung zum Heimathafen Seward. In flotter Fahrt schneidet der Bug die Wellen. Fast ein Flottenverband an Fangbooten nähert sich dem Ankerplatz im Hafen. Die Einhaltung des Zeitrahmens gehört scheinbar zum guten Ton innerhalb der Kollegenschaft.

Viele schleppen ihren Fang im ungesunden Plastiksack die steilen Holzstege hinauf. Andere laden ihre gewaltigen Plattfische in besonders breite Schubkarren um. Geschoben und gezogen überwinden sie den Unterschied zwischen Hafenwasser und dem Straßenniveau. An den vielen Filetiertischen warten bereits die Meister auf Kundschaft. Blitzschnell zerlegen sie Lachs und Butt in handliche Filets. Wie in Butter ziehen sie ihre scharfen Klingen durch das Fleisch. Das staunende Publikum genießt die Show. Am laufenden Fisch werden die Abfälle über den Rand geschoben. Kreischende Möwen begleiten im Sturzflug den freien Fall der nahrhaften Kost. Auf dem Wasser geht das Gezeter und Gezerre lautstark weiter. Urplötzlich taucht der Platzhirsch auf, ein prächtiger Seelöwe. Schwer heben die Vögel mit dem Ballast im Kropf und Schnabel ab. Federn fliegen. Ungern überlassen sie dem Chef der Nahrungskette die besten Brocken.

Auch wir warten mit dem Unbekannten in der Reihe, um den Fang zu veredeln. Unerwartet dreht sich der coole Typ um und zückt seinen Dienstausweis. Er stellt sich als verdeckter Ermittler der Fisch- und Gamebehörde vor. Zum Abschluss wünscht er uns noch einen schönen Aufenthalt in Alaska und mehr Glück bei der nächsten Ausfahrt auf Heilbutt.

HANDARBEIT

Regenforellen

Diese Geschichte hat mir Erich erzählt.

Erich behauptet ungeniert, dass er vor Jahren aus dem gut besetzten Hollersbach einige Bachforellen mit den bloßen Händen aus dem Unterstand gekitzelt hat. Stausee und Bach gehören zum Fischereirecht des Bräurup in Mittersill. Ein großes Betätigungsfeld bietet das riesige Revier.

Einmal, es gibt sogar einen verlässlichen Zeitzeugen, hat er eine Doublette erwischt. In jeder Hand zappelte eine flinke Forelle. Ich schwöre es bei Neptun. Schuppige Tatsache, absolut kein Fischerlatein.

Seine Geschichte hört sich sinngemäß folgendermaßen an:

Schiefergraue Wolken kleben auf halber Höhe des Bergwaldes. Sie drücken nicht nur den Barometerstand, sondern auch die Gemütslage meiner Familie. Die Töchter winden sich mit stressigem Zank aus ihrer Verpflichtung im Haushalt. Die Schlichtungsversuche meiner Frau lassen sie ihre Aufsichtspflicht gegenüber dem Gugelhupf im Backrohr vernachlässigen. Verkohlt ist die Köstlichkeit. Der üble Geruch heizt das Raumklima zusätzlich an. Unausgelastet motzt zudem unser verwöhnter Nachzügler und wir Männer – auch dem gelangweilten Vater passt es ins Programm – ergreifen die Flucht. Der Bachlehrweg ist unser Ziel. Wass(er)leben. Die paar Regentropfen stören nicht, denn Vater hat vorbeugend einen Schirm als Wanderstock mit.

Am Bacheinlauf des Stausees kämpft ein Fliegenfischer gegen den leichten Gegenwind und den Grauerlenbestand beim Rückschwung an. Vermutlich verbringt der Anfänger seine Freizeit mit dauerndem Anknüpfen von Trockenfliegen, die seine Kunstwerke in der hinderlichen Botanik ersetzen. Kein Ring auf dem Wasser, kein Biss, kein Drill. Langweilig wird die Beobachtung und wir verlassen den Schauplatz. Angesteckt vom brotlosen Fischer, regen sich der Beutetrieb und die Abenteuerlust in mir. Schwer zu bändigen ist auf Dauer das Pirschgen. Wir suchen die alten Gumpen auf. Sie liegen gut getarnt im dichten Auwald mit den üppigen Wurmfarnbeständen. Die Sporenträger lieben die hohe Luftfeuchtigkeit und den Halbschatten unter dem Gehölz.

Der Bachlehrweg bietet ein besonderes Naturerlebnis. Zahlreiche Lehrtafeln entlang des Wassers vermitteln anschaulich Wissen. Die Stimme des Wassers reicht vom flüsternden Gurgeln bis zum tobenden Rauschen. Die Geräuschkulisse ist quasi die natürliche Begleitmusik auf der Wanderung. Treibholz und ganze Bäume sind Zeugnis der Transportkraft des Wassers. Verfrachtete Wurzelstöcke sitzen wie Kronen auf mächtigen Steinen. Das fließende Element zeigt nachhaltig seine Urgewalt.

Vater und Sohn stehen Schmiere. Im Nu stehe ich mit der kurzen Hose im saukalten Wasser. Wate bedächtig gegen die Strömung und greife mir die geflüchteten Rotgetupften aus ihren steinigen Unterständen. Die Bachforellen fühlen sich im Schatten der Steine sicher. Sie begreifen nicht die Lebensgefahr, die sich in Form meiner flachen Hand her nähert. Sie stehen immer mit dem Kopf gegen das anströmende Wasser und deuten die sanfte Berührung am Bauch falsch. Ihre schleimige Schuppenhaut rettet sie nicht vor meinem blitzschnellen Zugriff. Gelernt ist eben gelernt, und in kürzester Zeit habe ich frische Gebirgsforellen mit dem ehrenwerten Handwerk erwischt. Mit dem Kopf voraus stecken wir die abgeschlagenen Forellen zwischen die Speichen des Regenschirmes.

Tarnen und Täuschen ist unbedingt notwendig. Der abwechslungsreiche Lehrweg entlang des Wildbaches wird gut angenommen. Ständig sind Gäste und Einheimische unterwegs. Wie ein Lauffeuer würde sich meine lizenzlose Tat im Dorf verbreiten.

Trotz des inzwischen heftig einsetzenden Gewitters klemmt sich mein Vater den missbrauchten Regenschutz mit dem Fischbauch fest unter die Achsel. Im Eilschritt verlassen wir drei den Ort des Geschehens. Noch immer steht der Fliegenfischer am Wasser und schimpft über das Beißverhalten der launischen Salmoniden.

HECHT

Beton macht Flossen

Diese Geschichte hat mir Josef erzählt.

Der Lech ist ein rechter Nebenfluss der Donau. Zerstückelt ist der Fluss durch eine Kette von Kraftwerken und Hochwasserschutzbauten. Rund dreißig Kraftwerke und 24 Stauseen nutzen das Wasser für die Gewinnung des Stromes. Groß ist der Hunger nach Energie.

Unterbrochen ist die Durchgängigkeit des Fließgewässers und somit die Wanderung der Fische unmöglich. Nachrüsten mit billigen Fischleitern ist nur Kosmetik. Die Stauhöhe der Lechstufe 9 bei Apfeldorf, unweit von Landsberg, beträgt 7 Meter.

Zahlreiche Fischereivereine bemühen sich um die Bewirtschaftung der einzelnen Staustufen. Der ursprüngliche gute Äschenbestand ist in den strömungsreicheren Abschnitten bereits den kapitalen Huchen zum Opfer gefallen. Gänsesäger, Kormoran und andere gefiederte Fischliebhaber tragen weiteres am Rückgang der Fahnenträgerin bei.

Den Bibern hingegen gefallen im Umfeld der Wehranlagen die ruhigen Zonen. Mit Sicherheit sind sie den Edelmardern mit dem hübschen gelben Kehlfleck neidisch. Ihre Kletterfertigkeit lässt sie mit Leichtigkeit Vogelnester plündern. Dafür beißen sich die Biber zur ebenen Erde mit ihren scharfen Nagezähnen förmlich durch Weidengehölze. Fingerlange Späne fliegen rundum, bis der Stamm wie ein doppelt gespitzter Bleistift ausschaut. Fällt alsbald der Baum, lässt sich die Familie die jungen Triebe, Rinden und Blätter schmecken.

Geschickt transportieren sie auf den bequemen Wasserwegen Vorräte und Baumaterial für ihre Biberburg. Prächtig vermehren sich die Biberclans und die Schäden wachsen. Unfreiwillige Umsiedelungsaktionen oder gar Abschüsse sind mit behördlichen Auflagen verknüpft. Vorgeschrieben ist die Auflösung des Biberbaues. Diese Arbeit schmeckt den zuständigen Jägern eher wenig. So bleibt es meistens, wie es ist. Regelmäßige Hochwässer, die Klimaerwärmung ist nicht mehr zu leugnen, reißen die am Ufer gefällten Bäume mit und lagern sie als Schwemmholz ab.

Unmittelbar am Ufer entlang wächst reichlich Holz. Unterspülte Wurzeln sind dem Sturm auf Dauer nicht gewachsen. Der Baum verliert seinen Halt und kippt ins Wasser. Schneeballast und Altersschwäche sorgen zudem für weitere Schwemmholzeinbringung. Den Fischen bieten diese Holzleichen am Grund Schutz und Deckung. Ein wahrer Tummelplatz für die Brut. Den Fischern in den Staustufen des energiewirtschaftlich genutzten Lech-Flusses sind die Hindernisse ein Ärgernis. So manches Petri Heil hat sich schon am zähen Geäst mit Verlust gelöst. Immer wieder hängen die Köder und gesetzten Klappanker unrettbar fest. Keine taktischen Manöver bringen Erfolg. Der laufende Schwund geht ins Geld.

Wir, Peter und ich, haben aus der Not eine Tugend gemacht und Anker aus Beton gegossen. Eine handliche Kübelgröße aus Kunststoff mit Fertigbeton gefüllt und mit einer stabilen Öse versehen. Für alle Vereinsmitglieder und Boots-besitzer versteht sich. Mein Fischerfreund und ich sitzen im leicht verbeulten Alu-Boot. Wir sind wieder einmal auf Hecht aus. Wie unser Stammlokal kennen wir die krautfreien Schneisen im botanischen Unterwasserdschungel. Erfah-rung und Alterssturheit beeinflusst die Auswahl des Köderfavoriten. Von der moderaten Strömung geschoben, fischen wir die Stellen ab.

Einem Fleckerlteppich gleich wechseln sich die Bestände unterschiedlicher Pflanzen ab. Jede Art passt sich den Bedingungen und der Tiefe an. Laichkräu-ter, Tausendblatt und Schilfzonen streiten lautlos um die Vorherrschaft. Die Nährstoffeintragungen aus den angrenzenden landwirtschaftlichen Flächen lassen die Pflanzen geradezu wuchern. Fruchtbar ist der Gewässerboden durch die abgelagerten Schwebstoffe.

Peter lässt seinen getigerten Wobbler mehrmals am Rande des Krautgürtels vorbeitrudeln. Schaufelstellung und Einholgeschwindigkeit passen. Schlagar-tig ändert die Attacke eines starken Fisches die entspannte Situation. Der An-griff ist so heftig, dass sich die handgefertigte Huchenrute krümmt. Blitzschnell setzt Peter den Anschlag. Der Drilling greift ins Fleisch. Trotzdem schießt der Fisch wie ein Torpedo in das gegenüber liegende Krautgewirr. Kurz ist das Krei-schen der Rolle, dann steht das Tier still. Einem Betonklotz gleich rührt es sich nicht mehr von der Stelle. Egal in welche Richtung die Rutenspitze zeigt und Druck ausgeübt wird.

Huchen und die starken Regenbogenforellen bevorzugen im Stauraum den strömungsreichen Bereich im Umfeld des alten Flussbettes. Uralte Barsche können nie diese Zugkraft entwickeln. Biber sind Vegetarier. Kein Nager ver-greift sich an einem fischähnlichen Gegenstand mit Haken. Wir sind uns abso-lut sicher, es ist ein Hecht mit Gardemaß. Das Zupfen an der unter Spannung gehaltenen Schnur bringt keinen Erfolg. Vielleicht gefällt dem Fisch auch die Massage des Zahnfleisches? Schließlich einigen wir uns nach vergeblichen Be-mühungen, den Sturkopf aus dem Unterwasserdschungel zu prellen. Ich rudere das Boot mit Bedacht zur Stelle, bis Peters Schnur senkrecht in das Wasser ver-schwindet. Anschließend lasse ich neben dem Lot den Betonanker in die Tiefe plumpsen.

Innerhalb eines Flossenschlages spielt sich Folgendes ab:

Im selben Augenblick muss die Druckausbreitung sämtliche Zellen des Sei-tenlinienorganes in höchste Alarmbereitschaft gesetzt haben. Die angebore-nen Instinkte treiben das Tier blitzschnell aus dem Krautversteck. Es verliert keine Schuppe Zeit durch Nachdenken. Schließlich muss es sein Leben vor dem drohenden Ungemach retten. Ungeachtet des schmerzhaften Drillings im Kie-fer und dem fremden Leinenzwang beschleunigt es aus dem Stand heraus. Der Räuber flüchtet und sucht Schutz im nächsten Wasserpflanzenwald.

Die ablaufende Schnur lässt die Rolle singen. Monoton ist gleichwohl das Geräusch und dennoch die Lieblingsmelodie von uns Fischern.

Die paar Meter Strecke genügen, dass sich der Bug des Bootes leicht in diese Richtung dreht. Um ein neuerliches Festsetzen des Fisches im Kraut zu verhindern, erhöht Peter die Bremswirkung. Ehe es mir gelingt, den Betonanker zu lichten, scheitert die weitere Verfolgung des Fisches. Mit einem Peitschenknall reißt die Schnur.

EIN GRAUSLICHER FANG

FANG

Brauchtum

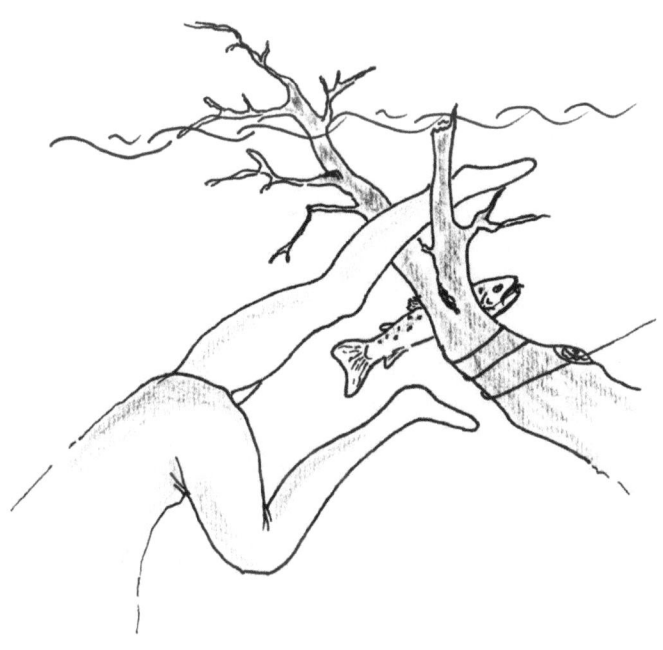

Diese Geschichte hat mir Josef erzählt.

Die verspätete Schneeschmelze im Krimmler Achental sorgt für einen höheren Pegel der Salzach. Leicht getrübt ist das Wasser. Am Übergang zur teilweisen brutal verbauten Böschung reicht die Sicht wohl einen Stiefel tief. An der oberen Salzach pirsche ich mich flussabwärts. Es ist immer wieder eine ungemütliche Kraxlerei.

Nicht geordnet liegen die massiven Klötze der Flussbausteine. Wie von einem Dämon in übler Laune geworfen. Es ist mein Revier. Trotzdem heißt es bei vielen Schritten auf der Hut sein, um nicht auszurutschen oder einen Wackelstein zum Kippen zu bringen. Eiskalt ist das Wasser. Es wäre nicht das erste Mal, dass ich nach dem Straucheln nur mit Mühe mein Gleichgewicht finde. Petri sei Dank hat es auch die edle Fliegenrute immer ohne Bruch überlebt. Die Kratzer im Lack erhöhen nur den Wert des Gerätes. Sie verknüpfen Erinnerungen an erbauliche Stunden am Wasser. Selten genug ist ein Ortswechsel mit der sausenden Schnur möglich. Mein Augenmerk liegt klar auf den Boden gerichtet und nicht in der Luft.

Die Fischerei erfüllt mich mit Genugtuung. Aufsichtsdienst zum Wohle der Fischerei, eigenes Vergnügen bei der nassen Weyd und bei Bedarf den Auftrag des Fischereirechtinhabers erfüllen. Einige noble Leute haben sich beim Bräurup zum kulinarischen Schmaus angemeldet. Sie begehren nach einer Rarität. Weder Regenbogen, Bachforelle oder Saibling aus dem Achental kann ihren Gaumen kitzeln, sondern über den Tellerrand hinausreichende Äschen. Der Haken an der Sache ist, dass der Fang der Suche nach einem schleifbaren Smaragd im Habachtal gleichkommt. Einige Aufsichtsfischerkollegen bemühen sich daher seit einiger Zeit, um das Aquarium im Gastgarten mit den Fahnenträgerinnen zu bestücken. Um diese Schwierigkeit zu veranschaulichen, kann ich mit meiner Fangstatistik aufwarten.

Um die Jahrhundertwende habe ich im Durchschnitt zwei Äschen mit Maß gefangen. Außerhalb der Schonzeit versteht sich. Rar haben sich diese Fische im Oberlauf der Salzach gemacht. Die meisten sind auf ihrer Laichwanderung in die Stubache abgezweigt. Trotz Schwellbetrieb der Kraftwerke haben die Elterntiere das wärmere Wasser, die Struktur des Schotterbodens und die gemächlichere Strömung bevorzugt.

Wie gesagt, rund acht Jahre später schlägt sich das Aufpäppeln des Bestandes nieder. Eine gesunde Population mit allen Altersstufen macht sich breit. Erfreulich wenden sich die Flossen und knapp über zwanzig Stück erwische ich pro Saison.

Im letzten Jahrzehnt erfolgte neuerlich ein erschreckender Einbruch. Nun macht der auftauchende Fischotter die Bemühungen des Äschenprojektes zunichte. Auch Gänsesäger und Reiher beteiligen sich an der Ausrottung der edlen Salmoniden. Bedauerlich ist der Weg auf die Rote Liste.

Jedoch dem Wassermarder die Alleinschuld ins Maul zu schieben oder den Befischungsdruck anzuprangern, das erscheint mir als ein zu einfacher Schluss. Unerklärlich ist der Rückgang des gesamten Fischbestandes. Wobei sich die Wasserbaumeister bei den Aufweitungen des Hauptflusses, beim Hochwasserschutz sowie bei der Einbindung der Seitenbäche reichlich Mühe geben. An der Verbesserung der Uferstruktur kann es wohl nicht liegen.

Ich mache mir so meine Gedanken, komme aber auf keinen grünen Zweig. Ist es bereits der bröselnde Permafrost, die Erwärmung des Gewässers oder die zusätzliche Fracht an Gletschermilch und Erde im Wasser? Die Fische spüren sicher die Veränderung der Schwebstoffanteile. Den Kiemen schmeckt der Dreck nicht, sie streiken. Die fischenden Hotelgäste sind am Befischungsdruck sicher nicht beteiligt. Kaum ein Fliegenfischer ist ein Fleischfischer. Selten ist die Entnahme eines Portionsfisches.

Jäh unterbricht ein kurzer Ruck an der Leine meine geistigen Spinnereien. Ein starker Fisch sucht sein Heil in der Strömung. Das dünne Vorfach macht den Drill nicht einfacher. Der geringe Durchmesser wendet sich nun zum Nachteil. Trotzdem ist es kein Kampf auf Biegen und Brechen. Die Federkraft der Rute und die Schleifbremse der Rolle stehen auf meiner Habenseite. Im freien Wasser vergeudet der Fisch seine Kraft und zusehends werden seine Fluchten weniger und kürzer.

Rasch übersäuern seine Muskeln. Er lässt sich wie ein Stier am Nasenring in eine Nische am Steinschlag führen. Leider ist es keine Äsche. Eine stattliche Regenbogenforelle ist auf die Goldkopfnymphe hereingefallen. Plötzlich bäumt sich der Fisch gegen den Zwang im Maul auf. Die Regenbogenforelle drängt neuerlich in die Flussmitte. Sie zieht reichlich Schnur von der Rolle ab. Der Strömungsdruck auf die Breitseite des Tieres belastet zusehends die Knotenfestigkeit des Materials.

Sie strebt die Nähe eines Schwemmholzes an. Deckung und Schutz fordert das Verhalten des Fisches. Mir hingegen ist das armdicke, wie ein Hirschgeweih verzweigte Holz nicht geheuer. Um den Schnurwinkel und den Druck zu verbessern, verkürze ich die Entfernung zum Hindernis. Den unebenen Steinblockweg, das Holzskelett und den Fisch im Blickfeld, stolpere ich vorwärts.

Blankes Entsetzen packt mich. In einer Astgabel hängt ein Fuß und der Rest des Körpers verschwindet im trüben Wasser. Die grausliche Entdeckung löst eine Art von Schock aus. Wie gelähmt, vergesse ich viele gefühlte Sekunden lang meinen Fisch an der Leine. Er nutzt meine Schwäche und reißt sich endgültig los. Kreuz und quer schießen mir die Gedanken durch den Kopf. Hektisch reiße ich am Reißverschluss und fische mir das Handy aus der Weste. Die Wasserrettung und den Notarzt muss ich anrufen. So ein Schwachsinn, meldet sich endlich der Verstand zurück. Keine Wasserleiche braucht einen Arzt. Kein

Mensch kann dem bedauernswerten Opfer helfen. Allmählich legt sich meine Aufregung. Auch der Tod eines Unbekannten macht betroffen. Bedächtig und mit Respekt nähere ich mich der Unfallstelle.

Gut, dass ich keinen voreiligen Alarm ausgelöst habe, denn die Leiche entpuppt sich als altgediente Schaufensterpuppe. Das im Innergebirg gepflegte Brauchtum hat mir den ursprünglichen Aufruhr gebracht. In einigen Gemeinden ist es noch üblich, dass am Faschingsdienstag das Ende der Narrenzeit gebührend gefeiert wird.

Genuss, Feste, Musik und Tanz werden abgelöst durch Buße und Fasten. Kostümierte Schaufenster- oder Strohpuppen – sie sind das personifizierte Laster und symbolischer Fasching – werden nach einem heiteren Begräbniszug angezündet und von den Brücken in den Fluss geworfen.

EIN TRAUMTAG

Zwiespältige Gefühle

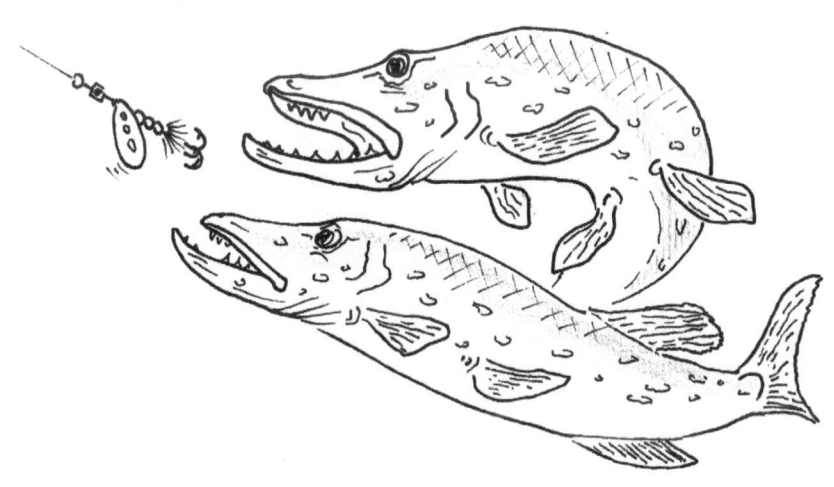

Diese Geschichte hat mir Harald erzählt.

Ein außergewöhnlicher Tag im schwedischen Schärengarten mit allen Höhen und Tiefen, die sich ein Fischer nur vorstellen kann im September 2011!

Wir verbrachten, wie die Jahre auch schon davor mehrmals, eine Woche im schwedischen Schärengarten in der Nähe von St. Anna auf der Insel Risö. Die ersten vier Tage verliefen genauso, wie wir das kannten. Wir hatten perfektes Wetter, es war wolkig mit leichtem Wind, wenig Regen und keine Sonne, also ideales Hechtwetter. Die ersten vier Tage fingen wir schöne Hechte und als Beifang auch immer wieder gute Barsche. Nachdem wir die Jahre davor bereits einige Male auf dieser Insel verbracht hatten, kannten wir natürlich viele erfolgversprechende Hotspots. Auch konnten wir das Wetter, die Windverhältnisse und das Wasser mittlerweile sehr gut lesen. Wir hatten viel Spaß mit unserer Spinnfischerei, die Stimmung war hervorragend und nach dem vierten Tag dachten wir, dass die verbleibenden zwei Tage keine unangenehmen Überraschungen bieten werden. Doch das war ein heftiger Irrtum, denn dann kam Tag fünf und dieser Tag hatte es gewaltig in sich.

Früh am Morgen machten wir uns von unserer Hütte auf Richtung Steg und bemerkten sofort, dass es komplett windstill war und das bei einer total geschlossenen Wolkendecke. Eine ungewöhnliche Wettersituation auf einer Insel im Schärengarten. Egal, wir waren voll motiviert wie immer, checkten vor der Ausfahrt nochmal unser Equipment, tankten unsere 5 PS Motoren auf und fuhren zu unserem ersten Hotspot. Anker rein und schon flogen die ersten Köder Richtung Schilfkante. Doch die erwarteten Hechtbisse blieben aus.

Schnell einen Platzwechsel, und die nächsten Würfe, wieder kein Biss. Aber gut, so ist das nun mal mit den launischen Hechten. Dort wo am Tag zuvor die wilden Kerle unsere Köder attackiert haben, ist es ja oft so, dass am darauffolgenden Tag das Wasser wie ausgestorben erscheint.

So wechselten wir auf den nächsten Platz und versuchten erneut unser Glück. Wieder nichts, absolut gar nichts, nicht einmal ein winziger Barsch wagt sich an unsere Köder. So machte sich langsam aber sicher bei uns die Verzweiflung breit. Gefühlte 10.000 Würfe mit sämtlichen Ködern, die wir an Bord hatten, gefühlte 1.000 verschiedene Stellen an Kanten, in Buchten, an Schilfgürteln, im Freiwasser, jede vermeintlich gute Stelle, die wir in diesem Gebiet kannten. Den Vorwurf, nicht alles versucht zu haben, konnten wir uns nicht machen. Wir hatten wirklich alles versucht, doch es kam kein einziger Biss an diesem Vormittag. Bis jetzt war das der schlimmste Tag, an den wir uns im Schärengarten erinnern konnten.

Mittags suchen wir uns immer einen schönen Platz auf einer Insel, genießen unsere Mittagsjause und besprechen normalerweise den Vormittag. Was ging denn so, mit welchen Ködern wurden die Hechte überlistet usw. Diese Pause ist normalerweise immer sehr entspannt, doch an diesem Tag saßen wir mit langen Gesichtern herum und hatten keinen Plan. Was sollten wir tun? So konnte es nicht weitergehen.

In meiner Frustration nahm ich mir die Seekarte zur Hand und eindeckte ganz am Rand eine mindestens 5 Kilometer entfernte, relativ große Insel, die wir noch nicht kannten. Wir überlegten gemeinsam, ob wir mit unseren 4,5 Meter Booten, ausgestattet mit nur 5 PS Motoren, die mindestens 45 Minuten dauernde Überfahrt auf dem offenen Wasser in Angriff nehmen sollten. Das Wetter war noch immer so wie am Morgen, absolut kein Wind und noch immer eine geschlossene Wolkendecke.

Also beschlossen wir uns zu dieser Fahrt Richtung unbekannter Insel über die sehr große offene Wasserfläche. Was soll schon sein, dachten wir. Das Wetter ist perfekt, keine noch so kleine Welle und weniger als am Vormittag können wir in dem neuen unbekannten Gebiet auch nicht fangen. So motivierten wir uns aufs Neue und los ging's Richtung weit entfernter Insel. Otti fuhr voraus und wir hinterher über die Ostsee.

Rein optisch vergrößerte sich die Insel nur sehr langsam. Das lag einerseits an der großen Entfernung und andererseits an den doch sehr schwachen Motoren. Irgendwann aber konnten wir die Insel aber deutlicher erkennen und sahen aus einiger Entfernung nur stark abfallende Steilküsten. Nicht gut, gar nicht gut, aber wie durch ein Wunder entdeckte Otti eine natürliche Einfahrt in eine, wie sich später rausstellte, riesige Bucht. Diese Bucht hat ein Ausmaß von mindesten 2 km^2.

Die Anspannung stieg und um circa 14:00 Uhr fuhren wir mit unseren drei Booten ganz langsam nebeneinander in diese gewaltige Bucht. Wir beobachteten unsere Echolote und sahen auch direkt ins Wasser. Das was wir sahen war unglaublich. Die Wassertiefe bewegte sich von 0,5 bis höchstens 1,3 Meter, aber noch viel schlimmer war Kraut, Kraut und noch mehr Kraut, soweit das Auge reicht.

Einen Umstand den wir allerdings überhaupt nicht registriert hatten war, dass der Wind ein klein wenig aufgefrischt hat. Extrem seichtes Wasser mit extrem viel Kraut, doch wir mussten unsere Köder nach dieser langen Fahrt endlich ins Wasser bringen, so oder so, zumindest ein paar Würfe. Drei Boote, fünf Fischer, fünf Ruten, die gleichzeitig in verschiedene Richtungen den ersten Wurf machten. Was ab diesem Zeitpunkt passierte, hatten wir uns nicht einmal in unseren kühnsten Träumen vorstellen können.

Der Traum vieler Fischer wurde wahr! Jeder von uns hatte sofort bei dem ersten Wurf einen gewaltigen Hechtbiss. Jeder, das muss man sich auf der Zunge zergehen lassen. Wir hatten Biss auf Biss. Ob Kraut auf unseren Hacken hing, war völlig egal. Diese Bucht musste mit einer unglaublichen Anzahl an hungrigen Hechten in allen Größen voll sein. Und all diese Hechte befanden sich in einer äußerst gierigen Fresslaune. Egal mit welchen Ködern, egal ob an Schilfkanten, egal ob an steinigen Ufern, egal ob in 40 Metern Entfernung oder direkt vor den Booten, die Hechte bissen einfach überall. Hecht um Hecht.

Wir jubelten in dieser beeindruckenden Naturkulisse, ließen alle Hechte in ihr Element zurück und wussten, dass dies der eine Tag in unserem Fischerleben ist, der niemals wiederkommen wird. Wir genossen diese Bissorgie der Schärenhechte in vollen Zügen und bemerkten überhaupt nicht, dass sich die leichte Brise zu einem heftigen Wind gewandelt hatte. Wir fingen und fingen ohne Ende. Um etwa 17.00 Uhr beschlossen Christian und Michael, dass es für sie genug ist und die beiden machten sich alleine auf die Rückfahrt. Otti, Simon und ich wollten aber noch ein wenig in dieser einzigartigen Bucht bleiben. Höchstens eine dreiviertel Stunde wollten wir drei noch dranhängen. Und wir drei fingen und fingen, Hecht um Hecht.

In der Zwischenzeit blies der Wind auch in der geschützten Bucht sehr heftig. Wir versuchten, einen Blick raus auf das offene Wasser zu erhaschen, und das, was wir sahen, war augenblicklich angsteinflößend, nur noch weiße Schaumkronen auf großen Wellen! Ich bekam einen Anruf von Christian und da merkte ich erst, dass aus den 45 Minuten über zwei Stunden geworden sind, die Rückfahrt zur Heimatinsel Risö dauert unter normalen Verhältnissen etwa eine Stunde. Christian sagte zu mir, dass die Überfahrt sehr, sehr gefährlich ist und wir uns sofort auf den Weg machen sollten. Die ganze Wahrheit erzählten uns die beiden erst später. Wir überlegten kurz, wie es denn sein kann, dass aus den geplante 45 Minuten über zwei Stunden werden konnten.

Wir hatten jegliches Zeitgefühl verloren und jetzt setzte auch noch sintflutartiger Regen ein, der in der Bucht waagrecht daher kam. In diesem Moment spielte es keine Rolle mehr, aber erwähnen möchte ich doch das Fangergebnis: In den wenigen Stunden fingen wir fünf Fischer insgesamt 146 Hechte in allen Größen. Die meisten Hechte hat unser Jüngster gefangen, 44 Hechte fing alleine Simon! Wir bereiteten uns rasch auf eine ungemütliche Überfahrt vor. Was allerdings dann folgte, überstieg unser Vorstellungskraft.

Sofort nach Verlassen der Bucht sahen wir, was auf der offenen Wasserfläche wirklich los war. Äußerst starker Wind, Wellen, die direkt auf uns zukamen bis 2,5 Meter hoch, und zu allem Überfluss auch noch Starkregen. Ein Desaster! Jede einzelne Welle konnten wir nur schräg anfahren und oben angekommen ging es gerade runter ins Wellental. Nach jeder Wellenüberfahrt platschten die Boote mit voller Wucht in das Wellental, wodurch sehr viel Wasser in die kleinen Polyesterboote spritzte.

Nach nicht einmal 5 Minuten waren wir trotz Regenschutz komplett durchnässt. Voll konzentriert ging es rauf und runter. Wassertemperatur 11 Grad, Wassertiefe 22 Meter. So kämpften wir uns durch die tosende Ostsee. Angst hatten wir, aber Panik kam zum Glück nicht auf. Volle Konzentration und die Hoffnung, dass die Boote samt Motoren nicht auseinanderfallen und durchhalten. Lange Zeit konnten wir unsere Heimatinsel nicht sehen und wir hatten auch viel Glück, dass wir uns nicht verirrten, was schon bei normalen Verhältnissen keine Seltenheit im Schärengarten ist. Dann sahen wir unsere Insel und nach über zwei Stunden hatten wir es geschafft. Mit viel Glück und ohne uns zu verirren hatten wir dem Sturm getrotzt und fuhren in unseren kleinen Hafen ein, an dem Christian und Micheal auf uns warteten.

Bei Christian und Michael kam, wie sie uns berichteten, eine weitere schlimme Komponente dazu. Die zwei verfuhren sich in dem Sturm und fanden fast nicht nach Hause. Kurz bevor die zwei schon fast auf eine unbekannte Insel gelandet wären, um sich eine Notunterkunft zu suchen, endeckten sie im letzten Moment die Heimatinsel.

Völlig erschöpft, halb erfroren und bis auf die Haut nass haben wir fünf Fischer es zurückgeschafft. Die Erleichterung, dass wir diesen Wahnsinn gesund und lebend überstanden hatten, war nicht in Worte zu fassen. Am Abend besprachen wir in der warmen Unterkunft das Geschehene. Uns war sehr schnell bewusst, dass wir völlig falsch gehandelt hatten. Wir hatten die Wetterveränderung komplett ignoriert und ließen uns von den vielen Hechten blenden. Spätestens vor der Abfahrt aus der Hechtbucht hätten wir uns auf gar keinen Fall auf das offene Wasser wagen dürfen.

Eines haben wir aber alle aus dieser sehr brenzligen Situation gelernt. Ganz einerlei wie viele Fische man fängt, es ist immer auf das Wetter zu achten! Auch wir hätten viel früher gefahrlos aufbrechen können. Auch wenn es für eine Überfahrt wie in unserem Fall bereits zu spät war, viel sicherer wäre es gewesen, wenn wir uns auf der Insel eine halbwegs trockene Stelle gesucht hätten oder gleich per Handy Hilfe angefordert hätten!

Doch auch an die unvorstellbaren Hechterlebnisse in diesen wenigen Stunden denken wir oft mit Freude zurück.

In den Jahren danach sind wir immer wieder an diesen besonderen Ort gefahren. So viele Hechte wie damals fingen wir nie wieder und das ist auch gut so. So bleiben diese magischen Stunden immer in unserer Erinnerung.

Östergötland

· · · · · ·

Geprägt ist die Provinz nicht nur durch den Anteil der Mittelschwedischen Senke mit hoher wirtschaftlicher Bedeutung. Die fruchtbaren Böden sind das landwirtschaftliche Kernland Schwedens. Im Norden schließt sich eine auffallende Verwerfungszone mit steil aufsteigendem Hügelland an.

Aber die Küstenlinie mit den unzähligen Schären ist eine Augenweide. Steinrücken, glatt und buckelig wie die Rücken der Walrosse oder Nilpferde, laden förmlich zur Eroberung ein. Diese Steinformationen sind Überbleibsel der eiszeitlichen Gletschermoränen. Abgehobelt vom fließenden Inlandeis bis auf die darunterliegenden harten Gesteinsschichten, bildet dieser Irrgarten von Inseln einen Schärenhof. Ein Paradies für Segler und Fischer. Schwierig ist allein die Navigation nicht nur für Ortsfremde. Quasi vor den Toren Stockholms bilden rund 25 Tausend kleinere und größere Inseln den Schärengarten.

Höckerschwan, der Speisetäubling, die Kornblume und der Zielfisch Hecht tragen die Ehre als Landschaftssymbole dieser Region. Dieser begehrte Raubfisch mit seinem oberständigen Maul lauert gerne an Schilfrändern auf Beute und hat absolut keine Probleme mit dem Brackwasser. Vor allem in den tief einschneidenden Buchten liegt der Salzgehalt, die Salinität, unter einem Prozent.

· · · · · ·

JUSTITIA

Die Windmühlen des Rechtsstaates

Diese Geschichte habe ich selbst erlebt.

Mit abgewinkelten Armen und gespreizten Fingern weisen wir Menschen jegliche Schuld von uns. Nur wenige besitzen die Fähigkeit, Fehler öffentlich zu bekennen.

Die Überdüngung der landwirtschaftlichen Flächen im Umfeld des Sees und die leidige Klimaerwärmung sind die Hauptursachen, dass so manche Gewässer zum Himmel stinken. Wasservögel und Fischvolk im Überfluss tragen ihren Anteil an der Misere. Die zunehmende Trübung des Wassers und der üble Geruch lassen sich nicht mehr vertuschen. Einheimische und die Schar der Sommerfrischler sind gleichermaßen betroffen. Die Beschwerden häufen sich.

Es muss was geschehen. Die Entnahme von Wasserproben an unterschiedlichen Stellen wird angeordnet. Die zuständige Fachabteilung der Landesregierung untersucht den Chemismus und beschäftigt sich mit den mikrobiologischen Proben. Im anschließenden Gutachten wird festgehalten, dass sich Kolonien bildende Goldalgen explosionsartig vermehrt haben. Der erhöhte Nährstoffgehalt im Wasser ist die Ursache. Die zunehmende Häufung der Sonnentage und mangelnde Niederschläge heizen das Massenauftreten zusätzlich an. Algenblüte. Des Weiteren wird im Amtsbericht festgehalten, dass der massive Lockfuttereinsatz der Karpfensportfischer den See zum Kippen bringen könnte.

Der Vorschlag des Sachverständigen äußert sich dahingehend, dass der Einsatz von Lockmittel und das Füttern von Wasservögeln strikt verboten gehören. In Windeseile bemüht sich der Verkehrsverein um anschauliche Piktogramme. Gar in arabischen Schriftzeichen wird das Verbot kundgetan. Ein Schilderwald an Tafeln säumt das Ufer. Mangelhaft bleiben hingegen die Aufklärung und das Wecken von Verständnis für diese einschneidende Maßnahme.

Rigoros gestrichen ist nun das Anfüttern. Schwieriger wird die Fischerei und das Petri Heil bleibt an manchen Tagen aus. Trotzdem wird mit zweierlei Maß gemessen. Das vergnügliche Füttern der Karpfen wird ohne Einwände geduldet. Im Prinzip ändert sich nichts an den Folgen. Es ist einerlei, ob die Fische auf der Suche nach den duftenden Polis den Schlamm am Boden aufwühlen oder gleich nach der Handfütterung mit der Verdauung beginnen. Nichts ändert sich an der Menge der abgesetzten Exkremente.

Schlitzohren kommen mit dieser Maßnahme gut zurecht. Sie fischen erfolgreich mit Schwimmbrot, das mit Haken getürkt ist. Es hat sich zum Nachteil der Wasserqualität eingebürgert, die große Schule an Karpfen zu verwöhnen. Die halbzahmen Tiere gesellen sich gerne in der Nähe der Stege. Sie warten und glotzen nach Brot. Halbe Semmeln fliegen den Bartelträgern um die Ohren, natürlich fast ins Maul gemeint. Kleinere Flocken schnappen sich mutig die flinken Rotaugen und Rotfedern von der Oberfläche. Sie wissen genau, dass die dicken Brocken keine Fleischfresser sind. Auch ein stattlicher Karpfen verliert das aufgeweichte Brot unmittelbar vor seinen Lippen oft aus den Augen. Die Bugwellen der Futterneider verschieben das bewegliche Ziel aus der angepeilten Fresslinie. Auf Grund der Masse sind enge Radien nicht zu schaffen. Fehlversuche kosten Bissen. Andere schnappen sich derweilen das Mastfutter. Der Sog reißt es blitzschnell ins Maul. Mit einem lauten Schmatzen schließen sich die dicken Lippen. So manch schmachtendes Weibsbild ist den Karpfen ob ihrer Lippenwülste neidisch. Ohne die wurmartigen Auswüchse, versteht sich. Der breite Rücken teilt kurz das Wasser beim Abtauchen. Seine Schuppen leuchten wie kleine Spiegel. Nach einer eleganten Wende versucht der Fisch sein neues Glück. Nur durch einen Wasserfilm und Schleim sind die Leiber getrennt. Oft reagiert ein Fisch mit einem heftigen Schwanzschlag auf die Enge und sorgt kurzfristig für einen Wirbel. Rasch beruhigt sich der Tumult. Das große Fressen währt bis zur letzten Brotrinde.

Sie begreifen: Verschwinden die Zweibeiner am Steg, endet auch die Versorgung mit der schmackhaften Kost. Zögerlich löst sich der kapitale Fischhaufen auf. Die Tiere suchen sich ein ruhiges Plätzchen zum Verdauen. Ein Sonnenbad, ganz nahe an der Elementgrenze, erhöht die Betriebstemperatur.

Höhere Wasserpflanzen lieben den lichtdurchfluteten Bereich. Die dichten Bestände setzen sich in erster Linie aus verschiedenen Arten von Laichkräutern, Tausend- und Hornblatt sowie der Wasserfeder zusammen. Dieser Dschungel ist schlechthin die Kinderstube und der Lebensraum für die Fischbrut. Auch den Nixen gefällt diese Vielfalt. Zahlreiche Badende fürchten hingegen um ihr Leben, wenn sich das weiche Kraut wie eine Schlange um die Arme oder Beine wickelt.

Die Klagen nötigen die Kommunen zum Handeln. Das Halbwissen in so mancher Gemeindestube ist schlechthin das Geschäft der Fischzüchter. Ihr Ratschlag findet ein offenes Budget. Die Grasfresser unter den Fischen, der Graskarpfen oder Weiße Amur, sollen es richten und den wuchernden Bestand verdauen. Leider hat der Fisch nicht den Wiederkäuermagen eines Rindviehs. Ein erheblicher Teil der Pflanzen landet als Dünger wieder auf den Seegrund. Die Fische und der Fraßdruck wachsen im Gleichschritt.

Dem zunehmenden Futtermangel fallen auch die hübschen See- und Teichrosen häufig zum Opfer. Der Bisamratte wird leichtfertig das Übel auf die Nagezähne geschrieben. Immer wieder treibt der Wind die stängellosen Blätter vor sich her. Die Spaziergeher wundern sich über den Schwund der hübschen Blütenköpfe.

Silberkarpfen, auch als Silberamur oder Tolstolob bezeichnet, werden als schwimmende Nothelfer gepriesen. Sie sollen das Problem mit den Exkrementen der Graskarpfen lösen und gleichzeitig mit der Algenplage aufräumen. Ein fataler Trugschluss. Auch diese eingebürgerten Fischarten haben keinen anatomischen Darmverschluss. Auch ihre Ausscheidungen belasten den Nährstoffhaushalt. Fische gegen Kraut ist ein schlechtes Rezept. Leider sind die Exoten immer noch ein erhofftes Allheilmittel. Von der erwarteten Nachhaltigkeit keine Spur. Bewährt haben sich der Entzug der Pflanzenmasse und ein Verzicht auf Jauchenausbringung im Einzugsbereich des Sees. Es lohnt sich auf Dauer, den Nährstoffeintrag auf den wahren Grund zu gehen.

Harmonisch eingebettet liegt dieser Turnersee. Schilfgürtel, Moorwiesen und Verlandungszonen bilden eine intakte Naturlandschaft. Vielfältig ist das Pflanzenangebot für die Insekten und die Vogelwelt zieht ihren Nutzen daraus. Um die sensible Ufervegetation nicht durch die Wildwechsel der Fischergilde zu zerstören, ist der Einsatz von Ruderbooten angebracht. Jäh platzt die Idylle. Ein Fisch steht im Mittelpunkt und löst eine folgenschwere Amtshandlung aus. Aber alles der Reihe nach.

„Herr Rat, es ist eine saublöde Geschichte", versucht der Angeklagte seinen Kopf aus der Schlinge zu ziehen. „Meine Freundin und ich nutzten das prächtige Aprilwetter zu einem Spaziergang rund um den Turnersee. Auch unser Hund braucht schließlich seinen Auslauf. Zufällig treffen wir einen Fischerkollegen bei seiner Gartenarbeit. Im Gespräch stellt sich heraus, dass er eine neuwertige Spinnrute zum Schnäppchenpreis verkauft. Ich wurde schwach und erweiterte meine Rutensammlung. Wieder am Wasser, packte mich eine innere Stimme. Unbedingt musste ich mich von der Federkraft des Gerätes überzeugen. Schließlich habe ich mir auch ein Rückgaberecht ausgehandelt.

„Mein Herr", unterbrach der Richter den Redefluss des Angeklagten, „tragen Sie neben Ihrem Geldbeutel auch Metallköder umher?"

„Natürlich nicht, Herr Rat, der Kollege hat mir als Draufgabe noch zwei schwere Hechtblinker geschenkt. Sie sind perfekt auf das Wurfgewicht der Rute abgestimmt. Gewaltige Weiten sind damit ein Kinderspiel. Das Fischerglück, in meinem Fall aber gewaltiges Pech, war mir gleich beim dritten Wurf hold. An der Krautkante hat ein strammer Hecht das Eisen genommen. Alle Tricks habe ich probiert, damit sich der Fisch noch im Wasser vom Haken befreit. Ohne Erfolg. Leider musste ich ihn zum Ufer drillen. Unser Hund war total aus dem Häuschen. Schon im Seichten verbiss er sich in die schlagende Schwanzflosse und zog den Fisch auf die Kiesbank. Ehe ich den Entenschnabel wieder ins Wasser befördern konnte, tauchte so ein mürrischer Aufsichtsfischer auf. Kontrolle! Ein kurzes Streitgespräch, vielleicht als Amtsbeleidigung ausgelegt, und die Anzeige folgten. Dem Hecht ist eh nix passiert. Er schwimmt wieder putzmunter im See."

Der Richter am Landesgericht in Klagenfurt hätte gerne Milde walten lassen, aber der Fang ohne Papiere und während der Schonzeit lastet schwer. Auch hängen dem Schwarzfischer zwei Vermögensdelikte nach. Der einschlägig vorbestrafte Mann bekannte sich vor dem Gericht schuldig und gelobte endgültig Besserung. Er wurde zu vier Monate bedingter Haftstrafe verurteilt. Wegen seiner Vorstrafen war es nicht möglich, so die Urteilsbegründung, die bedingte Haftstrafe in eine angemessene Geldstrafe umzuwandeln.

Die hohe Strafandrohung bis zu drei Jahren Haft, bei Eingriff in ein fremdes Jagd- und Fischereirecht während der Schonzeit, steht in absolut keinem Verhältnis zu anderen Vermögensdelikten. Dem Gesetzgeber liegt im Vergleich das Wohl der Fische weit näher am Herzen als gegenüber den betroffenen Menschen. Sehr hoch scheint der Wert eines Fisches zu sein.

Meine sinngemäße Erinnerung an die Bemerkung eines albanischen Reiseleiters: Klaut ein Mann ein Lamm, damit seine Familie nicht verhungert, so droht ihm Übles. Folter, Gefängnis oder gar der Tod. Entführt ein Mutiger eine ganze Herde, dann wird mit dem Helden verhandelt.

Von wegen Justitia, der Göttin für die ausgleichende Gerechtigkeit.

KREBSE
Nächtliches Abenteuer

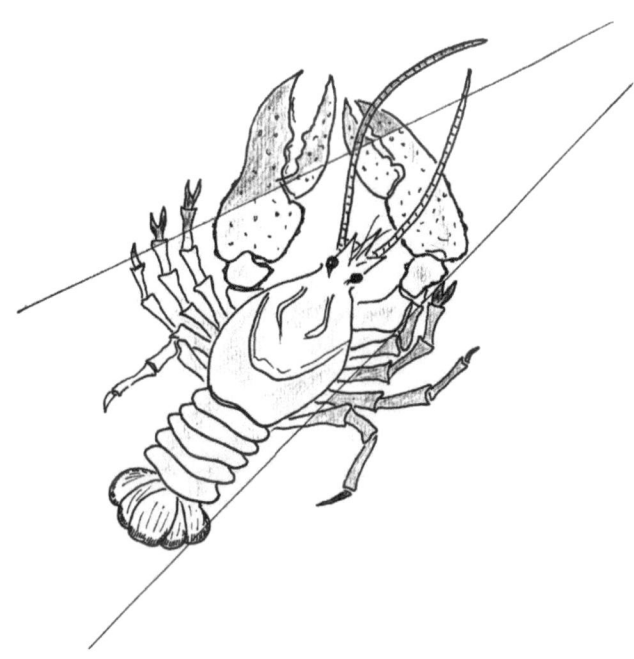

Diese Geschichte hat mir Berni erzählt.

Berichte über Vorkommen und wirtschaftliche Nutzung des Edelkrebses in Salzburg reichen bis in das 15. Jahrhundert zurück. Nicht nur bei den Salzburger Erzbischöfen waren die Krebse als Speise hochgeschätzt.

Kanonikus Josef Lahnsteiner hat in seinem Buch Mitterpinzgau (1962) eine Fülle von geschichtlichen, heimatkundlichen und kunsthistorischen Notizen zusammengetragen. Viele Zeilen widmete er den begehrten Fröschen und Krebsen:

Die Seeufer, die anrainenden Sumpfgewässer, Gräben und Bächlein enthielten eine enorme Zahl von Krebsen. Die Zeller Krebse galten als hervorragende Delikatesse. Von ihrer Zahl hat man eine Vorstellung, wenn um 1700 jährlich 14.000 als Dienst geliefert wurden und eine ungleich größere Zahl in den Handel gelangte.

Fangzeit waren die Monate Juli, August und September. Ein großer Teil wurde nach Salzburg geliefert, wozu in Zell drei Krebsträgerinnen aufgestellt waren. Sie bekamen für einen Gang 1½ Gulden. Da sie meist auch andere Geschäfte und Botendienste in der Stadt erledigten, war ihr Verdienst gut und daher sehr begehrt.

Aber den besseren Dienst brachte der verbotene Handel außer Land. Die guten Zeller Krebse waren als Leckerbissen überall gesucht. Sie kamen trotz strengen Verbotes und scharfer Kontrolle nach Tirol, nach Augsburg und Regensburg, ja sogar über die Tauern nach Mantua wurden sie getragen, wie wir Belege haben.

Der gute Absatz züchtete auch viele Krebsdiebe. Solche Diebe suchten zur Nachtzeit die Krebskörbe auf und nahmen sie aus. Da gab es dann blutige Schlägereien zwischen den Aufpassern und den Dieben. Sie bekamen wohl (1734) mehrere Wochen Schanzarbeit (Befestigungsanlagen) und bei der Entlassung zehn Karbatsch-Streiche (Lederpeitsche), später ein halbes Jahr Schanzarbeit. Aber es half nicht viel. Ein Schaden für die Krebse waren auch die Abwässer der Poch- und Hüttenwerke in Schüttdorf und Thumersbach.

Aber auch Gewässerverbauung und Gewässerverschmutzung haben zum Rückgang der Edelkrebse geführt. Heute sind die Krebse im Gebiet der Salzach vollkommen ausgestorben. Eine Seuche hat 1878 diese Tiere total ausgerottet.

Gott sei Krebs hat sich der Kanonikus diesbezüglich geirrt. Im Uttendorfer Badesee zum Beispiel und im Böndlsee bei Goldegg gibt es gute Bestände. Der gute Bestand im Uttendorfer Badesee blieb von der Krebspest verschont. Sie dienen auch heute noch zur Blutauffrischung in isolierten Golfteichen. Der Fischereirechtinhaber des Uttendorfer Badesees lädt uns Aufsichtsfischer zur Besprechung ein. Wir sind nur eine Hand voll Leute und genießen das Treffen in der gemütlichen Stube des Wirtshauses. Gelobt sei das Fischerjahr, denn diesmal entfällt das Gedenken an verstorbene Zunftkollegen. Viele offene Baustellen gilt es zu besprechen und sinnvolle Lösungen zu treffen.

Das Freibier macht die Sitzung zum geselligen Abend. Die Pflichten und Rechte von uns Wacheorganen vermischen sich im Schaum des Gerstensaftes. Angeblich wird selten so viel geschwindelt, wie nach der Jagd, am Fischerstammtisch und vor politischen Wahlen. Der Chef erteilt uns den Auftrag, Krebse zu fangen. Er will sie als Gaumenschmaus auf die Speisekarte setzen, um sich von den Küchen der Konkurrenz abzuheben.

Ausgezeichnet ist der Edelkrebsbestand in der ehemals weitläufigen Sumpflacke. Das Feuchtgebiet war ein Paradies für viele Tierarten. Auch Schwärme von Zugvögeln nutzen die Wasserflächen für eine Zwischenlandung. Ab einer gewissen Größe und Populationsdichte entwickeln sich die männlichen Scherenträger zu Kannibalen. Sie zu ernten und kulinarisch zu verwerten macht Sinn.

Im Spätherbst ist es keine Schwierigkeit, Krebse auf die Scheren zu legen. Reusen mit frischer Leber bestückt, locken sie unwiderstehlich in die Falle. Gar ein toter Köderfisch, in einem eher engmaschigen Setzkescher auf Grund versenkt, zieht die Tiere an. Gierig verstricken sie sich in den Maschen. Sogar vom Ufer aus lassen sich die Krebse ab der Dämmerung mit starken Taschenlampen ausfindig machen. Ein Kescher mit langem Stiel genügt, um sie trotz Krebsgang aus dem Wasser zu fischen.

Wehrlos sind die Tiere, werden sie mit festem Griff am Rückenpanzer gehalten. Das bedrohliche Zwicken der Scheren, das Zappeln des Zehnbeiners und das Schlagen mit dem Schwanzfächer rettet die Tiere nicht vor der Bestimmung ihres Geschlechtes. Eindeutig ist der Begattungsriffel und der Weg kopfüber in den brodelnden Wassertopf.

Ein paar Tage später bin ich mit dem Auto auf dem Heimweg. Vor Tobersbach biege ich ganz gegen meine Gewohnheiten in die alte Bundesstraße ein. Rabenschwarz schaut mir die Seefläche entgegen. Nur ein blasser Schimmer des kargen Mondlichtes dringt durch die dichte Wolkendecke. Ob die Beleuchtung entlang des Rundweges bereits abgeschaltet war oder erst in Planung, daran kann ich mich nicht mehr erinnern.

Plötzlich entdecke ich ein paar Lichtkegel, die wie Irrlichter im Uferbereich umhergeistern. "Super", denke ich mir, "meine Freunde sind bei der Arbeit. Da schaue ich noch auf einen Sprung vorbei." Mein Blick streift die Uhr am Armaturenbrett. Es ist knapp nach Mitternacht. Nun bin ich mir nicht mehr sicher und schalte vorbeugend die Scheinwerfer aus, als ich auf den Parkplatz Nord einlenke. Um eine Handbreite rolle ich an einem Randstein vorbei. Das Glück erspart mir einen Blechschaden.

Gedeckt durch die Bäume, pirsche ich mich lautlos an das Treiben heran. Immer kräftiger leuchten die tanzenden Lichtkegel. Vier dunkle Gestalten werken am Ufersaum. Ohne Angelgeräte.

Nun fühle ich mich sicher, es sind meine Leute, die den Krebsen an die Scheren gehen.

„He Manda, wie schaut's aus mit den Viechern? Habt's eh schon a paar Kilo dawischt?"

Wie vom Blitz getroffen erstarren die Bewegungen der Männer. Sie drehen sich in meine Richtung. Das fremde Sprachengewirr, irgendwie klingt es arabisch, verwirrt mich. Der Älteste, mit Bart und Glatze, versteht mich. Er erklärt mir verständlich, dass sie sich für morgen Tageskarten zum Karpfenfischen kaufen. Unbedingt brauchen sie dafür einige Krebse als Köder.

„Kein Mensch fängt in unserer Gegend Friedfische mit den Wasserpolizisten", schießt es mir durch den Kopf. „Diese Typen haben keine Ahnung und lügen wie gedruckt."

Nun gewahre ich die Schnur, die im Wasser verschwindet. Beim Anheben des Setzkeschers bewegen sich zahlreiche Tiere in den Maschen.

„Meine Herrschaften, bei uns sind die Edelkrebse ganzjährig geschont. Lasst sie sofort aus, ich bin ein Aufsichtsfischer!"

Die Gruppe unterhält sich kurz in ihrer Landessprache. Der Dolmetscher meint anschließend: „Wir lassen sie nicht aus!"

„Dann rufe ich die Polizei", antworte ich schon verärgert und greife zum Handy.

Mehr hat es nicht gebraucht. Urplötzlich artet das Wortgefecht in einen handfesten Raufhandel aus. Ein Junger geht mir an die Gurgel, ein anderer umklammert mich wie ein Ringkämpfer von hinten. Bärenstark presst er einem Schraubstock gleich mir die Arme an den Oberkörper. Der dritte Schwarzfischer macht sich an meinen ausschlagenden Beinen zu schaffen.

Meine Hilfeschreie verebben in der Nacht. Kein Licht in den nächsten Häusern geht an. Ich habe keine Chance gegen diese rabiate Übermacht. Vergeblich ist mein Sträuben und Fluchen. Trotz heftiger Gegenwehr schleppt mich das Trio zum Wasser. Ich fühle Ohnmacht und Todesangst. Sie wollen mich offensichtlich zur Abkühlung in den See werfen oder gar als lästigen Zeugen ertränken.

Ein scharfer Satz des sprachkundigen Anführers der Schwarzfischerpartie beendet den grausamen Spuk. An Ort und Stelle lassen mich die Männer wie einen Kartoffelsack fallen.

Im Herbst schwellen die Geschlechtsorgane. Die Hormone treiben die nor-malerweise nachtaktiven und lichtscheuen Krebsmänner auch tagsüber auf Brautschau. Von Zärtlichkeit keine Spur. Ringkampfmäßig wird das sich wehrende Weibchen auf den Rücken geworfen und mit den Scheren gewaltsam festgehalten. Mit dem Begattungsgriffel, einem umgebauten Schwimmfußpaar, formt das Männchen helle Spermawürstchen. Es klebt sie im Bereich der weiblichen Geschlechtsöffnung an.

Wochen später, von der Temperatur des Wassers gesteuert, legt sich das Weibchen auf den Rücken. Es krümmt ihren Hinterleib zu einer Art Ta-sche. In diesen Hohlraum scheidet das Weibchen in ein Schleimzelt ihre Eier aus. Ein Sekret löst das verhärtete Samenpaket auf.

Nun erst erfolgt die tatsächliche Befruchtung. Wohl 100 befruchtete Eier kleben geschützt vor Feinden zwischen den Schwimmbeinchen. Während der etwa halbjährigen Entwicklungszeit lösen sich viele Larven ab und sterben. Die Fortbewegung des Weibchens – die Gliederfüßchen arbeiten einem Fächer gleich - garantiert die sauerstoffreiche Frischwasserversor-gung der Larvenbrut.

Das Salzburger Fischergesetz legt für den Edelkrebs folgende Schonzeit fest: Weibchen vom 1. Oktober bis einschließlich 31. Juli. Männchen trifft es schlechter, sie haben keine Schonzeit. Für beide Geschlechter gelten 12 Zentimeter als Mindestmaß. Gemessen wird von der Nasenspitze bis zum Schwanzfächer.

• • • • • •

MONSTER

Ungewöhnlicher Drill

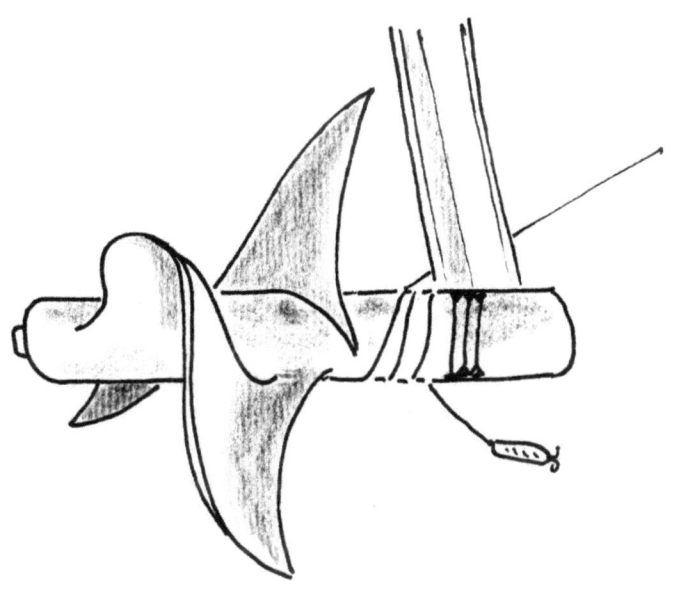

Diese Geschichte hat mir Gerhard erzählt.

Ein richtiger Sommertag wie aus dem Urlaubsprospekt. Gestochen scharf zeichnet sich die traumhafte Kulisse der Bergwelt ab. Klar wie das Wasser ist die Luft. Die Jauchenausbringung der Biobauern liegt schon eine Weile zurück. Kein ätzender Geruch beleidigt die Nase. Harmlose Wolkentürme spiegeln sich auf dem See.

Die Freunde des Segelsportes halten sich noch vornehm zurück, das Lüftchen reizt sie nicht. Dafür lässt der Ansturm der Gäste aus dem arabischen Raum die Kassen der Bootsverleiher klingeln. Die Familien genießen es, mit dem Elektrofahrzeug über das Wasser zu gleiten. Sie fühlen sich wie im Paradies. Trinkwasser, soweit das Auge reicht, grüne Felder und Wälder und auf den Bergen das Phänomen Schnee. Die wenigsten Kleinkinder tragen eine Rettungsweste. Ob die Wüstenbewohner gute Schwimmer sind, weiß ich nicht.

Das Fütterungsverbot der Wasservögel kümmert sie nicht. Sie finden einen tierischen Spaß daran, mit Brotresten die zahlreichen Schwäne zu mästen.

Wir, mein Freund Berni und ich, rudern knapp innerhalb des empfohlenen Uferabstandes. Mit der Spinnrute und einen schweren Blinker könnten wir locker einen Badegast am Thumersbacher Strandbad haken.

Längst hat sich in Fischerskreisen herumgesprochen, dass in der Nähe des Bacheinlaufes kapitale Seeforellen rauben. In regelmäßiger Folge stehen die glücklichen Fänger mit ihrem prächtigen Fisch in den Armen in den einschlägigen Zeitschriften.

Seeforellen sind der Silberschatz der alpinen Seen. Die Stadtgemeinde Zell am See weiß diese außergewöhnliche Forellenart zu schätzen. Seit vielen Jahren zieht sie mit Erfolg das Seeforellenprojekt durch. In der eigenen Fischzucht Prielau werden jährlich rund 20.000 befruchtete Eier aufgelegt und künstlich erbrütet.

Unter Petrijüngern hat sich eine Erfahrung herumgesprochen, und zwar: Tausend Würfe braucht es wohl, um einen Huchen auf die Schuppen zu legen. Und tausend geschleppte Kilometer sind in der Regel notwendig, um diesen Fisch zu erwischen. Zeit, Muskelkraft und Ausdauer sind die Voraussetzungen.

Perlmuttblinker in der richtigen Tiefe angeboten und mit der passenden Geschwindigkeit geführt, versprechen Glück. Nach der anstrengenden Laichzeit kehrt ihr Hunger wieder zurück. Auch in höheren Wasserschichten gehen somit die Seeforellen auf die Jagd. Seesaiblinge und Renken stehen bevorzugt auf ihrer Speisekarte. Ziehen sich diese Kälte liebenden Fische wieder in tiefere Regionen zurück, folgen die Großräuber selbstverständlich auf den Flossen.

Alte Fischerhasen berichten vom ungewöhnlichen Instinktverhalten gehakter Seeforellen. Auf der Flucht schlagen sie mit ihrer mächtigen Schwanzflosse auf die Schnur. Das Klopfen überträgt sich wie ein Echo auf die Rute. Immer wieder stellen sie sich stur auf den Kopf und versuchen ihr Heil in der dunklen Tiefe.

Reichlich schnell nimmt dabei der Schnurvorrat auf der Rolle ab. Die Räubernatur wundert sich über die fremde Kraft im Maul. Verärgert schüttelt die Kapitale ihren Schädel in alle Richtungen. Mit Drehungen um die Längsachse versucht sie ihr Leben zu retten. Der Bootsrumpf und die Silhouette der Zweibeine löst einen neuerlichen Energieschub aus. Dieser Fisch gibt sich erst geschlagen, wenn er in den Maschen des Keschers hängt. Typisch für die Seeforellen sind die unregelmäßigen schwarzen Flecken, die weit über die Seitenlinie Richtung Bauch reichen. Sind noch einige rote Schuppen vorhanden, so fehlt ihnen die hofförmige Umrandung wie bei den Bachforellen.

Wir nähern uns dem Bacheinlauf. Der Thumersbach ist ein Hotspot unter den erfahrenen Seefischern, auch wenn im nahen Schwimmbad tagsüber reges Treiben herrscht. Plötzlich schreckt uns ein lautes Klopfen auf. Ähnlich dem Aufschlag eines Eisens auf den Golfball. Die Rute wird förmlich ins Wasser gerissen. Die großkalibrige Stationär Rolle verkeilt sich zu unserem Glück zwischen Sitzbrett und Bootswulst. Die Bremse ruckt, die Rolle singt.

Mein Freund springt wie ein Tiger auf seine Beute zu und fasst die Rute im letzten Moment, bevor sie unrettbar über Bord geht.

„Berni, Berni, ein Monster hat unseren Blinker geschnappt!", schreit mein Partner völlig aus dem Häuschen. Kein Wunder, denn unglaublich stark ist der Zug des abgehenden Fisches. Das wird ein harter Kampf mit dem Seeungeheuer, dass kein Zeichen einer Ermüdung erkennen lässt.

Ich stehe, ehrlich gesagt, völlig unter Schock. Noch nie habe ich so eine unbändige Kraft erlebt. Sprachlos verstreichen einige gefühlte Sekunden. Unser wildes Geschrei im Boot bleibt den Leuten am Ufer nicht verborgen. Sie kennen sich nicht aus. Sind wir ein Notfall, brauchen wir rasche Hilfe oder werden sie gar Zeugen eines außergewöhnlichen Fanges? Die gekrümmte Rute weist darauf hin. Der richtige Drillumgang mit dem erwarteten Rekordfisch löst geradezu Ratschläge in militärischen Befehlston aus. Ein wildes Hin und Her von halben Sätzen heizt die Aufregung an. Mir treibt die Verfolgung Schweißperlen auf die Stirn. Die hohe Ruderfrequenz, zwecks Schnurgewinnung, geht an meine körperlichen Grenzen. Ich schaffe es nicht mehr.

Fast gleichzeitig geschehen einige Dinge.

Die starke Schnur zischt vibrierend aus dem Wasser. Mein Freund dreht im Übereifer die Rolle zu. Mit einem lauten Peitschenknall reißt die Leine. Mit einem Schlag ist der Traum geplatzt. Mit weichen Knien schauen wir in die Richtung des verlorenen Rekordfisches. Im Moment können wir das Erlebte nicht fassen. Tief sitzt die Enttäuschung. Ins Blickfeld schiebt sich das Rundfahrtsschiff. Allmählich dämmert uns die Erkenntnis. Unsere Perlmuttspange ist doch zu flach gelaufen. Ein Teil des Schiffes muss unsere Schnur erwischt haben und hat uns eine unvergessliche Spannung beschert.

KARPFENGRAPSCHEN

Lust und Frust

Diese Geschichte hat mir Peter erzählt.

Ich, Peter, bin der Bewirtschafter des Uttendorfer Badesees. Besonders stolz bin ich auf das erfolgreiche Wildkarpfenprojekt. Diese Fische finden in dem Stillgewässer optimale Bedingungen. Der flache See erwärmt sich artgerecht. Immer wieder hängen am Haken junge Wildkarpfen. Ohne Besatzpolitik hält sich diese Population bestens über Wasser.

Mein Aufsichtler und ich genießen das Nachtfischen am Oststrand. Gegenüber trennen ein Damm und eine Bogenbrücke aus Holz das ausgewiesene Schutzgebiet. Im Biotop breitet sich nicht nur die seltene weiße Seerose aus, auch kapitale Karpfenvertreter ziehen sich gerne in diesen Bereich zurück. Längst haben die Wasserschweine begriffen, dass immer wieder Köstlichkeiten von der Brücke fallen. Vielleicht haben es die Tiere gelernt, die Weißbrotgaben mit dem Auftauchen der Zweibeiner zu verknüpfen. Verweilen Leute eine Weile auf dem Steg, strömen wie bei einer Sternfahrt die Fische in diese Richtung. Sie versammeln sich und ziehen als stattlicher Trupp ihre Kreise. Sie warten auf die einfache Nahrungsergänzung.

Friedlich ist es rund um den See. Lautlos jagen Fledermäuse die Insekten um die Laternen. Allein Unruhe spielt sich auf der Brücke ab. Schemenhaft sehen wir die Bewegung einer Gestalt. Gelächter und Wortfetzen hallen über das Wasser. Das Licht einer Taschenlampe geistert durch die Nacht.

Erst als ich mein Fernglas aus der Gerätetasche krame, erkenne ich zwei nackte Leute, die im bauchtiefen Wasser stehen. Mein Aufsichtsfischer und ich sind uns rasch einig. Die Sache schauen wir uns genauer an. Listig nähern wir uns dem Tatort. Gemächlich, wie zufällige Nachtspaziergänger, natürlich ohne verdächtiges Angelzeug, schwenken wir auf den Damm ein.

Eine junge Frau lässt unermüdlich weißes Altbrot vom Geländer fallen. Die Gier nach der Leibspeise drängt die Großmäuler regelrecht zu einem Fischknäuel zusammen. Die Finsternis macht unvorsichtig. Sie dämpft die Sinne.

Zwei Männer, angeheitert bis schwer betrunken, versuchen immer wieder die Kapitalen mit den Händen zu greifen. Unter die prallen Bäuche zu fahren und die Brocken aus dem Wasser zu heben. Ganz und gar nicht gefällt mir dieser einseitige Spaß. „Hört's mit dem Blödsinn auf. Ihr verletzt mit den Fingernägeln die Schleimhaut. Die Karpfen kriegen einen grauslichen Pilz und verrecken." Wenig beindruckt zeigt sich das Trio. Blöde Bemerkungen sind die Antwort. Ungeniert setzen sie ihr nächtliches Vergnügen fort.

Der Ärger packt mich. Meine Halsschlagadern werden dicker und mein Ton wird schärfer. Nachdem die Typen weder die Tierquälerei lassen noch bereit sind, ihre Namen und Wohnadresse zu sagen, drohe ich mit der Polizei. Nicht druckreife Bemerkungen sind ihre Antwort. Das Wortgefecht schaukelt sich auf.

Schließlich tippe ich die Nummer der Polizei in mein Handy. Nun geht es überraschend schnell. Die Streife ist gerade in der Nachbarschaft unterwegs und innerhalb weniger Minuten tauchen die Uniformierten am Tatort auf. Sie verstehen keinen Spaß. Sie fixieren die Männer mit den grellen Lichtkegeln ihrer Taschenlampen und bringen sie zum Singen. Die Beamten notieren sich die Identität der beiden Nacktfischer. Um die aufgeheizte Situation zu beruhigen, wird im Einvernehmen noch ein Deal ausgehandelt.

Zwei Tage später, wie vereinbart, tauchen die zwei Männer ohne Restalkohol auf. Die Freundin lässt sich geflissentlich entschuldigen. Wieder nüchtern, zeigen sie sich für ein klärendes Gespräch bereit. Sie akzeptieren den Handel. Mit einer großzügigen Besatzspende schaffen sie sich die Anzeige vom Hals. Sie bedanken sich gar für die faire Lösung.

Wie befürchtet zeigen sich einige Tage später streifenförmige Verpilzungen bei zwei Karpfen. Die mechanische Verletzung durch die Kratzspuren der Fingernägel eröffnet dem Pilz den Zutritt.

Fliegenfischen von einem erhöhten Pirschstand aus ist üblicherweise verboten. Es ist nicht weidgerecht, wenn die Tiere über Wehranlagen, Schutzmauern oder auf Brücken geschliffen werden. In diesem Fall heiligt der Zweck die Mittel.

Fischen mit der Brotfliege ist absolut keine Kunst. Zumal die Karpfen direkt unter der Brücke stehen. Sie warten schon aus Gewohnheit auf die Weißbrotgaben und versammeln sich im Schwarm.

Allein ihr unterschiedliches Verhalten bei der Futteraufnahme nötigt Handfertigkeiten. Blitzschnelle Reaktionen sind gefragt. Die einen stoßen aus der Tiefe wie Haie an die Oberfläche und andere schmatzen in nobler Schwimmlage das Brot von der Wasserhaut.

Tatsächlich gelingt es, die verletzten Karpfen gezielt mit einer Brotfliege zu fangen, zu bändigen und zu desinfizieren.

Und wenn sie nicht gestorben sind, dann leben diese behandelten Fische noch viele Jahre in bester Gesundheit weiter.

Fischkrankheiten

· · · · · ·

Die eingehende Auseinandersetzung mit Fischkrankheiten beschäftigte die Wissenschaft erst vor rund hundert Jahren. Rasch sind die Kenntnisse über die auslösenden Faktoren, die Erreger und das Krankheitsbild gewachsen. Die erfolgreiche Behandlung der Symptome und Seuchen erfolgte im Gleichklang.

Im Prinzip kann jeder Fang eines Fisches durch unsachgemäße Behandlung zu einer mechanischen Verletzung führen. Es müssen keine sichtba-

ren Verluste von Schuppen oder gar Fleischwunden sein. Sofort sind der Schleimschutz und die zarte Oberhaut verletzt. Alsbald bildet sich ein watteartiger Belag auf der betroffenen Stelle. Ein Schwamm, wie trefflich die Fischer diese Krankheit bezeichnen. Ratschläge, wie Bepinseln mit einer Kaliumpermanganatlösung, Bestreichen mit einer verdünnten Jodtinktur oder Bäder im 3% Salzwasser, sind tauglich für Aquarienfische, aber in einem großen Gewässer?

Ein Schimmelpilz, Saprolegnia genannt, ist der Verursacher der weißen, unappetitlichen Flecken auf dem Fischkörper. Größere bereits ausgefranste Flächen sind durch Algen grün gefärbt. Pilze verbreiten sich durch Sporen. Saprolegnia ist überall im Lebensraum Süßwasser verteilt. Bietet sich eine ungeschützte Fischhaut an, dann schafft er sich im Nu den Zutritt über diese offenen Pforten. Die fadenartigen Strukturen wuchern. Breitet sich der Pilz in das Innere des Fischkörpers aus, dann werden lebenswichtige Organe geschädigt. Das Tier verendet.

Rauch folgt dem Feuer und die Verpilzung ist immer ein Ausdruck eines nachfolgenden Geschehens. Dieser Pilz hat keine Vorliebe für irgendeine Fischart. Er schlägt auch zu, wenn durch Stress, rasche Temperaturveränderungen oder anstrengende Laichgeschäfte die Abwehrkräfte des Tieres geschwächt sind.

· · · · · ·

NILBARSCHE
Reptil statt Fisch

Diese Geschichte hat mir Arthur erzählt.

Unser ursprünglicher Traum war die Fischerei auf die gewaltigen Knochenhechte im Einzugsgebiet des Mississippi. Seine Länge von maximal drei Metern und das stattliche Gewicht an die hundert Kilogramm wirkten wie eine Droge bei der Reiseplanung. Ein massiver Panzer schützt den Körper des Urzeitfisches. Seine rautenförmigen Schuppen sind von einer harten Schmelzschicht überzogen. Aufpoliert finden das Material Verwendung als Schmuckelemente und sogar als Pfeilspitzen. So eine Trophäe ist natürlich begehrenswert.

In den flachen, sumpfigen Gewässern haust dieser Stoßräuber, der Alligatorhecht. Leider schwirren im Lebensraum dieser Tiere Millionen blutgieriger Moskitos. Sie warten auf warmes Blut. Die genaueren Informationen über die Insektenplage und Blutegel ließ schließlich das Vorhaben platzen.

Flugs beschäftigen wir uns mit einem neuen Zielfisch, und zwar mit den Nilbarschen im Victoriasee. Unvorstellbar sind die Berichte über diese Kapitalen. Die wahren Riesen mit ihren zwei Meter Länge bringen bis zu 200 Kilogramm Muskelmasse auf die Waage. Uns würde eine halbe Portion von diesen Monstern völlig reichen.

Nilbarsche sind eigentlich überall im Gewässersystem von Mittel- und Nordafrika sowie in den großen Seen beheimatet. Ein für die Fische unüberwindbarer Wasserfall, quasi ein Nadelöhr am Nil, verhinderte das Eindringen in diesen See. Vor rund 60 Jahren haben einige Engländer eine Handvoll Nilbarsche über diesen Fall getragen und stromauf eingesetzt. Ihre explosionsartige Vermehrung hat die ursprüngliche Fischfauna völlig aus dem Gleichgewicht geworfen. Die kleinwüchsige, heimische Artenvielfalt und die zahlreichen endemischen Buntbarschvertreter wurden buchstäblich kahlgefressen.

Vernichten Wanderheuschrecken in kürzester Zeit die Kulturen auf dem Lande, so schlucken die Nil- oder Victoriabarsche die Brotfische der Fischerfamilien.

Leider klappt es wieder nicht auf Anhieb. Ethnische Konflikte kochen hoch. Korruption, Misswirtschaft und Armut sind die treibenden Kräfte der Auseinandersetzungen. Brandschatzung, Mord und Totschlag finden gar in den europäischen Fernsehsendern ihren Niederschlag. Verwüstete Dörfer, geschändete Frauen und Leichen säumen teilweise die Uferregionen des zweitgrößten Süßwassersees der Welt. Geschockt von den Bildern verschieben wir die Reise um ein weiteres Jahr und buchen um. Im Assuan-Stausee bzw. Lake Nasser wollen wir nun unser Glück versuchen.

Stundenlang tuckern wir an eher monotonen Küstenformationen vorbei, ehe die ersten Blinker über die Reling fliegen. Riesengroß ist das aufgestaute Revier. Rund 500 Kilometer lang streckt sich der Stausee Richtung Sudan im Süden. Über weite Strecken begleiten uns Sandflächen und hügelige Erhebungen. Der Erosion anfällige Sandstein zerbröselt. Härterer Felsen umrahmt Buchten und verschwindet als Landzunge im Wasser. Karge Inseln tauchen wie Eisberge auf.

Das frische Grün der Pflanzen fehlt. Arm an Oasen ist die Nubische Wüste. Sie geizt mit Wasserstellen für Vieh und Menschen. Nur der Nil ist schlechthin die Lebensader.

Wahnsinn! Unbeschreiblich ist die Kraft der Kapitalen.

Wohl ein halbes Dutzend Bisse darf jeder von uns täglich bändigen. Jedes Mal bringen uns die Brocken beim Drill gehörig ins Schwitzen. Unsere mitgebrachten Wallerruten sind den Barschkalibern gewachsen und an der Reißfestigkeit der Schnüre ist es nicht gelegen, dass wir am Ende meistens verwundert unsere Köpfe schütteln.

Trotz Verwendung von Markenködern mit bester Qualität bleiben am Ende die Giganten Sieger. Der Edelstahl der massiven Drillinge wird wie Blumendraht aufgebogen. Mit unvorstellbarer Brachialgewalt zerfledern sie unsere Wobbler und oft wird das ganze Ködersystem einfach vom Karabiner abgezogen. Enorm ist der Kieferdruck starker Nilbarsche, die sich in den tiefen Gewässern an den heimischen Buntbarschen mästen.

Passen dem verantwortlichen Steuermann Wind und Wellengang nicht, so bleibt uns dennoch Müßiggang erspart. Freiwillig ausgesetzt pirscht sich jeder am felsigen Ufer entlang. Immer wieder erwischen wir auch im flachen Wasser Nilbarsche um die zehn Kilogramm.

Vereinzelt vergreifen sich auch kleinere Tigerfische an unseren Ködern. Zum Fürchten sind die spitzen, dreieckigen Zähne dieser größten Art aus der Familie der Afrikanischen Salmer. Angeblich ist er der einzige Fisch, der keinen Respekt vor den Krokodilen zeigt.

Wir sind nur vier Mann auf dem Fischerboot. Der Kapitän und sein Gehilfe, mein Freud Berni und ich. Die für ägyptische Verhältnisse bereits am ersten Wassertag überreichten Trinkgelder tragen Früchte. Die bescheidene Crew erfüllt uns fast jeden Wunsch und wir steuern die vermeintlich besten Stellen an.

Gekocht und gegessen wird auf dem Mutterschiff, das jeden Abend in einer anderen Bucht vor Anker liegt. Ausgezeichnet ist die Verpflegung. Der Smutje zaubert für uns und andere Sportfischer, die bei derselben Agentur gebucht haben, wahre Köstlichkeiten auf die Teller.

Um den scharfen Geruch auf den kleinen Schiffen zu vermeiden, sind für die menschlichen Bedürfnisse Landgänge unvermeidbar. Mit dem eingeklemmten Klopapier in der Achselhöhle und den Spaten in einer Hand verschwindet jedermann hinter einer Erhebung. Die Einsicht vom Boot aus bestimmt Entfernung und Weglänge.

Es gibt keine Lichtverschmutzung in der Wüste. Prachtvoll wölbt sich der Sternenhimmel. Das Funkeln der Sonnen kann aber das mulmige Gefühl bei der Sitzung nicht verdrängen. Unsere Notdurft verrichten wir im Lebensraum grantiger Skorpione und Giftschlangen.

Vermutlich hält sich die Begeisterung der heimischen Gifttiere durch die nächtlichen Ruhestörer in Grenzen. Glück und Zufall ersparten uns Zweibeinern ihre schmerzhafte Bekanntschaft. Die Dunkelheit verstärkt das schaurige Heulen der Schakale in der Umgebung.

Die Trittsiegel und Schleifspuren des Schwanzes von Krokodilen sehen wir erst bei der Morgentoilette. Auch Reptilien genießen Sonnenbäder und nächtliche Ausflüge in die Umgebung. Die hochprozentigen Spirituosen auf dem Mutterschiff und unser eingeschlepptes Desinfektionsmittel, Vogelbeerschnaps aus den Hohen Tauern, verhindern die Ausbreitung fremder Darmkulturen. Außerdem fördern sie kreative Ideen. Zufällig entdecken wir auf unserem Boot ein Krokodil. Etwa einen Meter lang und sehr naturgetreu aus Kunststoff gegossen. Gut gelaunt durch die erfolgreiche Fischerei, juckt uns ein Scherz.

Eingeweiht sind die beiden Ägypter an Bord. Unbeobachtet hakt Berni das Vieh an einen Köder und wirft es Richtung Ufer über die Reling. Mit viel Geschrei und Lärm drillt er den ungewöhnlichen Fang um das Bootsheck herum. Plötzlich im Sichtfenster der anderen Fischer löst das Krokodil einen wahren Wirbel aus. Aus verschiedenen Blickwinkeln wird die spannende Szene gefilmt. Mit ihren Videos wollen sie die Vielfalt der Fischerei belegen. Neben dem Zielfisch Viktoriabarsch und dem Tigerfisch stehen nun auch Nilkrokodile auf der Fangliste. Bemerkungen über die Gefährlichkeit des Tieres und Ratschläge überschlagen sich. Nach einigen absichtlichen Fehlversuchen schlägt der Guide das Gaff in den Unterkiefer des Untieres. Vorzüglich spielt er mit und kämpft mit dem scheinbaren Gewicht. Das ganze Theater hat erst ein Ende, nachdem mein Spezi das Krokodil am Schwanz packt und es mir mit Vergnügen auf den Kopf schlägt.

Wochen später, löst unsere abenteuerliche Nilbarschsafari einen gehörigen Schock aus. Auf dem Heimweg mit einem Zubringerbus erhalte ich einen unverhofften Anruf. Sieben Mitarbeiter sind Zeugen des Gespräches und spitzen ihre Ohren. Der Mann stellt sich als Abteilungsleiter des Ägyptischen Konsulates, mit Sitz in Wien, vor.

„Herr Wallner, Sie und Ihr Begleiter haben trotz striktem Catch und Release einen Nilbarsch ausgeführt. Diesbezüglich sind unsere Bestimmungen sehr streng. Bei eindeutiger Beweislage sind hohe Geldstrafen die Regel. Bei Nichteinbringung Gefängnis. Sollten Sie gar mehrere Nilbarsche außer Land gebracht haben, dann droht sogar die Todesstrafe. Die Verhandlung Ihres Falles findet in Kairo statt. Wappnen Sie sich mit einem guten Rechtsanwalt."

Mich trifft diese Nachricht wie ein Blitz aus heiterem Himmel. Ich bin nicht mehr in der Lage, den Firmenbus zu lenken. Bei der erstbesten Gelegenheit stelle ich das Fahrzeug am Straßenrand ab und versuche meinen Kopf aus der Schlinge zu ziehen.

Es stimmt! Wir haben einen 20 Kilogramm schweren Nilbarsch abgeschlagen. Vorsichtig ausgehäutet und das feste Fleisch auf dem Mutterschiff als Festschmaus genossen. Die Haut mit einer Lösung gegen Fäulnisbakterien behandelt sowie die Fleischreste im Kopfbereich mit reichlich viel Salz konserviert. Anschließend die aufgerollte Fischhülle in mehrere Kunststoffsäcke geruchssicher verpackt. Zwei Tage später mit Mut im Handgepäck durch die schlampigen Schleusen beim Einchecken geschwindelt. Es lief wie geschmiert.

Am Ende löst sich alles in Wohlgefallen auf. Mein Schwager hat die Nilbarschgeschichte, Zeiten und meine Telefonnummer an das Radio weitergeleitet. Ein Stimmenimitator hat mich voll erwischt.

Fischpopulation

· · · · · ·

Die Empfehlung der britischen Kolonialverwaltung, Nilbarsche auch in den Victoriasee auszusetzen, zeigt schonungslos die Folgen auf. Fauna und Flora haben sich im Laufe von Millionen Jahren aufeinander eingespielt. Die Evolution ist eine Erfolgsgeschichte und braucht nicht den Eingriff durch uns Menschen. Innerhalb einiger Jahrzehnte kippen die Systeme.

Diese vermehrungsfreudigen Speisefische und gewaltigen Räuber sollten der regionalen Fischwirtschaft Flossen verleihen. Die Ankurbelung des Wirtschaftswachstums war das Ziel. Ganz nach dem Motto: Liefere den hungernden Einheimischen rund um den See nicht Fischkonserven, sondern eine hochwertige Nahrungsquelle. Dazu noch Netze und Haken, damit sie ihre Familien ernähren können.

Bildung, der Aufbau einer gesunden Fischpopulation und der sorgfältige Umgang mit dem leicht verderblichen Lebensmittel bei der Verarbeitung sind wichtige Säulen, um die Armut der Menschen zu bekämpfen.

Schwierig ist allemal die Transportkette der Filets. Oft reisen die gefrorenen Fischprodukte hunderte Kilometer weit auf den staubigen und heißen Pisten bis zum nächstgelegenen Flughafen. Unmöglich scheint in diesen Ländern die Überwachung der Flüge. Illegale Fischerei und Ausbeutung sind an der Tagesordnung. Der Export in den europäischen Wirtschaftsraum hat bereits die 90% Schwelle überschritten. Der Zusammenbruch ist nur eine Frage der Zeit.

Das Geschäft für die korrupten Regierungen lief prächtig. Fischfilets und Lizenzen gehen als Güteraustausch ins Ausland. Als Gegenleistung liefern russische Flieger Waffen. Stammesfehden und kriegerische Auseinandersetzungen belasten die Region. Der heimischen Bevölkerung bleiben nur die Fischzwerge in den Netzen und die Fischköpfe auf den Müllhalden der Schlachthöfe.

Innerhalb von drei Jahrzehnten hat der gefräßige Raubfisch beinahe die Vielfalt der Buntbarsche (rund 400 Arten) im See ausgerottet. Kannibalismus macht sich breit. Der Hunger ist stärker als nachhaltige Brutpflege. Fehlen im Ökosystem jedoch auch Algen fressende Vertreter, dann nimmt die Trübung des Gewässers schleichend zu. Die Eutrophierung schluckt vermehrt das einfallende Licht. Der Sauerstoffgehalt in tieferen Schichten baut ab und in Bodennähe breitet sich eine lebensfeindliche Zone aus.

Der von uns Menschen verursachte Lebensraumverlust ist der Hauptgrund, dass die Bestände der Tierarten schwinden. Besonders betroffen sind die Regenwälder und die Tropen. Die Brandrodungen stinken zum Himmel. Die Gier nach Bodenschätzen, Erweiterung des Weidelandes und Anbau von Monokulturen sind die Triebfedern. Weitere Gründe sind das Einschleppen fremder Arten oder falsche Besatzpolitik. Der Nilbarsch im Victoriasee gilt stellvertretend als schlechtes Beispiel. Der Eingriff des Menschen in natürliche Nahrungsketten birgt langfristig betrachtet nur Verderben.

• • • • • •

RINGFINGER
Fluchthelfer für Kapitale

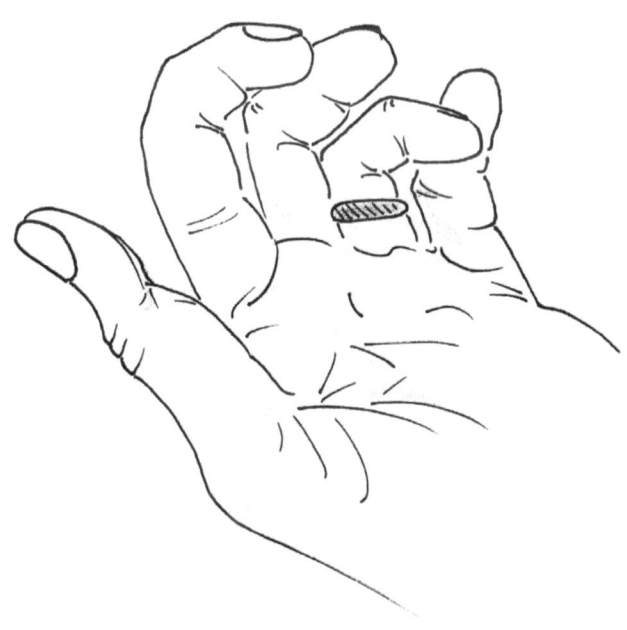

Diese Geschichte hat mir Franz erzählt.

Die Hohe Jagd- und Fischereimesse zieht in Scharen das Publikum an. Der Corona-Virus löste Mitte Februar noch keine Absage von Massenveranstaltungen aus. Weit weg liegt China und die Geschwindigkeit der Ausbreitung hat kein Mensch bedacht. Am Stand des Salzburger Fischereiverbandes erzählt mir Franz folgende Geschichte, während seine Tochter eine Station im Rahmen der begehrten Schnitzeljagd betreut. Es geht um das Erkennen von Fehlern auf dem Suchbild. Getürkt ist das Foto einer prächtigen Bachforelle.

Vor rund einem Jahr versuchte ich mein Glück auf Huchen. In der inzwischen sauberen Mur auf Höhe von Zeltweg. Flussabwärts betrachtet, nach dem Steirerschlössl von Red Bull Chef Mateschitz. Die naturnahe Verbauung mit den großen Steinpackungen erfordert viel Geschick. Mühsam ist die Pirsch auf der linken Uferseite. Sie schreckt viele Kollegen ab.

Immer wieder steht man bei der Kletterei alsbald bis zu den Hüften im saukalten Wasser. Dafür locken tiefe Gumpen und versprechen Erfolg. Bei einem Einrinn im rückgebauten Bereich schnappt sich tatsächlich ein prächtiger Huchen meinen Köder. Einen weißen Gummifisch. Zweimal schnellte sich der Donaulachs mit einem wilden Sprung aus dem Wasser – und kommt ab.

Vorsichtig geschätzt, immerhin blitzte sein heller Bauch einen Wimpernschlag lang in der Luft, hätte der Fisch wohl an die 15 Kilogramm auf die Waage gebracht. Ein massiges Tier, stark wie mein Oberschenkel.

Meine Enttäuschung überdeckt die kurze Freude. Dafür hat sich der Huchen den kräftezerrenden Drill erspart.

Das Erlebnis und der Verlust prägen sich ein. Unvergessen bleibt die Stelle. Ziemlich genau ein Jahr später bin ich wieder unterwegs, dieses Mal aber mit dem Fliegenzeug.

Vom Fischerparkplatz, direkt an der kleinen Brücke, schlage ich mich zuerst flussaufwärts durch. Die erfolglose Werferei machte die Entscheidung leicht, eine Pause einzulegen und den bekannten Schnitzelwirt aufzusuchen. Auf dem Weg zum Auto finde ich auf dem Parkplatz einen lilagefärbten Huchenstreamer. Schlagartig beflügelt der Fund. Vergessen ist das Hungergefühl. Unbedingt muss ich unterhalb des Überganges ein paar Versuche machen. Vielversprechend ist das Wurfgefühl.

Alsbald stehe ich fast wieder auf demselben Fleck, wo ich das letzte Mal den Huchen verloren habe. Eine Murableitung kehrt nach einer eleganten Schleife wieder in das Hauptwasser zurück. Das Wasser passt nicht ganz, es steht hoch. Unmöglich ist mir das Erreichen der schmalen Insel.

Bereits beim zweiten Wurf, eine leichte Streuung der Einschlagstelle liegt ohnehin in der Natur der Sache, geschieht das Unglaubliche. Kaum klatscht die Riesenfliege auf das kräuselnde Wasser, saugt der Huchen den vermeintlichen Happen ein. Ein Schwall, ein Ring und ein jäher Schmerz laufen beinahe gleichzeitig ab. Aus praktischen Gründen trage ich meinen Ehering am linken Ringfinger. Die Rache des Schmuckes folgt leider auf diesen Wurf.

Der letzte Klang liegt noch in meiner Hand. Blitzschnell strafft sich die Flugschnur. Sie erfasst mit Macht meinen unverrückbaren Ring. Während der Fisch sich dreht und abtaucht, reißt es mir den Arm bis zum ersten Schnurring. Mit einem doppelten trockenen Knacken reagiert die Gelenkskapsel. Dem Huchen reicht die heftige Fingerbremse zur Flucht. Für die Fisch ist leider die gedachte Funktion der Rolle. Das starke Vorfach reißt und er verschwindet mit dem gefundenen Streamer.

Eine ganze Weile starre ich blöd aufs Wasser. Einerseits glücklich, dass der Fisch nochmals gebissen hat. Anderseits mit einem weinenden Auge, weil ich ihn zum zweiten Male verloren habe. Nebenbei muss ich den Schmerz durch die ausgedrehte Kapsel ertragen.

Schau her. Der Finger ist jetzt noch, nach zwei Monaten geschwollen.

Laut Fachzeitschriften gehört die Mur wohl zu den besten Huchenflüssen Österreichs. In diesen rechtsseitigen Donauzubringer stellen Forellen und vor allem die Äschen die Nahrungsgrundlage dar. Diese Tatsache widerlegt das übliche Fischerlatein, dass nur ein guter Nasenbestand die Voraussetzung für den König der Flüsse sein kann.

STEELHEAD

Fang des Lebens

Diese Geschichte hat mir Franz erzählt.

Wir, meine Frau und Tochter Ronja, genießen den Rundgang in einem Freilichtmuseum. Gemütlich sitzen wir nachher als einzige Gäste in dem kleinen Kaffeehaus. Beim Aufbruch hält uns die Kellnerin zurück und meint: „Nun könnt ihr nicht gehen, ein Schwarzer sitzt vor der Tür."

Wir fühlen uns auf den Arm genommen. Vermutlich, so denken wir, will sie uns weitere Muffins andrehen. Tatsächlich sehen wir beim Blick durchs Fenster einen stattlichen Schwarzbären, der gemütlich auf seinen hinteren Keulen sitzt. Die Düfte aus der Küche müssen seine ausgezeichnete Nase betören.

Weit überlegen ist eine Bärennase gegenüber einer Hundeschnauze. Nicht umsonst beschreiben die Ureinwohner Kanadas mit Respekt die Sinnesleistung von heimischen Tieren folgendermaßen: „Der Weißkopfadler sieht es, wenn eine Nadel vom Baum fällt. Der Wapitihirsch hört es, aber die Bären können es gar riechen."

Nach einer Weile trollt sich der Baribal und wir fahren mit dem gemieteten Motorhome weiter. Wir sind in British Columbia, der am weitesten im Westen gelegenen Provinz Kanadas, unterwegs. Die rund fünf Millionen Einwohner verteilen sich auf ein Land, das etwa der zehnfachen Größe unserer Alpenrepublik entspricht. Unser Etappenziel ist der Blue Lake. Immer wieder sehen wir während der Fahrt Schwarzbären, die frech die Straße queren oder dem Verlauf folgen. Kein Wunder, immerhin ist die Gegend ein Bärenland. Die stark gegliederte Pazifikküste, die oft dichte Vegetation und die Gebirgslandschaft treffen den Geschmack der Sohlengänger. Diese Mischung aus unterschiedlichen Lebensräumen liefert ein ausgezeichnetes Nahrungsangebot.

Rund 100.000 Schwarzbären leben in dieser kanadischen Provinz. Ihr oft tollpatschiges Aussehen täuscht. Muttertiere und Bettelbären sind gefährlich und auf keinen Fall Kuscheltiere. Vom Gefühl her entspricht der See etwa der halben Fläche des Zeller Sees. Halb umrahmt von einer prächtigen Bergkulisse. Auf der gegenüberliegenden Seite zieht ein dichter Nadelwald bis knapp ans Ufer. Ein wunderschöner Platz. Ein Naturjuwel.

Der Lake ist im Privatbesitz einer liebenswerten Frau. Eine richtige Mama, die auch den Campingplatz betreut. Ihr Outfit kommt den Frauen aus den bekannten Tom and Jerry Filmen ziemlich nahe. Ihre Füße stecken in rustikalen Badeschlappen und die Beine sind von einer dichten Strumpfhose bedeckt. Darüber flattert eine Art von Kittelschurz. Farblich ist ihre gesamte Kombination keine Augenweide, aber sie trägt das Herz am rechten Fleck.

Das Campingareal ist von lockeren Baumgruppen durchsetzt und dazwischen stehen markante Steinformationen, die wie Naturskulpturen wirken. Reichlich Luft und Freiraum für jeden Benützer. Ein Paradies für

Naturliebhaber. Selbstverständlich erwerben wir Fischerkarten. Das Fangen von Forellen ist keine Heldentat. Für Ronja richte ich einen Spezialköder her. Einen golfballgroßen Batzen Rogen.

Gut in einem roten Netz verpackt und den Beutel mit einer Vorfachschnur gesichert. Gespickt mit einem Einzelhaken. Wir hängen die duftende Verführung in die leichte Strömung. Unsere Tochter sitzt wie ein Wachhund neben ihrer ausgelegten Rute, derweilen ich im sicheren Abstand mit der Fliegenrute werfe.

Meine Frau genießt den traumhaften Ausblick und entspannt sich mit einem Buch. Schade, dass sie keine knallroten Strumpfhosen trägt. Für diese Art der Fischerei wäre das Material ein praktisches Zubehör.

„Papa, Papa, hilf mir", kreischt unsere Tochter. Sie ist völlig aus dem Häuschen. Verzweifelt versucht sie die Angel aus dem Rutenhalter zu reißen. Sie schafft es anfangs nicht. Zu groß ist der Zug am anderen Ende der Schur. Gekrümmt wie ein Bogen ist das Gerät. Kurz lässt die Spannung nach und Ronja hält ihre Teleskoprute wieder im Griff. Ihr Krafteinsatz ist dem starken Fisch leider nicht gewachsen. Stiefelschritt für Stiefelschritt zieht es sie zum Wasser hin. Neuerlich setzt sie einen Alarmschrei ab.

Ich fische in nächster Nähe, lasse meine Rute einfach fallen und eile ihr zu Hilfe. Gerade noch erwische ich sie am Hosenbund und halte sie fest. Ich ersetzte quasi den Kampfstuhl der Hochseefischer mit meinem Gewicht. Ronja hat schon reichlich Erfahrung mit kleinen Forellen gemacht, aber dieser Fisch ist Mutprobe und Herausforderung zugleich. Tapfer kämpft und drillt sie den starken Fisch. Ich will nicht verhehlen, dass ich mich ständig mit Ratschlägen einmische.

Plötzlich stottert die Bremse der Rolle. Mit einem lauten Krachen bricht die Rute in der Mitte auseinander. Vor Schreck lässt Ronja sie ins Wasser fallen. Eher unfein werfe ich mein Kind hinter meinen Rücken aufs Land und springe den abtauchenden Rutentrümmern nach. Im Nu sind meine Hüftstiefeln geflutet. In letzter Sekunde greife ich mir den Griffteil, ehe das Gerät im Schlepp des Fisches unrettbar verschwindet.

Wieder an Land drücke ich Ronja die halbe Rute in die Hand. Trotz ihrer Jugend und mit reichlich viel Glück drillt sie den Fisch fertig. Auf dem Beweisfoto sieht jeder deutlich, dass der Fisch von ihrer Brust bis auf den Boden reicht. Gar die Schwanzflosse ist leicht umgebogen, ergänzt sie bei der Bildbetrachtung stets stolz. Vermessen schafft der Fisch eine Länge von 87 Zentimetern.

Das Ereignis breitet sich wie ein Lauffeuer am Campingplatz herum. Just als ich den Fisch ausnehmen will, taucht die Lady mit ihrem Pickup auf. In Kanada scheint es Sitte zu sein, dass man auch sehr kurze Wege mit dem

Auto zurücklegt. Sie strahlt übers ganze Gesicht. Ein Wortschwall bricht über uns herein. Sie streichelt, drückt und herzt Ronja ab. Mit sechs Jahren ist ihr der Gefühlsüberschwang von fremden Menschen nicht geheuer. Sie erduldet die Liebkosungen.

„Ihr kleines Mädchen ist die Heldin des ganzen Campingplatzes. Sie hat einen Traumfisch erwischt, und zwar eine Steelhead. Der Coho, der Silberlachs, wäre hingegen leicht an der blauschwarzen Zunge zu erkennen", bestätigt die Gastgeberin mit Anerkennung.

Steelhead

· · · · · ·

Besatzmaßnahmen führten zur weltweiten Verbreitung der Regenbogenforellen. Dieser Salmonide ist robust, anpassungsfähig und kommt auch mit höheren Wassertemperaturen zurecht.

Eigen ist, dass manche Stämme eine Art von Wandergen in ihren Erbanlagen haben. Aus dem Ei geschlüpft, hält sich die Brut etwa ein Jahr lang im Geburtsgewässer auf. Gemächlich rinnen die fingerlangen Fische mit der Strömung ins Meer. Dort fressen sie Krebstierchen und mästen sich später an den Heringsschwärmen. Nach rund zwei, drei Jahren steigen sie wieder in ihre Heimatgewässer auf, um zu laichen. Im Gegensatz zu den pazifischen Lachsen nehmen sie Nahrung auf. Sie sterben nicht nach dem Laichgeschäft und der Wanderzyklus wiederholt sich einige Male. Vorausgesetzt, Fischer und Bären trachten ihnen nicht nach dem Leben. Legendär ist die Kampfkraft der Steelhead. Weltweit locken sie vor allem Fliegenfischer an die bekannten Flüsse.

Im Prinzip gibt es zwei Runs. Aber der überwiegende Teil kehrt während des Indiansummers in die süßen Gewässer zurück. Die Fische überwintern und laichen im Frühjahr. Die angefressenen Fettreserven lassen das bescheidene Nahrungsangebot in den Flüssen und die tiefen Temperaturen leichter aushalten. Bei extremen Verhältnissen stellen auch sie das Fressen ein. Fasten wird zur Überlebensstrategie.

· · · · · ·

REKORDHUCHEN
Der Fisch des Lebens

Diese Geschichte hat mir Walter erzählt.

Eigentlich bin ich zum Huchenfischen nur gekommen, erzählt mir mein Reisegefährte Walter, weil mir ein Kollege das Abenteuer der Winterpirsch schmackhaft gemacht hat.

Unser Schriftführer ist nicht nur ein erfolgreicher Huchenfischer, sondern macht sich auch die Mühe, die Halbstarken aufzupäppeln. Wir beziehen von einer Zuchtanstalt rund zehn Fische mit einer Länge von 25 bis etwa 40 Zentimetern. Sie werden mit einem Farbpigment hinter dem Auge markiert. Durch den Wechsel der Farbe lässt sich leicht das Besatzjahr bestimmen. Der sauerstoffreiche Aufzuchtbach liegt in unmittelbarer Nähe seines Hauses und verleidet dadurch dem Fischotter die Fresslaune. Mit Lebendfutter werden die Junghuchen verwöhnt. Erreichen sie rund 60 Zentimeter, werden sie in die Staustufe Neun am Lech ausgesetzt. In dieser Größe, so glauben wir, sind sie auch für die kapitalen Hechte einige Nummern zu groß. Immerhin hatte mein vorletzter ein Meter langer Hecht eine Regenbogenforelle mit 49 Zentimetern im Magen.

Vor einiger Zeit habe ich in der Dämmerung gar einen Huchen rauben gesehen. Im eher flachen Flusseinlauf in die Staustufe hat er mit Tempo eine Forelle verfolgt. In Panik sprang sie einige Male aus dem Wasser und konnte ihre Schuppen retten. Zu ihrem Glück wurde der Wasserstand rasch seichter und der Huchen verspürte keine Lust, auf dem Kiesbett zu stranden. Elegant drehte er vor meinen Augen ab und verschwand wieder in die tiefe Rinne. Mein Schatten scheute sicher die Regenbogen auf oder hat sie gar die Schwingungen meiner Schritte erschreckt? Ich weiß es nicht. Aber auf jeden Fall hat ihr Verhalten die Jagdlaune des Huchens geweckt.

Nach länger anhaltendem Starkregen fließt reichlich Wasser über die Wehre. Auch frische Besatzfische sind mit der Urgewalt der Wassermassen überfordert. Viele werden über die Krone gerissen. Auch für aufsteigende Fische endet am Beton schlagartig der Wandertrieb. Das reichlich Futterangebot in den Wehrgumpen ist ein Schlaraffenland für Huchen. Leider gehört die Staustufe zehn nicht mehr zu unserem Revier.

Ich habe mir einen speziellen Huchenköder gebastelt. Die Anregung stammt aus einer Fischerzeitung. Ein Büschel Haare vom Hirsch tarnt den Drilling und mit seinem schweren Bleikopf sinkt der Köder rasch auf Grund. Die ersten paar Wurfversuche klappen nicht zufriedenstellend und das Vertrauen schwindet. Ich wechsle auf einen weißen Gummifisch. Trotz seiner rund 20 Zentimeter Länge ist er nur ein Happen für einen stattlichen Huchen. Auch dieser Köder ist präpariert. Ein Edelstahldraht läuft längs durch den Körper und am Rücken hängt der scharfe Drilling. Die Gefahr durch Hänger wird erheblich verringert.

Plötzlich spüre ich einen heftigen Ruck. Trotz ihres ausgezeichneten Sehvermögens scheint mein Lockfisch der richtige Appetitanreger zu sein. Ganz gegen meine Gewohnheiten schlage ich relativ spät an. Das ist keine Baumleiche am Grund, sondern ein gewaltiger Fisch. Kurz darauf zeigt sich der starke Räuber. Mir zittern die Knie. Tausende Gedanken schießen durch meinen Kopf. Hoffentlich sitzt der Haken und hält die geflochtene Schnur. Ihre Tragfestigkeit ist enorm, aber gegen mechanische Verletzungen, wie das Scheuern an scharfen Steinen, ist kein Kraut gewachsen.

Um die Gefahr zu verringern, verwende ich ein starkes Monofil quasi als Vorfach. Kaum lockere ich leicht die Bremswirkung, schon zieht der Huchen einem Ochsen gleich in die Strömung. Neuerlich drehe ich an der Bremse. Auf einmal packt der Fisch seine Überlebenstricks aus und beginnt sich zu drehen. Auf Grund der Schnurspannung ist das Einwickeln nicht möglich. Mit Ausdauer halten wir – der Fisch und ich – die Stellung. Allmählich baut der Fisch mit seinen Kräften ab und lässt sich Stück für Stück heranziehen.

Gleich mit dem ersten Hieb treibe ich die Spitze des Gaff durch sein Unterkiefer. Was für ein gewaltiger Fisch. Zum Zittern meiner Knie gesellt sich nun noch eine Aufregung, die meinen ganzen Körper erfasst. Mit Anstrengung ziehe ich den Riesen auf das kleine Podest, das wir Fischer in die steile Böschung gebaut haben. Um Fisch oder Mann über Bord zu vermeiden, töte ich den Fisch mit einem Herzstich.

Viel Blut verliert der Huchen. Der Gewichtsverlust ist mir anfangs nicht bewusst. Fast ungläubig stelle ich fest, dass nur ein Haken in der zähen Haut am Gaumen steckt. Dauernd Glück hat eben nur der Tüchtige, denke ich mit Dankbarkeit und Demut. Nur einmal im Leben schenkt Petrus seinen Fischerjüngern so ein Riesenglück. Durch das Loch im Unterkiefer ziehe ich eine kräftige Schnur. Anschließend schleppe ich den Traumfang die vereisten Stufen hoch. Jedem Fischer ist diese Rutschpartie nicht geheuer. Eine Weile muss ich verschnaufen. Über das mit Schnee bedeckte Feld schleife ich den Huchen zum Auto. Eine wahre Schinderei. Der Blick zurück zeigt mir meine kurzen Stapfen und die Blutspur.

Telefonisch teile ich den Fang meinen Freund mit. Nach dem Öffnen des Kofferraumdeckels staunt er nicht schlecht und meint: „Das ist ein Rekordhuchen, den müssen wir mit einer geeichten Waage und Zeugen bestätigen." Viel Zeit verstreicht, bis wir auf Umwegen eine richtige Waage auftreiben. Inzwischen füllt sich die Werkstatt des Meisterbetriebes mit Schaulustigen. Gefühlte hundert Mal erzähle ich die abenteuerliche Fanggeschichte.

Unser Schriftführer ist ein richtiger Huchenflüsterer. Da ruft der Kerl doch glatt am Abend an und sagt, dass er an derselben Fangstelle noch den kleineren Milchner (19 Kilogramm) gefangen hat. Zuerst hielten wir es für bestes Fischerlatein. Aber Aufzeichnungen über gefangene Huchen beweisen es, dass dieser Donaulachs gerne paarweise in den Einständen haust. In unserem Gewässer ist das Schonmaß auf 95 Zentimeter festgelegt. Laut Ehrenkodex haben wir einvernehmlich das Maß auf einen Meter hinaufgeschraubt.

Wieder zuhause biege ich den Huchen Kühltruhe gerecht, um ihn später persönlich bei einem anerkannten österreichischen Präparator abzuliefern. Weniger groß ist die Freude meiner Frau. Der ganze Fisch samt Innereien ist als Platzräuber nicht nach ihrem Geschmack.

An unserer Staustufe hat es sich so eingebürgert, dass der glückliche Fänger die Kollegen zu einem Umtrunk einlädt. Wenige Leute werden telefonisch verständigt. Der Terminvorschlag verbreitet sich wie ein Lauffeuer. Wir treffen uns am Lech. Die Schnapsflasche darf natürlich nicht fehlen. Einerseits erweisen wir dem edlen Fisch gebührenden Respekt, andererseits ist es ein kleines gesellschaftliches Ereignis. Kameradschafts- und Fischergeschichtenpflege. Mit 29,7 Kilogramm und einer Länge von 137 Zentimetern steht mein Huchen an der Spitze der deutschen Rekordliste.

Hucho hucho

•••••

Die südlichen Zubringerflüsse der Donau sind vor allem noch der Lebensraum des Hucho hucho. Diese Fische besitzen einen hohen Anpassungsgrad an die Umwelt. Trotzdem ist ihre Art vom Aussterben bedroht. Einbürgerungsversuche außerhalb ihres angestammten Verbreitungsgebietes scheiterten. Und in unseren Breiten sind es vor allem die Kraftwerksbauten und Flussbegradigungen, die die edlen Salmoniden auf die Rote Liste drängen. Obwohl die Belastung der Gewässer durch Verunreinigungen stetig abnimmt. Aber Populationen, die auf den eigenen Flossen stehen, haben es schwer. Fisch fressende Vögel wie Reiher, Kormoran und Gänsesäger schätzen das grätenarme Fleisch. Auch der streng geschützte Fischotter hält sich an den Huchen Jungschwänzen schadlos. Gar Fleischfischer vermessen sich gerne zum Nachteil des Huchens, um durch Selbstbetrug das vorgeschriebene Brittelmaß zu erreichen.

Leider graben sich die Hauptflüsse immer tiefer in die Sohle ein. In Frage kommende Laichgewässer sind bei Niedrigwasser, trotz gewaltiger Sprünge, nicht zu schaffen. Die Ingenieure des Wasserbaues haben künftig noch ein reiches Betätigungsfeld, um die Einbindung und Vernetzung der Gewässer wieder herzustellen. Auch sorgen die ständigen Schwankungen des Pegelstandes durch den Schwellbetrieb für eine Verschärfung der Situation. Und Restwasserbescheide fallen immer zu Ungunsten der Natur aus. Gletscher leiden weltweit an Schwindsucht. Der Permafrost im Hochgebirge zerbröselt. Die Wasserführung nimmt ab und die Erwärmung der Gewässer wird vielen Fischarten das Atmen erschweren. Die Zerstückelung des Lebensraumes ist und bleibt die Hauptursache für den Schwund der Arten.

•••••

PROZESS

Fischen in Tirol

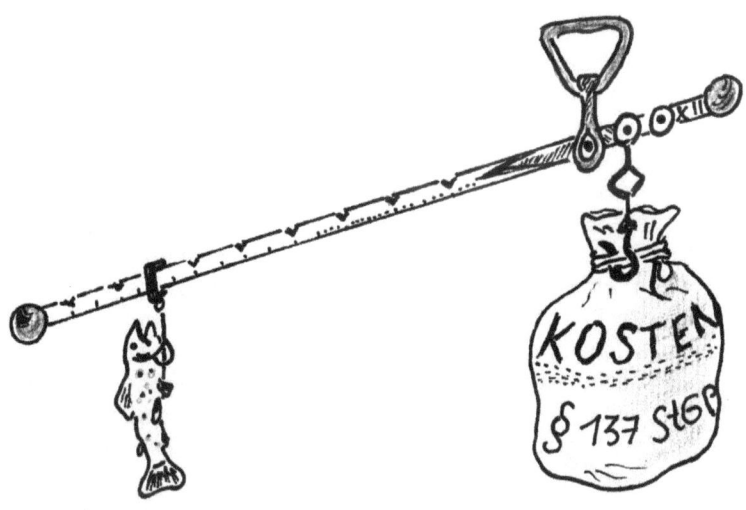

Diese Geschichte habe ich selbst erlebt.

Mein Vater bringt mir das Handfischen nach Forellen bei. Während des Krieges hatte er Gelegenheit, seine Technik zu verfeinern. Ich betrachte den an das Grundstück angrenzenden Dorfbach als mein Revier. Der Eingriff in das fremde Fischereirecht belastet mich nicht. Magisch lockt das Wasser. Die vielen Schatten im seichten Übergang zum nächsten Gumpen befriedigen meinen Jagdtrieb.

Noch sind die mit Klassenkameraden gemeinsamen Schulwege meine Lebensräume, die das Aushecken von Streichen fördern. Das Tragen von Schuhwerk ist verpönt. Eine dicke Hornhaut stumpft die Fußsohlen gegen Schmerzen ab. Ob Grasstoppeln auf dem Feld, scharfkantige Kiesel auf den Wegen oder Spiel im freien Gelände, ist einerlei. Baren Fußes stehe ich wieder mit der von unterschiedlichen Flecken gebeizten kurzen Lederhose im sauerstoffreichen Forellenbach.

Die Rotgetupften spüren die Schwingungen, sie merken die Veränderung des Lichts. Pfeilschnell flüchten sie in Deckung. Unterspülte Steine, halb verwachsen mit dem Gelände und oft durch das Wurzelwerk der Grauerlen gesichert, bieten Unterstand. Wir jungen Spunde sind frei von der Zeiteinteilung. Bei Bedarf richten wir uns nach dem Schlag des Uhrwerks am gotisch-schlanken Kirchturm. Behutsam schiebe ich nebeneinander beide Hände mit den Handrücken zu Boden unter den Stein. Die sanfte Berührung des Bauches löst keine Fluchtreaktion aus.

Der Fisch fühlt sich im Unterschlupf sicher vor Feinden, außerdem ist der Bodenkontakt in seinem Lebensraum alltäglich. Forellengrapschen ist nicht abartig, sondern ein sportliches Vergnügen mit dem Reiz des Strafbaren. Die Verwertung in der Bratpfanne heiligt den Zweck. Mit Anspannung, Geduld und viel Gefühl taste ich den vermuteten Unterschlupf ab. Vom Schwanz Richtung Strömung zieht sich die Handarbeit. Der Tastsinn des Menschen ist sensibel genug, um den Kontakt mit den feinen Bauchschuppen zu spüren. Blitzschnell krümmen sich die tastenden Finger um den Leib des Fisches. Der schlüpfrigen Haut wird ein fester Haltegriff entgegengesetzt.

Der Dorf- und Hufschmied ist unser Nachbar. Gerne gehe ich in seine Werkstatt mit dem festgestampften Boden aus Lehm. Das lodernde Feuer in der Esse, der urige Blasbalg und die Formbarkeit des glühenden Eisens faszinieren mich. Der Gestank beim Anpassen der Hufeisen auf die groben Beine der Pinzgauer Kaltblutrasse sowie ihre kraftvolle Unruhe nötigen zur Betrachtung aus gesichertem Abstand.

Sein Geschäft läuft prächtig. Zur üblichen Arbeit gesellt sich die erste Welle von technischen Maschinen für die Vereinfachung der Heuarbeit. Immer wieder fällt die Gerätschaft aus. Der Betriebslärm in der Schmiede und das für den Antrieb ratternde Wasserrad übertönen das Geräusch des fließenden Wassers.

Ein kleiner Steg führt direkt von der Werkstatt als bequeme Abkürzung über den Bach. Es sind nur zwei parallele Pfosten mit einem Handlauf als schützendem Geländer. Der Seniorchef liebt es, regelmäßig seine filterlosen Zigaretten auf der wackeligen Brücke zu qualmen. Oft hat er mich lange beobachtet und dann meine Wasserpirsch mit gewaltig dröhnender Stimme schlagartig unterbrochen. Wie ein Blitz trifft mich seine Schelte mitten im Beutegriff. Es macht ihm Vergnügen, mich zu ertappen und heftig zu erschrecken.

„Du Rotzbub, jetzt habe ich dich wieder erwischt. Na warte, morgen werde ich es deinem Lehrer sagen!", schmettert er mir von seiner erhabenen Stellung aus im besten Dialekt entgegen. Das angeborene Gewissen, die Wirkung des Religionsunterrichts und das Unrechtsempfinden zwingen mich, die Beute wieder schwimmen zu lassen. Schmerzlich ist der Verlust. Der Zwiespalt der Gefühle treibt mich auf nachdenklichen Umwegen nach Hause. Der Meister über das Feuer und die Eisenbearbeitung ist für mich keine ernste Bedrohung. Allein der mögliche Verrat über meine ungesetzliche Freizeitgestaltung an die Respektsperson quält mich tagelang.

Hätte mir seinerzeit ein Erwachsener ehrlich erklärt, dass Schwarzfischer erst ab 14 Jahren zur Verantwortung gezogen werden, dann wäre ich unbedarft und frech meiner Leidenschaft nachgegangen. Diese Narrenfreiheit wäre ein paradiesischer Zustand.

Wer strafmündig ist, ist nach dem Gesetz alt genug, die Verantwortung für sein Vergehen zu übernehmen. Ab 14 Jahren werden Jugendliche zur Verantwortung gezogen. Sie sind verpflichtet, den Schaden zu ersetzen. Anhand eines Gerichtsbeschlusses wird der geistige Reifegrad des Jugendlichen während der Tatzeit überprüft und die Deliktfähigkeit festgestellt. Aus finanziellen Gründen ist die Wiedergutmachung des Schadens kaum möglich und wird in der Regel der Aufsichtspflicht der Eltern angelastet. Den Minderjährigen werden Erziehungsmaßnahmen aufgebürdet.

§ 137 StGB: Eingriff in fremdes Jagd- oder Fischereirecht.

„Wer unter Verletzung fremden Jagd- oder Fischereirechts dem Wild nachstellt, fischt, Wild oder Fische tötet, verletzt oder sich oder einem Dritten zueignet oder sonst eine Sache, die dem Jagd- oder Fischereirecht eines anderen unterliegt, zerstört, beschädigt oder sich oder einem Dritten zueignet, ist mit Freiheitsstrafe bis zu sechs Monaten oder mit Geldstrafe bis zu 360 Tagessätzen zu bestrafen."

Streng ist so ein Paragraph. Es ist auch für die Juristen nicht leicht, einen komplexen Sachverhalt in einen kurzen und lesbaren Absatz zu pressen.

Vor Kurzem hat sich im Land Tirol folgende Geschichte abgespielt. Aber alles der Reihe nach.

Unweit von Kufstein, knapp hinter der deutsch-österreichischen Grenze, lebt eine junge Familie. Genug Platz ist in ihrem Einfamilienhaus mit Garten für ihre Zwillinge. Die frischen Schulanfänger teilen sich mit einem stattlichen Hund die Spielfläche rund ums Haus. Redlich bemühen sich die Eltern, um ihren Kindern die Freude an der Natur zu vermitteln. Erlebnisse im Naturraum prägen. Weggelockt von den elektronischen Medien, zahlt sich jede Stunde aus.

Ein aufgelassener Steinbruch wird zum Abenteuerspielplatz. Ein munterer Bach verführt zum Staudammbauen und Plantschen nicht nur an Hitzetagen. Putzmuntere Forellen hausen in den Gumpen. Fischer verführen mit künstlichen Insekten die Salmoniden. Ihre sausende Leine erregt die Aufmerksamkeit und fasziniert die Beobachter. Den Zwillingen gefällt das Treiben im und am Fluss. Für die Erwachsenen ist es ein Schlüsselerlebnis und sie hecken einen Plan aus. Sie wollen ihrem Nachwuchs den Urtrieb der Menschheit, Beuteerwerb und Verwertung, anschaulich vermitteln.

Ein Wochenende später tauchen sie samt Hund an der Thierseer Ache auf. Der Fluss wechselt den Namen wie ein Chamäleon die Farbe. Im Oberlauf als Kieferbach bezeichnet, im Mittelteil eben Tierseer Ache und im Unterlauf Klausenbach. Die gesamte Fließstrecke beträgt rund 25 Kilometer und ist ein westlicher Zubringer des Inn.

Im Rucksack verpackt taut ein Fisch. Die Mutter hat die tiefgefrorene und ausgenommene Regenbogenforelle im hiesigen Lidl-Markt gekauft. Eine Haselnussrute aus der Natur und ein paar Meter Monofil genügen für den Zweck. In einem unbeobachteten Augenblick – die Frau lenkt geschickt ihre Kinder ab – hängt der Herr Papa den kiemenlosen und aufgeschlitzten Fisch an den Haken. Filmreif ist die Szene gespielt.

„Ein Fisch, ein Fisch!", schreit das Vorbild laut genug und lockt die Kinder blitzschnell zum Tatort. Den Kids fällt es in der Begeisterung nicht auf, dass die Beute bereits tot und ausgenommen ist. Vielleicht hat der Erziehungsberechtigte gar das Tier weidgerecht erschlagen und Schwindelgeschichten zum Besten gegeben. Pures Abenteuer ist das ganze Theater.

Der Aufruhr am Wasser wird von einem Radfahrer beobachtet. Er zeigt sich interessiert, stellt Fragen und mimt den Scheinheiligen. Statt sich mit Freude an die eigene Kindheit zu erinnern, fällt ihm nichts Besseres ein, als umgehend den bekannten Fischereirechtsbesitzer anzurufen.

Maßlos übertrieben müssen die Schilderungen des Zeugen gewesen sein, denn ein paar Monate später liegt ein Brief von einem Rechtsanwalt im Postkasten. Auch ohne Gesichtsverlust lässt sich so ein Fall im Einvernehmen regeln. Eiskalt hat der Fischereiberechtigte seinen Anwalt kontaktiert. Keine fünf Euros beträgt der Streitwert des Fischdiebstahls aus der Ache. Aussagen stehen gegen Aussagen. Schwierig ist die nachträgliche Beweissicherung.

Wegen Schwarzfischerei müssen sich beide Elternteile vor dem Bezirksgericht Kufstein verantworten. Eingriff in fremdes Jagd- und Fischereirecht heißt das Delikt im Strafgesetzbuch. Dem Ehepaar drohen bis sechs Monate Haft.

Eine Fülle von Kommentaren beschäftigte sich mit dem Prozessverlauf. Der Normalbürger kann und will es nicht verstehen, dass wegen eines lächerlich geringen Streitwertes die Mühlen der Justiz gnadenlos mahlen. Mit scharfen Paragraphen wird auf kleine Fische geschossen.

TEUFELSROCHEN

Bedrohung

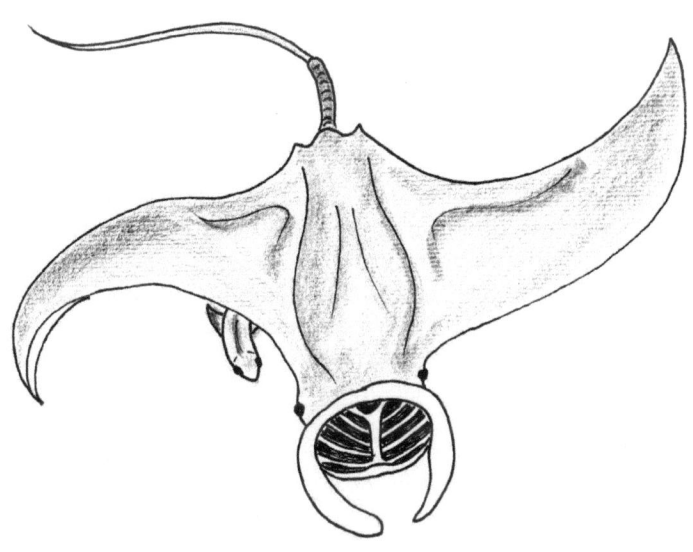

Diese Geschichte hat mir Berni erzählt.

Der Auftritt des Hausherrn, ohne Wirbel oder Tusch einer Kapelle, ist ererbtes Ritual der strebsamen Ahnen. Nach der pauschalen Begrüßung der fast vollzähligen Aufsichtsfischerzunft folgt der Besitzer des größten privaten und zusammenhängenden Reviers in Österreich routiniert den Punkten des eingebürgerten Protokolls. Unentschuldigt oder nicht zumindest mit prächtigen Ausreden bewaffnet wagt es keiner, das anberaumte Treffen zu versäumen. Zu begehrt ist die kostenlose Generallizenz für den Reichtum an Gewässern. Lang ist die Warteliste.

„Es kann und darf nicht sein", poltert er, „dass fischende Hausgäste während ihrer Angeltage nie einen Aufsichtler sehen. Spöttisch würden sich die Leute beschweren, dass die Mitnahme ihrer Lizenz umsonst sei. Keiner findet es der Mühe wert, mit seiner Unterschrift auf dem Papier ihr weidgerechtes Verhalten zu bestätigen."

Rund dreißig vereidete Wachorgane aus den unterschiedlichsten Berufssparten und mit breit gefächerter Altersstruktur sind dem Betrieb zum Wohle der Fischerei verpflichtet. Eine angemessene Gästebetreuung wird vorausgesetzt.

Die Kontrolle, mit dem privaten Fischervergnügen verknüpft, ist eigentlich mit keinem Aufwand verbunden. Zugleich ist es eine Chance, mit unbekannten Gleichgesinnten Gedanken auszutauschen.

Der alljährliche Beratungshöhepunkt endet stets mit der Androhung, dass Leute, die mit ihren Kontrollunterschriften am Ende der Fahnenstange liegen, beinhart ausgemustert werden. Die Abrechnung zeigt Ähnlichkeiten einer doppelten Buchführung. Als reine Frustverlagerung des Hausherrn entpuppt sich der Sturm im Fischwasser, besser Schnapsglas. Nach seiner wohlwollenden Spende eines geistigen Getränkes glätten sich schnell die Wogen.

Geselligkeit ist nicht planbar. Oft führt der Zufall Regie und aus dem vergnüglichen Geschwätz wachsen unvergessliche Geschichten. Seemannsgarn, Fischerlatein und wahre Begebenheiten kreisen kurzweilig in der Runde. Die Erschütterungen des Zwerchfells sind gesund. Die urigen Lacher stecken auch die hübschen Kellnerinnen an, die immer öfter sich am lauten Tisch nach Getränkewünschen erkundigen.

Zur Genüge kenne ich viele außergewöhnliche Fangberichte meines ehemaligen Schülers Berni. Mit Erfolg gelingt es mir, den leidenschaftlichen Fischerjunggesellen aus seiner Reserve zu locken und die Quelle zum Sprudeln zu bringen. Das zusätzliche Drängen der heiteren Tischgesellschaft zermürbt allmählich seine gespielte Zurückhaltung. Er ziert sich eine Weile zum Gaudium der Männerrunde, bevor er als geschätzter Geschichtenerzähler zur Hochform aufläuft.

Mein Kumpel Peter und ich, zwei waschechte Pinzgauer, haben an der costaricanischen Pazifikküste eine zweiwöchige Angelsafari gebucht. Kaum im Hotel in Playas del Coco einquartiert, treffen wir einen deutschen Angelexperten. Karl ist mit seiner jahrzehntelangen Big-Game-Erfahrung unser Lehrmeister. Wir begreifen rasch, dass, trotz unserer Routine im Süßwasser, wir als blutige Anfänger reichlich Lehrgeld bezahlen. Die Fische im Meer sind größer, kräftiger, schneller und beinahe lebensgefährlich! Im Golfo de Papagayo legen wir in der Nähe eines Riffes einige Ruten mit halben Bonitos als Köder in rund 20 Metern Tiefe aus. Captain Arnoldo Martin steuert die Perfektion I und lässt uns zum Zeitvertreib an den Hochseeruten zupfen, um Raubfische anzulocken.

Als wir plötzlich einen Biss verzeichnen, fährt der Captain mit hoher Geschwindigkeit in Richtung offenes Meer. Knallhart wird einige Male angeschlagen. Die Ereignisse überstürzen sich. Peter sitzt laut Reihenfolge gerade im Kampfstuhl, als der mächtige Zug an der Leine die Rute an der Reling aufschlagen lässt. Das hochwertige Gerät droht zu zerbrechen. Captain Arnoldo lacht nur und sagt: „Costa Rica! Wir hängen am Grund fest, das ist niemals ein Fisch!"

Zum Glück ist Karl an Bord und ziemlich misstrauisch. „Es ist ein Fisch, ein Riesenfisch, sicher über 500 Kilogramm!", mischt sich der Profi in den Befund. Der Fisch zieht unser Boot beständig immer weiter ins offene Meer hinaus. „Was ist das für ein Fisch?", frage ich Karl. „Ich glaub nicht, dass es ein Marlin ist, er wäre längst schon gesprungen. Es ist ein riesiger Thunfisch oder ein Hai. Eher ein Thunfisch, denn der Hai hätte längst unsere monofile Schnur durchgebissen", bemerkt Karl kopfschüttelnd.

Mittlerweile sind schon geschlagene zwei Stunden vergangen und das Tier zeigt keine Ermüdungserscheinungen – im Gegensatz zu Peter, dem steht die Anstrengung ins Gesicht geschrieben. Verzweifelt kämpft er mit Einsatz seiner letzten Muskelkraft gegen den unbekannten Giganten der Meere und noch dazu bei tropischen Temperaturen. In Strömen fließt der Schweiß.

Captain Arnoldo pflegt laufend Funkkontakt mit dem Hotelmanager und den anderen Booten. Immer wieder sprudelt er temperamentvoll den aktuellen Stand der Dinge ins Mikrophon. Besorgt erwähnt er den Zeitfaktor. An Bord des schnittigen Fischerbootes ist leider keine Navigationseinrichtung montiert und in Mittelamerika folgt der Dämmerung rasch gefährliche Dunkelheit.

„Wir müssen den Druck auf den Fisch erhöhen, sonst werden wir ihn nie fangen, wir haben nur relativ wenig Zeit", bemerkt Karl und stellt die Bremse an der Penn International auf absolutes Maximum. Auch Arnoldo übt mit der Kraft der Bootsmotoren einen vorsichtigen Druck auf den Fisch aus. Mit der extremen Einstellung ist aber Peter nicht mehr in der Lage, durch Pumpen einen Schnurgewinn zu erzielen. Blockiert an der Reling, liegt die Funktion der Rute brach. Urplötzlich reißt der Fisch mit Macht aus und zieht mit Leichtigkeit, im Höllentempo, weit über hundert Meter Leine von der Rolle. Erfahren kühlt Karl die

Multirolle mit Wasser, um eine Überhitzung der Bremsscheiben zu vermeiden. „Ein Ungeheuer, nie und nimmer ein Thunfisch! Diesen Fisch werden wir nie bezwingen, er ist sicher über eine Tonne schwer!", schreit der Meister aufgeregt und schlägt beide Hände über dem Kopf zusammen.

Ratlosigkeit, gepaart mit Nervosität, breitet sich auf Deck aus. „Was ist das für ein Fisch?", fragen sich alle. Der Captain steuert mit Vollgas das Boot in die Fluchtrichtung des Monsters. Peter kurbelt wie verrückt, um die Leine auf Spannung zu halten. „Vermutlich ist es doch ein Hai, ein riesengroßer Hai, der so gehakt ist, dass er mit seinen messerscharfen Zähnen die Schnur nicht erreicht!", schwatzt Karl. Durch meinen Kopf geistert schon der Große Weiße Hai aus Benchleys Filmklassiker. Als wir beinahe wieder die abgezogene Leine auf der Spule haben, kommt ein Funkspruch vom Bootseigner, dass wir die Leine durchschneiden müssen. Es besteht ohnehin keine Chance dieses Ungeheuer zu fangen, außerdem ist die Zeit auf dem Wasser bereits beträchtlich überzogen. Die Beziehungen und Erfahrungen von Karl reichen, um dem Bootsbesitzer auf dem Festland eine weitere Viertelstunde abzuhandeln.

Auf der Seite der blutigen Anfänger steht oft Glücksgöttin Fortuna. Im wilden Gekreische überschlägt sich die Stimme des Captains von seinem Steuerstand aus. Wie von Sinnen brüllt er: „It's coming up, it´s coming up, look over there!" Das Phänomen aus der Tiefe zeigt seine riesigen Konturen in unmittelbarer Rumpfnähe des Bootes. Oh Mann, was für ein Brocken, denke ich mir bewundernd, als Arnoldo wieder losheult. „Manta, Manta, cut the line!"

Der schwarze Manta, ein Vertreter der größten Rochenart weltweit, steigt komplett an die Oberfläche und mischt furchterregend mit seinen mächtigen Schwingen das Wasser. Als Planktonfiltrierer hat wohl der urtümliche Gigant unseren Köder unabsichtlich eingesaugt.

Freischwimmende Krebse, Flügelschnecken, winzige Schwarmfische und Massen von Kleinstlebewesen sind ihre Nahrung. Ungeschoren hingegen bleiben die Pilotfische, die als Begleitagentur im Schatten des Leibes den sanften Riesen folgen. Die geschätzte Flossenspannweite von acht Metern und seine Masse von etwa zweitausend Kilogramm reichen mit Sicherheit, um das Boot zum Kentern zu bringen. Dankbar für das ungewöhnliche Erlebnis und heilfroh sind alle Beteiligten, als in der Bedrängnis die Leine durchtrennt wird.

Marline, Sailfische, Riffhaie, Wahoos, ein Delphin und viele Gelbflossen-Thunfische liefern in den nächsten Ausfahrten phantastische Drills, aber den Teufelsrochen werde ich mein Lebtag lang nicht mehr vergessen.

SCHARFES CHILLI

Kuppelzelt

Diese Geschichte hat mir Felix erzählt.

Mein Arbeitskollege ist ein ausgezeichneter Forellenfischer. Aber vom Überlisten der schlauen Karpfen hat er wirklich null Ahnung. Nach langer Überzeugungsarbeit gelingt es mir endlich, ihn zu überreden.

Wir treffen uns an einem Vereinsgewässer der Salzburger Sportfischervereinigung. Legen unsere Ruten aus und fischen auf Grund.

Es ist noch zeitig im Frühjahr. Die Fische machen sich nur mit zaghaften Bissen über die Köder her. Mein Spezi hat es mit dem Anschlag immer sehr eilig. Es klappt einfach nicht mit einem Drill.

Rapide stellt sich das Wetter um. In kurzer Zeit schüttet es wie aus Kübeln. Im Nu verwandelt sich der Boden in einen Morast. Gut, dass wir vorsorglich ein Schirmzelt aufgebaut haben und uns zurückziehen können.

Cola mit Kirschrum, nicht zu gering die Dosis gemischt, lässt uns das miese Wetter locker ertragen. Allmählich bewirkt die Mischung, dass mein Freund durch die Verzögerung den richtigen Zeitpunkt des Anschlages erwischt.

Die zwei eingeladenen Mädels lassen sich durch das Sauwetter nicht abhalten. Sie tauchen am späten Nachmittag, wie ausgemacht, mit einem Topf Chilli auf und leisten uns im kuscheligen Zelt angenehme Gesellschaft.

Bald brodelt auf dem Gaskocher das scharfe Gericht. An alles haben wir gedacht, nur auf die wichtigen Löffel haben wir vergessen.

Zuerst halten wir uns für schlaue Burschen und versuchen die Köstlichkeit einfach vom Teller zu schlürfen. Der Versuch kommt einer Entsorgung von Speisen gleich. Ein Kinderlatz könnte nicht verschmierter sein als unsere Pullover. Kläglich scheitert das Experiment. Der Rum wärmt, lockert die Zunge und fördert scheinbar die Kreativität. Halb so schlimm, denken wir und zerreißen einen überzähligen Plastikteller als Ersatz. Die geniale Idee entpuppt sich als Versager. Alles fließt, auch das Chilli. Bereits eine geringe Neigung der Tellertrümmer genügt, dass das scharfe Gericht wieder der Schwerkraft folgt.

Normalerweise ist die Angelegenheit zum Weinen, aber in unserem Zustand ist die kulinarische Rutschpartie eine treffliche Gaudi.

Zufällig finde ich in meiner Fischertasche ein mickriges Messer. Nachdem das Ausnehmen auch an diesem Gewässer verboten ist, braucht es kein scharfes Werkzeug. Eine Heidenarbeit ist das Schnitzen eines Löffels mit der stumpfen Klinge. Bis halbwegs brauchbare Holzlöffel fertig sind, vergeht reichlich viele Zeit. Das Chilli dickt sich ein und wird noch schärfer. Der pure Kirschrum ist ein ausgezeichneter Brückenbauer. Gelassen schweben wir über den Dingen.

Die Regentropfen, die schweren, lassen nicht locker. Ihr Trommeln auf die Zeltplane ist eine entspannende Melodie. Der knöcheltiefe Dreck rund ums

Zelt macht es uns leicht, auf die Fischerei völlig zu verzichten. Die Reize der Mädels locken mehr als die Schuppen der kapitalen Karpfen. Großartig ist die Stimmung im engen Kuppelzelt.

Was ich noch unbedingt sagen muss: Von großartigen Fängen gibt es nichts zu berichten, aber mein Freund hat den größten Fang seines Lebens gemacht. Er hat ein Mädel kurz darauf geheiratet.

Mit einem Wort: Die Fischerei ist nachhaltig und verbindet.

TREIBJAGD
Schrotfisch

Diese Geschichte hat mir Erich erzählt.

Mit Genugtuung nehmen die Grünröcke die Einladung zur Treibjagd an. Nichts ist schwerer zu ertragen als eine Reihe von Festtagen. Unmengen an Keksen, Familienfeierlichkeiten sowie Verwandtschaftsbesuche erfordern ein gerütteltes Maß an Sitzfestigkeiten. Die Massen der Wintersportler erhöhen die Verletzungsgefahr auf den überfüllten Pisten. Das Revier wird den Gästen und der heimischen Jugend überlassen. Spaziergänge im Flachen genügen den Frauen. Hingegen treibt das Jagd-Gen im Blut uns Naturburschen auf die Pirsch. Wie gerufen kommt der Stefanitag, der 26. Dezember.

Ausgemacht ist die Riegeljagd im Bereich der neuen Panoramabahn. Sie ist eine Art der Bewegungsjagd. Das Wild wird in der Sprache der Weidmänner gedrückt, das heißt, von Treibern mit oder ohne Hunde aus den Einständen oder Deckung getrieben. Die Stöberhunde machen einen Höllenlärm. Sie sind aber zu langsam auf ihren Pfoten, um die Hasen, Füchse oder das Federvieh richtig zu hetzen. Es flüchtet in die Richtung der aufgestellten Jäger. Letzten Endes fehlt die Panik und somit die entsprechende Geschwindigkeit des Wildes. Leichter fällt der weidgerechte Schuss.

Jede Drückjagd ist ein gesellschaftliches Ereignis für alle Beteiligten und ein Erfolg, wenn es keinen Treiber oder Hund mit oder ohne Warnweste erwischt.

Es ist wie verhext. Treiber und Hunden schreien bzw. bellen sich die Kehle heiser. Höchst selten verlässt im letzten Augenblick ein Hase seine Sasse.

Mit scharfen Haken rettet das Tier sein Fell. Hin und wieder knallt ein Schuss. Die gegenüberliegende Bergkette wirft das Echo zurück. Erbärmlich ist aus der Sicht der Jäger der Erfolg. Pünktlich zieht sich das Jagdvolk mit den vierbeinigen Gehilfen zurück. Erfrischend ist das Stapfen durch den Neuschnee. Die Kälte kriecht durch die Kleidung. In der alten Gaststube knistert der Kaminofen. Bestes Jägerlatein und zahlreiche Ausreden müssen für die erbärmliche Strecke herhalten. Der Jägertee wärmt und belebt den Geist. Nach der Stärkung nimmt die Treibjagd neuen Schwung. Trotzdem ist das Ergebnis nach der Einkehr kaum besser, aber erheblich lustiger. Der konsumierte Schutzheilige, der Grüne Veltliner, lässt den Finger am Abzug schneller zucken.

Das Jammern über das geringe Aufkommen des Niederwildes hat seine Berechtigung. Vermutlich, wie so üblich, gibt es mehrere Gründe. Der Lebensraum mit all seinen Aufgaben schrumpft täglich. Ausgeräumte Landschaften und Monokulturen sind schuld an dem einseitigen Futterangebot.

Ernüchternd ist der Artenschwund. Aber der Rückgang des Niederwildes, da sind sich die Ökologen und Jäger einig, hängt vor allem mit der Zunahme der Raubwilddichte zusammen. Fuchs und Marder gehen erfolgreich ihrer Wesensart nach. Auch die flinken Wiesel mischen als Liebhaber von Vogeleiern fleißig mit. Bemüht man die Statistik, so stellt sich heraus, dass der Abschuss des Raubwildes erheblich zu gering ist. Prächtig vermehren sich die Prädatoren.

Der Rückmarsch am Talboden verläuft entlang eines Baches. Einer aus der Gilde der Grünröcke, frisch mit der Jagdprüfung aufgewertet, sieht eine starke Bachforelle in einem eher seichten Gumpen stehen. Im Übermut und mit geistigem Flüssigkeitsanteil im Blut, erlegt er mit einem Schuss das Schuppenwild.

Aus nächster Nähe ist das Zielen keine Kunst. Außerdem genügt die Streuung einer Schrotpatrone, um den Fisch zu treffen. Fehlt es auf Grund der Einkehr an der Zielgenauigkeit, so ist es auch kein Malheur, denn die plötzliche Druckausbreitung im Wasser zerreißt dem Fisch ohnehin die Schwimmblase. Somit hat sich die Strecke bei der ganztägigen Riegeljagd noch um ein Tier vermehrt. Neben zwei Füchsen und einen einzigen Feldhasen bessert der Fisch den Jagderfolg erheblich auf. Die Schonzeit von 1. Oktober bis 28. Februar rettet die Forelle nicht vor der Weitergabe ihrer Gene. Es nützt ihr auch keine Schuppe, wenn Fische nicht als jagdbare Tiere aufgelistet sind.

Getroffen hat der Grünrock den Fisch, aber verletzt die Jagdehre. Verletzt wird die Ehre in erster Linie durch einen groben Verstoß gegen die Weidgerechtigkeit sowie durch sonstiges Verhalten eines Mitgliedes der Jägerschaft. Das Ehrengericht der Salzburger Jägerschaft hätte mit Sicherheit das Vergehen geahndet. Nicht zimperlich sind die vom Ehrensenat verhängten Strafen: Die Verhängung eines Bußgeldes bis zu 7.000 Euro, wobei die Nutznießer Wohlfahrtseinrichtungen sind. Gar der zeitliche oder dauerhafte Ausschluss aus der Salzburger Jägerschaft ist möglich. Aber wie heißt es so trefflich: Wo kein Kläger ist, da sind die Richter arbeitslos.

Was ich noch erwähnen möchte: Der unrühmliche Tod des Schuppenwildes begeisterte die heiteren Pirschgesellen. Ihr Beifall ehrte den Schützen. Am Ende kostete es den Helden eine Runde im letzten Wirtshaus.

SCHICKSAL
Schwarze Gedanken

Diese Geschichte habe ich selbst erlebt.

Am Vierwaldstättersee prasselte Starkregen aus den tief hängenden Wolken. Hagelkörner, groß wie Kirschen, verstärkten das Trommelfeuer. Sturmböen peitschten und knickten Bäume. Blätter, Äste und loses Zeug wirbelten durch die Lüfte. Die Wetterelemente tobten sich aus, als ob der Himmel ein Zeichen setzen würde. Der rückblickende Zeitvergleich deckte sich mit den geografischen weit auseinander liegenden Ereignissen. Dennoch glaube ich nicht an einen Zusammenhang zwischen dem hautnah erlebten Unglück in Jakutien und dem zeitgleichen Wetterunbill in der Schweiz.

Aber alles der Reihe nach: Eine österreichische auf Fischerreisen spezialisierte Agentur hat in Zusammenarbeit mit der UNI Jakutsk uns in das Flusssystem Utschur gelockt. Dieser ist ein wichtiger Nebenfluss des goldhaltigen Aldan in der russischen Republik Jakutien. Vor der Buchung wurde der Fischbestand in den höchsten Tönen gelobt. Im Wasser stehen sich die begehrten Taimen und asiatischen Weichmaulforellen, die Lenoks, quasi auf den Flossen. Von den angesprochenen Salmoniden leider keine Spur. Es war wie verhext. Taimen, Lenoks und Äschen schienen in diesem Gewässer ausgerottet zu sein. Ein paar prächtige Flussbarsche waren die ganze Ausbeute. Erst im Nachhinein erfuhren wir, dass dieser Fluss abschnittsweise immer wieder von warmen Quellen gespeist wird. Sogar in den klirrend kalten Wintermonaten bleibt auf langen Strecken das Wasser eisfrei. Der Sauerstoffgehalt ist somit den Fettflossenträgern eindeutig zu gering.

Die ursprüngliche Erwartungshaltung litt erheblich durch die katastrophale Fischerei, den zerbröselnden Teamgeist und vor allem durch den gnadenlosen Wettersturz mit Schneefall. Kälte, steifer Gegenwind und meuternde, alkoholabhängige Bootsführer trugen auch nicht zur besseren Stimmung bei. Die Verpflegung kam über die ganze Zeit einer kulinarischen Mutprobe gleich. Allein die Befahrung des Flusses mit den untauglichen Booten war ein Abenteuer. Gar auf einer Rettungsinsel drehten sich mein Partner und ich zwei Tage lang im Kreis. Ein rundes Gummigefährt lässt sich halt mit Stechpaddel schwer auf Kurs halten. Dunkle Nachtstunden und die Strömung waren unsere unsicheren Begleiter.

Aber der Absturz des Flugzeuges überschattete alle anderen Befindlichkeiten. Unbegreiflich bleiben der Schicksalsschlag und das Leid der Angehörigen. Auf dem Anflug zur Schotterpiste zerschellte die Maschine. Kein Mensch an Bord hat überlebt. Alle Passagiere, außer der Crew, stammen aus dem tristen Holzfällerdorf Tschagda.

Jede Familie hat einen Todesfall zu beklagen. Die wahre Ursache der Katastrophe wird nie restlos aufgeklärt werden. Treibstoffmangel und Überladung wurden uns vom Dolmetscher als mögliche Gründe genannt. Die Nachlässigkeit kostete siebzehn Menschen das Leben. Der Ortsvorsteher des Nestes wünschte sich keine Ausländer als Schaulustige. Wir wurden gebeten, eine weitere Nacht auf einer nahen Taigalichtung zu verbringen.

Die Nachricht des Unglückes trifft uns persönlich. Diese Chartermaschine war für unseren Rückflug in die Hauptstadt bestimmt. Nur einen einzigen Start später wären unsere zusammengewürfelte Testreisegruppe und die jakutische Begleitagentur betroffen gewesen. Auch der Hund, als Bärenschreck mitgenommen, hätte seine Pfoten gestreckt. Der Umgang mit dieser Hiobsbotschaft ist so unterschiedlich wie die Charaktere der Gruppe. Ziehen sich einige Leute wie verletzte Tiere in den Wald zurück, um zu grübeln, überbrücken andere mit Aktivitäten und lautem Gehabe ihre Ängste.

Die Jakuten hingegen unterhalten sich lautstark am Lagerfeuer und nehmen, zumindest schaut es für mich so aus, die Katastrophe wie einen Waldbrand zur Kenntnis. Das Flackern der Feuerzungen und Knacksen der harzreichen Äste schürte nur meine Unruhe im Herzen. Es gelingt mir schlecht, die schwarzen Gedanken abzuschütteln. Ich schaffe es nicht, aus dieser Spirale auszubrechen. Seelische Bedrängnis macht gläubig.

Lächerliche Gegengeschäfte biete ich dem Schöpfer des Universums an. Nur um meine Haut zu retten. Ich wünsche mir eine Hand voll Schutzengel, die mich heil nach Hause bringen. Ich brauche noch Lebenszeit. Vieles ist noch zu klären und zu erledigen.

Meine Ängste, meine gefühlsmäßige Not, die Gedanken an die Familie und mein stilles Gerede mit Gott lösen sicher im anderen Kontinent keine Naturereignisse aus. Er mischt sich nicht in die Belange der Menschen ein. Beten ist nur ein Trostpflaster, ein sanfte Droge für das Nervenkostüm. Während wir verrückten Fischer die erste Etappe der langen Rückreise antreten und mit einem uralten Doppeldecker ausgeflogen werden, kehrt meine Frau von einer Rundreise zurück. Sie war mit einem befreundeten Ehepaar unterwegs. Vorwiegend auf der Schiene rollten sie durch einen Teil der Schweiz.

In unserer alten Stube genießen die drei Heimkehrer die Bewirtung durch meine Mutter. Sie schwelgen über die erlebnisreichen Tage. Die faszinierende Landschaft, Menschen und Kultur haben sie begeistert. Zahlen sind wie Schall und Rauch, aber Bilder prägen sich ein.

Mitten in der Freude platzt die Gastgeberin wie ein Trampeltier in den berühmten Porzellanladen: „Vor zwei Tagen ist in Russland ein Flugzeug abgestürzt. In der Taiga. Südlich von der Hauptstadt Yakutsk. Genau in der Gegend. Es besteht keine Hoffnung auf Überlebende!", haben sie in den Nachrichten gesagt. Mit einem Schlag zerschellen die Urlaubsstimmung und die Lebensfreude.

Grausige Bilder malt das Kopfkino. Die Gedanken schnüren meiner Frau die Kehle zu. Drei Tag lang währen die Albträume, dann tauche ich unversehrt auf.

LIFE STERLET

Der kleine Stör

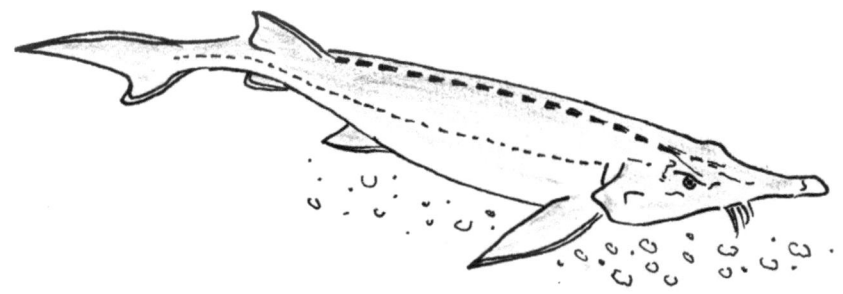

Diese Geschichte hat mir Christine erzählt.

Anlässlich der alle zwei Jahre stattfindenden Exkursion des Landesfischerei-verbandes Salzburg stand auch die Sterlet Aufzucht auf dem Programm. Das Herzstück ist das Container-Bruthaus auf der Donauinsel in Wien. Christine, eine BOKU-Studentin, führte uns durch die Anlage und vermittelte wesentliche Fakten.

Interessant ist, dass alle 27 Störarten nur auf der Nordhalbkugel unseres Planeten vorkommen. Auch unser Sterlet ist vom Aussterben bedroht. Schuld sind in erster Linie der immer mehr eingeschränkte Lebensraum und die Querbauten der Flusskraftwerke. Schleusen behagen den Wanderfischen nicht. Zusätzlich hat die seinerzeitige Regulierungswut nicht nur diesen Fisch schwer getroffen. Sand- und Schotterentnahme sowie die Gewässerverschmutzung sind weitere Fakten der Gefährdung. Außer Frage steht auch das globale Problem der Klima-erwärmung. Auch der kleinste Vertreter steht bereits auf der Roten Liste und ist durch das Washingtoner Artenschutzabkommen geschützt. Düster schaut insgesamt die Zukunft aus. Weltweit betrachtet, brechen die Populationen von Säugetieren, Vögeln, Amphibien, Reptilien und Fischen durchschnittlich um zwei Drittel zusammen. Wäre der rapide Rückgang ein Index an der Börse, wäre der Ausbruch einer Panik die Folge. Das lautlose Sterben der Arten findet noch viel zu wenig Gehör.

Ein Team der Universität der Bodenkultur Wien leitet das Projekt. Über 250 Millionen Jahre wird das stammesgeschichtliche Alter der Störe geschätzt. Somit gehören sie zu den urtümlichsten Wirbeltieren auf unserer Erde.

Dinosaurier waren ihre Zeitgenossen. Auffallend sind die fünf Reihen Knochenschilder. Auch die kecke Nase und die Tastorgane, die wie ein Bart vor dem Maul zum Boden hängen.

Durch die Aufzucht und anschließende Auswilderung sollten im Rahmen des EU-Projektes Life Sterlet wieder selbsterhaltende Populationen entstehen. „Wichtig ist uns", betont Christine, „dass die Erbrütung im Donauwasser erfolgt, quasi im Heimatgewässer. Wir erhoffen uns dadurch eine höhere Laichbereit-schaft in freier Wildbahn. Außerdem verwenden wir Futter, das den Nahrungs-quellen ihres künftigen Lebensraumes entspricht. Aufgrund unserer Beobachtungen stellten wir einen ausgeprägten Kannibalismus fest. Um den Schaden möglichst gering zu halten, verlegten wir die Futterzugaben in die Nachtstunden. Somit wird die Jagd auf die eigenen Brutgenossen tunlichst vermieden. Die Elterntiere stammen leider aus Ungarn, weil wir auch im selbst reproduzierenden Sterletbestand im Donaustauraum, oberhalb von Aschach, schwer Mutterfische erwischen."

Mit Geduld haben wir noch im Mai die Eier von Marina, einem weiteren Fischweibchen, abgestreift. Nur die Geschlechtszellen, die im Eileiter stecken, kann man ernten. Es dauert eine Weile, bis ein weiterer Schub nachrutscht.

Kaviarwilderern fehlt für dieses geduldige Handwerk einfach die Zeit. In ihrer Gier schlitzen sie einfach den Bauch, oft bei lebendigem Leibe, auf und entnehmen sämtliche Eier. In der Eile füllen sie rasch die offene Leibeshöhe mit einigen Steinen und versenkten an Ort und Stelle das Beweisstück.

Das Geschäft mit den unbefruchteten Eiern (Rogen) ist die größte Bedrohung der Störbestände. Kein Wunder, denn zehn Dekagramm Kaviar werden mit rund 500 Euro gehandelt. Einer der teuersten Delikatessen beflügelt die Wilderei sowie den illegalen Handel. Der wachsende Schwarzmarkt mit dem Schwarzen Gold verlängert erschreckend rasch die Roten Listen.

„Rund 60.000 Sterlets wurden heuer ausgewildert. Beim Aussetzen achten wir genau auf den Schiffsverkehr in der Donau." Die Setzlinge würden durch die sich ausbreitenden Bugwellen an die Uferbefestigung gedrückt. Viele Jungfische würden den ersten Tag in der Freiheit nicht überleben. Zweckmäßig ist die Besatzaktion vom Boot aus. Hier können die Zwerge gleich ins tiefere Wasser abtauchen und sind sicher. Abgesehen von den Fressfeinden im Fischvolk.

Ausgesetzt werden die Tiere in den letzten frei fließenden Donauabschnitten, im Nationalpark Donauauen, in der Wachau sowie in der March als Zubringer. Die mit Sender ausgestatteten Fische geben Aufschluss über ihre Wanderbewegung und Nutzung des beschränkten Habitates. Wobei auch die Fangmeldungen der Fischer in der Statistik ihren Niederschlag finden.

Rund 150 Fische werden mit teuren Sendern versehen. Etwa 4.000 Fische mit der sogenannten PIT-Markierung (Passive Integrated Transponder) und wiederum 4.000 Tiere mit der billigen, aber gut sichtbaren Spaghetti-Markierung. Im Prinzip ein Kunststoffschlauch, der in der Nähe der Rückenflosse verankert ist.

Unser Sterlet schafft eine Länge von rund einem Meter. Er ist der kleinste der sechs Donau-Störe und kommt noch in Reliktpopulationen vor. Auch in den Nebenflüssen der Donau, wie Inn, Mur oder Theiß, fängt man gelegentlich diese urtümliche Fischart. Ursprüngliche Laichwanderungen von rund 300 Kilometern sind auf Grund der Zerstückelung der Flussläufe traurige Vergangenheit. Rein statistisch betrachtet, folgt in unseren Gewässern auf etwa einen Kilometer schon das nächste Hindernis.

Eigentlich ist unser Sterlet ein wahrer Zwerg, wenn man an den mächtigen Hausen denkt. Geradezu ein Gigant ist der Hausen- oder Beluga-Stör. Er gilt als einer der größten Knochenfische. Sein Lebensraum beschränkt sich noch auf das Schwarze Meer, das Kaspische Meer und die einmündenden Ströme. Durch die Überfischung und den massiven Verlust der Laichgebiete ist dieser Riese heute auch vom Aussterben bedroht. Natürlich ranken sich um solche Fische fantastische Geschichten. Der gewaltigste Hausen, der je gefangen wurde, brachte 1.571 Kilogramm auf die Waage und war 7,2 Meter lang. Wohl hundert Lebensjahre hat man diesen Fisch zugestanden. Leider wurde auf die Untersuchung der Wirbelkörper vergessen. Als eindeutig gesichert gelten Längen von fünf Metern und einer Tonne Gewicht. Als die Donau noch nicht durch die Flusskraftwerke zerstückelt war, zogen die Laichtiere gar bis Österreich. Sie legten rund 2.000 Kilometer stromauf zurück.

Fünf Störarten leben noch in der Donau, wobei der Sterlet sein ganzes Leben im Süßwasser verbringt. Er wandert nicht ins Meer ab.

Hausen, Sternhausen, Glattdick und Waxdick leben im Schwarzen Meer. Sie steigen zum Ablaichen ins Süßwasser auf. Die Errichtung des Eisernen Tores – Grenze zwischen Serbien und Rumänien – führte leider zur rücksichtslosen Unterbrechung ihrer Wanderwege.

Zum Schluss richtet Christine noch eine Mahnung an unsere Gruppe. „Auf keinen Fall dürfen zu groß gewordene Fische aus dem Gartenteich in die Gewässer ausgesetzt werden." Häufig seien es nämlich keine heimischen Sterletstämme und somit eine Genverschmutzung. Der Verlust der Störarten zeigt deutlich den negativen Einfluss des Menschen in die Lebensräume. Jede Art verdient unsere Aufmerksamkeit und bedarf der Fürsorge. Einmal ausgestorben führt kein Weg zurück.

Nachtrag

••••••

Ein Wachau-Winzer und leidenschaftlicher Fischer kommt nach einigen Corona-Monaten bezüglich Fischbrut regelrecht ins Schwärmen. Der Nachwuchs von Zander, Hecht, Barben und Karpfen sowie die Vielfalt der Weißfische hat sich schlagartig zu einer erfreulichen Dichte entwickelt. Das Wunder der Fischvermehrung hängt seiner Meinung nach eindeutig mit dem geringen Schiffsverkehr zusammen.

Die Bootstouren und die Kreuzfahrtschiffe sind eingebrochen. Ihr schnittiger Bug und die relativ hohe Geschwindigkeit erzeugen einen hohen Wellengang, der sich am Ufer bricht. Die Fischbrut hat eine geringe Überlebenschance, wenn die Wogen sie an die harte Verbauung schmettert oder einfach ans Ufer spült. Fliegende Fischfresser wissen um die besten Plätze mit dem Angebot der zappelnden Beute.

Gewässerökologen sind sich einig, dass der Verlust der Jungfische eindeutig mit der Mächtigkeit des Wellenschlages zusammenhängt. Sie fordern eine Drosselung der Geschwindigkeit und weitere Einbindungen von Nebenarmen zwecks geschützter Einstände.

••••••

BISAM
Fell statt Schuppen

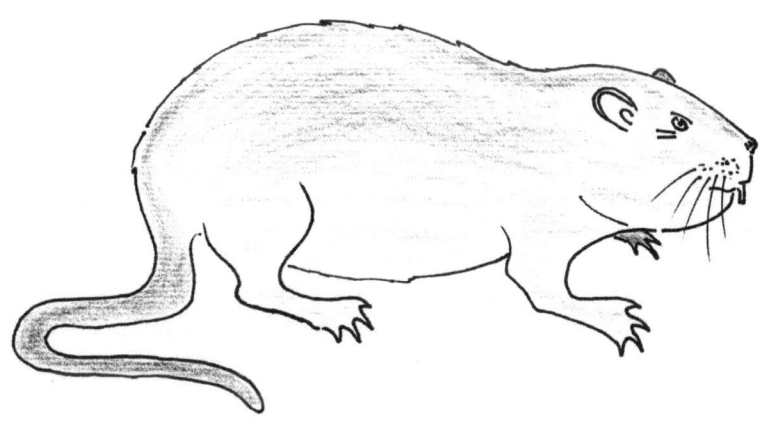

Diese Geschichte hat mir Sepp erzählt.

Mein Biotop liegt in einer Bucht des stattlichen Fischteiches und wurde, ich gebe es zu, jahrelang kaum gepflegt. Ich bin mit dem Ausreißen der Ausläufer der Schilfpflanzen beschäftigt. Ein verzweigtes Netz im Schlamm, das meinen altersgemäßen Bandscheiben wenig Freude bereitet. Einsam werke ich am Teich.

Einen richtigen Filz stellen die Wurzeln des Schilfes dar. Weiße, schlauchartige Verbindungen kriechen im Schlamm. Von diesen Hauptleitungen verzweigen sich die wesentlich dünneren Ausläufer einem Netzwerk gleich. Einen ausgezeichneten Ruf besitzt das Röhricht als Wasserreiniger. Aber mir ist der Überfluss ein Schilfblatt im Auge. Die zähe Pflanze verdrängt meinen geschätzten Rohrkolben. Außerdem trägt die abgestorbene Pflanzenmasse immer mehr zur Verlandung des Biotops bei.

Der Schlamm saugt sich förmlich an den Stiefeln fest. Bis zur halben Schienbeinhöhe stecke ich im Dreck. Bei jedem Ortswechsel muss ich vorher mein Gewicht abwechselnd auf die Beine verteilen, um den Fuß aus dem Morast zu lösen. Jeder Schritt fordert das Gleichgewicht heraus und erschwert den Abtransport der ausgerissenen Wurzeln samt Schlammpackung.

Gebückt wühle ich im bleigrauen und aufgewirbelten Wasser nach den Trieben. Einem Wildschwein gleich ackere ich mich durch den Morast. Widerspenstig wehrt sich die Botanik gegen meine Gewaltanwendung. Mit einem trockenen Knacken gibt ein Teil nach und schleudert mir die Dreckspritzer ins Gesicht. Immer wieder muss ich die Sonnenbrille reinigen, damit ich halbwegs einen Durchblick habe. Nebenbei verbreitet der Faulschlamm einen üblen Geruch.

Das gemeine Volk nützt in den schweren Corona-Zeiten die noch teilweise im Winterschlaf steckenden landwirtschaftlichen Flächen zu Spaziergängen. Die offenstehenden Tore laden geradezu ein. Klagen wegen Grundbesitzstörungen braucht keiner zu fürchten.

Die niederschlagsfreien Wochen lassen den Mist vertrocknen. Staubtrocken ist das Land. Dem Gras fehlt zum Wachsen das Wasser. Die Ausgangsbeschränkungen und empfohlenen Mindestabstände verändern schlagartig die üblichen Weggewohnheiten und Ziele.

Mitten im Ziehen, Zerren und Reißen überrascht mich eine Stimme im Nacken: „Wie geht´s", sagt Sepp und beruhigt seinen Schweißhund an der langen Leine.

Froh wieder mein Kreuz zu strecken, nehme ich gerne das Gespräch an. Wir unterhalten uns ausgezeichnet über das Abrichten des Hundes, die Jagd im Allgemeinen und natürlich über die Fischerei.

Tags darauf, etwa im selben Zeitfenster, taucht er wieder mit seinem Jagdhund auf und merkt sogleich an: „Ein Sackerl fürs Gackerl habe ich stets bei mir. Ich finde es eine Schweinerei, wenn Leute bei Beobachtung brav den Mist von ihrem Hund wegräumen und bei erster Gelegenheit bequem in der Gegend entsorgen. Mir ist gestern auf dem Heimweg eine Geschichte eingefallen. Sie könnte dir für deine Sammlung passen."

Mein Vater war bis ins hohe Alter ein leidenschaftlicher Gamsjäger. Kein Anmarsch war ihm zu weit und keine schroffe Gegend zu gefährlich. Irgendwann wurde die Jagerei zu mühsam. Zu beschwerlich die Herausforderungen des Revieres. Geprägt von den Naturerlebnissen konnte er seine Leidenschaft und das Gewehr nicht einfach so an den Nagel hängen. Fließend vollzog sich der Wechsel vom anstrengenden Weidwerk zur gemütlichen Fischerei.

Das Familienbudget geht sich gerade für einen Mopedroller Marke Lohner Sissy aus. Ausgestattet mit einem Soziussitz samt Haltegriff und ein Paar Pedale zur Sicherheit. Wir Buben dürfen abwechselnd unseren Vater zum Fischen begleiten. Ohne Helm, dafür einen großen Rucksack mit dem notwendigen Zeug für die Fischerei. Ziel war stets der fischreiche Zeller See.

Die besten Plätze waren bei unserer Ankunft schon längst besetzt. Für uns Leute vom Oberpinzgau, quasi Fremde, blieben nur mehr Stellen außerhalb der Platzhirsche. Weit weg von den städtischen Profis und ihren argwöhnischen Blicken, nützten wir jungen Hunde die Gelegenheit zum Schwarzfischen. An ein schlechtes Gewissen kann ich mich wirklich nicht erinnern. Zudem war meinem Papa die Tageskarte ohnehin zu teuer. Gegen unsere Unterstützung hatte er nicht die geringsten Einwände.

Ließ der Erfolg auf sich warten, dehnten wir die Hoffnung weit in die Dämmerung hinein aus. Kostete doch die lange Heimfahrt auf dem Roller wertvolle Fischerzeit. Immer dichter schoben sich die Wolken über die Grasberge. Es roch förmlich nach Regen. Trotzdem verschob mein Vater immer wieder den Aufbruch. Der aufkommende Wind kräuselte das Wasser. Die dunklen Wolken hingen wie eine Decke über den See. Erst als die ersten schweren Tropfen fielen, trieb er mich zur Eile an. Geschwind zerlegten wir die Ruten. Kontrollierten den Platz auf vergessene Utensilien und kümmerten uns um den geräumigen Kescher.

„Rühr dich nicht von der Stelle!", flüstert er mir mitten im Aufbruch zu und zeigt mit der Hand zur Uferkante.

Gespannt schaue ich in die Richtung. Er hingegen duckt sich, schleicht sich einem Indianer gleich zum Kescher und schlägt blitzschnell zu. Gleich der erste Versuch ist ein Treffer. Vermutlich gibt es bei solchen Gelegenheiten nur eine Chance.

Er erwischt das komische Vieh. Das flache Ufer hat wohl die Flucht durch Abtauchen verhindert. Verdutzt windet es sich und quiekt wie ein Ferkel. Noch nie in meinem Leben habe ich so ein Tier gesehen. Für mich schaute es wie ein Riesenmeerschweinchen mit einem Schlangenschwanz aus.

Ohne viel Federlesen steigt mein Herr Papa mit einem Fuß auf das Netz und schickt mich um den handlichen Knüppel. Immer steckt der Hartholzstab im Rucksack, um die großen Fische zu erschlagen. Eingewickelt in den Maschen des Keschers kann sich der Bisam kaum rühren. Bereits nach dem zweiten Schlag auf den Hinterkopf hat das Klagen des Tieres ein Ende.

Nun sehe ich erst, dass das Tier keinen Hals hat. Ohne Übergang geht der Kopf gleich in den Körper über.

„Es ist eine Bisamratte", meint mein Vater und weiter, „den Pelz werde ich leicht los." Dann spreizt er noch das Maul der komischen Ratte auf, um mir die gewaltigen Nagezähne zu zeigen.

Inzwischen regnet es heftig. Wir verdrücken uns unter die Bäume und warten. Zu Hause hat mein Vater dem Vieh das Fell über die Ohren gezogen. Für den wasserdichten Pelz hat er dazumal 40 Schilling erhalten. Ein kleines Vermögen. Womit eindeutig bewiesen ist, dass auch ohne Petri Heil die Fischerei Erträge abwirft.

Das Sumpfkaninchen

• • • • • •

Ursprünglich war der Nager nur in den sumpfigen Gebieten Nordamerikas beheimatet. Er ist der größte Vertreter der Wühlmäuse und auf keinen Fall, zoologisch betrachtet, eine Rattenart. Rattenfleisch lässt sich schwer verkaufen, aber als umgetauftes Sumpfkaninchen ist die Hemmschwelle gering. Die wasserdicht verschließbaren Ohren machen den Bisam zum ausgezeichneten Taucher. Gar hinter den Schneidezähnen kann er die Mundhöhle durch die besondere Form des Mundrandes abschließen. Somit ist das an den Lebensraum Wasser hervorragend angepasste Tier in der Lage, auch unter Wasser zu fressen. Diese Fähigkeiten zahlen sich aus, schließlich schafft das Vieh locker zehn Minuten lange Tauchgänge.

Im Gegensatz zum Biber kann das Tier nicht mit Schwimmhäuten an den hinteren Pfoten aufwarten. Als Ersatz ist der Evolution eine spezielle Art von steifen Schwimmborsten eingefallen. Sie verbreitern die Pfoten und sorgen einem Paddel gleich für den nötigen Antrieb. Der pendelnde Schwanz, nackt und seitlich abgeplattet, dient in erster Linie zur Steuerung, zugleich erhöht er das Schwimmtempo.

Die Tiere verlegen ihre Aktivitäten in die Dämmerung und Nacht, wenn ihr Lebensraum tagsüber durch Menschen gestört wird. Eignet sich die Uferböschung zum Graben, legen die Nager einen Erdbau als Unterschlupf an.

Der Zugang liegt unter Wasser. Ein schiefer Gang führt zum trockenen Wohnkessel. Äußerst unbeliebt macht sich das Vieh, wenn er sich seine Gänge und Fluchtröhren in die Dämme, Deiche und Schutzbauten gräbt. Sind Erdbauten nicht möglich, dann muss sich der kleine Baumeister vor allem mit dem Material des Röhrichts seine Bisamburg errichten. Quasi Inseln mitten im Schilfmeer. Passen die Lebensbedingungen optimal, dann sind gar drei Würfe im Jahr möglich. Nach dreißig Tagen Tragzeit setzt das Weibchen in der Mutterburg durchschnittlich fünf bis sechs Junge in die Bisamwelt. Wobei die Jungen des ersten Wurfes noch im selben Jahr wieder für Nachwuchs sorgen. Die Bisams haben ein hohes Reproduktionspotential.

Nicht wählerisch ist der Nager bezüglich vegetarischer Kost. Liegen die Pflanzen unter einer Schneedecke, haben die Tiere keine Scheu, sich an Wasserschnecken, Muscheln und wehrhaften Krebsen zu vergreifen. Immer wieder sieht man im seichten Uferwasser einen Friedhof an leeren Teichmuschelschalen. Das helle Perlmutt verrät die Verpflegungsart.

Wir verdanken den fleißigen Nager Fürst Colloredo Mansfeld. Er brachte von einer Jagdreise (1905) fünf Tiere heim. Ausgesetzt auf seinem Gut hielt sich der Bisam natürlich nicht an die Grundgrenzen. Innerhalb eines Jahrzehntes besiedelten die ehemals begehrten Pelzlieferanten ganz Böhmen. Die rasche Ausbreitung erfolgte über das Gewässernetz. Seine ausgeprägte Wanderlust, der sehr hohe Fortpflanzungserfolg sowie das Fehlen spezieller Fressfeinde machen den Bisam bereits zur Plage.

Uhu, Fischotter und Rotfuchs vergreifen sich hin und wieder an der Riesenwühlmaus. Wobei sich Reineke schon sehr geschickt anstellen muss, um diese Beute zu schlagen. Schwimmen gehört nicht zu den Leidenschaften des Räubers. Die pelzigen Zeiten sind längst vorbei. Sie sind aus der Mode. Pelztierfarmen standen am Pranger. Die Träger von Kleidungsstücken aus Pelz wurden mit Häme bedacht. Kein Wunder, schließlich hat das Geschäftsmodell jahrzehntelang die Ansprüche der Felllieferanten grob missachtet. In engen Metallkäfigen fristeten die Tiere ihr Dasein. Der Tod erlöste sie von den Haltungsqualen.

Obwohl sich neuerdings die Reichen und Schönen wieder für Jacken und Mäntel aus Bisamfelle begeistern. Kleider machen eben Leute. Als anerkannter Schädling geht es nun den Bisams gezielt an den Kragen. Sie stehen als Neozon auf der Schwarzen Liste und gelten als Bedrohung der heimischen Artenvielfalt.

• • • • • •

TRAINING
Übung macht den Meister

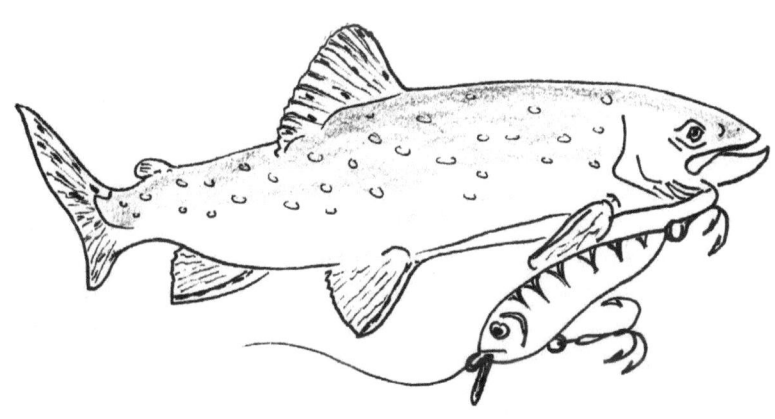

Diese Geschichte habe ich selbst erlebt.

Meine unbekümmerte Jugendzeit mit der sportlichen Phase des erfolgreichen Handfischens im Dorfbach oder die abenteuerlichen Mutproben in den fremden Gewässern sind mit den heutigen Verhältnissen nicht zu vergleichen. Zugeschüttet sind die zahlreichen Wiesenbäche und trocken gelegt das Umfeld. Anstelle naturbelassener Gewässer treten künstlich angelegte Teiche. Die Besatzwünsche erfreuen die Fischzüchter.

Auf manchen Grundstücken ist kaum Platz rund ums Haus für einen bescheidenen Gemüsegarten oder bunte Wiesenblumen. Dafür ist die Lust der Menschen an Teichen gewachsen. Dunkle Kunststoffwannen in lächerlichem Ausmaß oder Teichfolien versiegeln den Boden. Mild ist das eingeleitete Regenwasser, aber voller Zellen.

Alsbald vermehren sich Fadenalgen, lang wie Frauenhaare. Wie grüne Watte kleben sie an den mit Freude gesetzten Wasserpflanzen oder an den eingebrachten Schwemmholzwurzeln. Von Schmieralgen, die biologisch betrachtet eigentlich ein Haufen Cyanobakterien sind, ganz zu schweigen. Die schleimigen Batzen mit dem üblen Geruch trüben den Anblick. Reichlich Pflege fordert das Wasser vor der Haustüre. Nervenruh bringt die Arbeit.

In Minibiotopen richten Fische mehr Schaden an, als den Libellenlarven mit ihrer Fangmaske wohl Freude bereitet. Reicht die Wasserzufuhr, um Fische zu halten, dann folgt mit Beglückung der Besatz. Das Schmatzen der hungrigen Mäuler, der geschickte Sprung nach einem Insekt und das Auseinanderlaufen der Ringe nach dem Eintauchen ist pure Entspannungstherapie. Wasser ist Leben und belebt die Sinne des Betrachters. Fische machen keinen Lärm und keinen sichtbaren Mist. Lässt man ihnen Zeit zum Wachsen, dann bieten sie gesundes Eiweiß in vielen Variationen der Gerichte.

Gleich den Tieren, die die Besatzteiche als bequeme Verpflegungsstelle aufsuchen, hat sich das Schwarzfischen den neuen Gegebenheiten angepasst. Es ist halt einfach, billig und erfolgreich, aus gut bespannten Teichen die Mastfische zu erbeuten. Unnötig ist Geschicklichkeit. Das Selektieren entfällt. Speisefisch auf Speisefisch hängt alsbald am Haken. Kein schlechtes Gewissen trübt den Fang. Der Respekt gegenüber dem fremden Eigentum ist längst gestorben.

Flink und ungeniert werden gar mit handlichen Netzen oder Keschern Fischteiche heimgesucht. Eine Hand voll Futterpellets eingeworfen, lässt die Mastschweine des Teiches mit Blindheit zur Einschlagstelle schwimmen. Ehe sie die Falle begreifen, landen sie schon auf dem Trockenen.

Frech wie Diebe greifen andere wiederum gar zur Akku-Flex. Blitzschnell ist das Gitter für den Durchschlupf geöffnet. Selten genug erwischt es die Sachbeschädiger. Ungesühnt bleibt der Eingriff in fremdes Fischereirecht. Sobald sie die Gewohnheiten des Teichwirtes ausspioniert haben, fischen diese Leute erfolgreich ohne Lizenz. Erfahrungsgemäß geschieht der Eingriff während der späten Nachtstunden. Gesichtsverschleierung mittels Sturmhauben oder unpraktischem Ganzvisierhelm ist nicht vonnöten. Sauwetter ist nahezu ein Tarnmantel für die zweibeinigen Schädlinge.

Meine zwei Fischteiche liegen in freier Flur. Eingetragen im Fischbuch des Landes Salzburg und mit dem Zwang zur Umlagevorschreibung. Die gesetzliche Nötigung bietet dafür Rechtssicherheit. Ein einfacher Elektrozaun hält das Weidevieh des Pächters von dem Wasser fern. Trittschäden an der Böschung gibt es keine, wohlwollend ist der Abstand des Zaunes gesetzt. Ein Bach an der Grundgrenze steht dem lieben Vieh ohnehin als Tränke zur Verfügung.

Das XY-Chromosom in den Erbanlagen muss wohl die Buben zur Jagdleidenschaft verführen. Allemal ist es gesünder, sich mit der Fischerei zu beschäftigen, als den Körper mit Drogen zu vergiften. Im Rausch getätigte Sachbeschädigungen sind auch kein Beweis von Intelligenz. Oder mit auffrisierten Mopeds sich und andere in Gefahr zu bringen. Den Wert der Gesundheit schätzt jeder, wenn er sie erst verliert. Die Kids haben die Wahl und das Taschengeld, Kurse zu besuchen und die Fischerprüfung abzulegen.

Der Start in das neue Schuljahr ist für die routinierten Schüler eine eher fade Angelegenheit. Sie kennen das übliche Ritual. Je nach Wetterlage hat sich ein Wandertag in der ersten Woche bewährt. Gegen die Verlängerung der Ferien gibt es naturgemäß keine Einwände. Die geschenkte Freizeit ist nur ein Vorbote der baldigen Pflicht. Die wenigen Stunden werden erduldet.

Der Unterricht am Nachmittag ist planmäßig noch nicht festgeschrieben. Trotz Handy sammeln sich in den langen Ferien reichlich erzählenswerte Geschichten an. Wiederbelebung finden alte Freundschaften. Sozialkontakte sind das Salz in der Schülersuppe.

Weniger gut schmeckt dem Lehrervolk der Beginn. Die Konferenz schleppt sich in die Länge. Nachweislich werden langatmige Mitteilungen und Bescheide den Pädagogen zu Gehör gebracht. Es schaut so aus, als ob keiner des Lesens kundig wäre. Administrative Arbeiten beanspruchen viel Zeit. Der Bau eines halbwegs gerechten Stundenplanes – für Schüler, Fächer und Lehrer – streckt sich für das Team oft bis weit in die Nacht hinein. Ungewiss ist das Zeitfenster für jugendliche Streiche. Das Risiko des Ertappens hängt von der Anwesenheit der Pädagogen ab.

Es geht sich aus. Mein Kopf braucht zum Nachdenken die Freiheit eines Spazierganges ohne Begleitagentur. Mit einem leichten Fernglas bewaffnet, pirsche ich gemütlich am Salzachdamm entlang. Der neue Abschnitt der Aufweitung verändert erfreulich das Gesicht des Hauptflusses. Es interessiert mich, ob schon wieder einige Paare Gänsesäger ihrem Hunger nachschwimmen. Diese prächtigen Vögel schieben sich mit dem halben Kopf unter Wasser der

Strömung entgegen. Sie pirschen nach Fisch. Gemächlich pendelt ihr Hackenschnabel zu beiden Seiten. Keine Taucherbrille brauchen diese Spezialisten.

Aus Gewohnheit schweift mein Blick über die ausgeräumten Felder und Wiesen Richtung Stubachtal. Verdutzt bleibe ich stehen. Am Böschungsrand meines westlichen Himmelteiches stehen fünf Gestalten. Der Blick durch das Glas beweist die Jugend. Eindeutig sind ihre Bewegungen. Sie vergreifen sich an meinen Fischen.

Meine altersbedingte Weitsichtigkeit und die Optik des Glases bringen mir Vorteile. Der plötzliche Aufruhr innerhalb der Gruppe deutet auf einen Fang hin. Offensichtlich verstehen sie ihr Handwerk. Hintereinander schleifen sie zwei Forellen über die Böschung an Land. Im eigenen Interesse muss ich den Kerlen Einhalt gebieten. Mein geplanter Spaziergang mutiert unverhofft zum Aufsichtsgang. Die Verärgerung treibt mich an. Aber der Verstand rät zur Taktik. Nie könnte ich im Laufduell einen Jungspund stellen. Gemessenen Schrittes, als ob ich rein zufällig auf der gemähten Wiese unterwegs wäre, schwenke ich vom Tatort ab und nähere mich in einem weitläufigen Bogen.

Fischen ist eine sinnvolle Freizeitbeschäftigung, aber mit Erlaubnisschein oder mündlicher Zusage. Ich kann mich nicht erinnern, dass wir ein Schwarzfischerprojekt ausgemacht haben. Verbinden sich Talent und Fleiß, dann sind in jeder Disziplin Spitzenleistungen möglich. Ohne Übung fällt kein Meister vom Himmel. Erfahrung zählt auch beim Fischen.

Diebstahl und Betrug schmecken mir nicht. Keiner der Jungs sitzt in der vierten Klasse der Neuen Mittelschule. Stark ausgeprägt scheint aber bereits ihre Mentalität zur Selbstbedienung in fremden Revieren zu sein.

Rotzfrech ergreifen sie nicht die Flucht. Einer versteckt noch flink eine kurze Teleskoprute im Weidengebüsch. Ein anderer mimt den Unschuldigen. Behände steckt er einige Sachen in den am Boden liegenden Rucksack. Ein poppiges Plastiksackerl lässt sich nicht mehr tarnen. Wie von Geisterhand gerührt, bewegt sich die Hülle. Die Nerven lassen noch die Muskeln des letzten Fanges zucken. Unüberhörbar ist zudem das raschelnde Geräusch. Leugnen macht keinen Sinn mehr.

Der Anführer der Schüler verteidigt seine Freunde. „Nur zwei von uns haben gefischt", meint er treuherzig. „Die anderen haben nur zugeschaut, wie es geht! Überhaupt sind wir das erste Mal an diesem Teich. Wir haben keine Ahnung vom Fischen und erwischen nix."

Heftig nicken die Freunde zur Bestätigung. Ohne mit einer Wimper zu zucken, lügt mir der pubertierende Bursch mitten ins Gesicht. Ich kaufe ihm die Geschichte nicht ab.

Die Beute mit den insgesamt vier Speisefischen in der Tragtasche erklärt er mit einfach blöd gelaufen, weil sie den Haken geschluckt haben. Das Zurücksetzen hätten die Tiere ohnehin nicht überlebt. Mein Blick schweift zwischen den Burschen und dem Teich hin und her. Vom Grunde einer seichten Stelle leuchten einige Maiskörner. Eigenartig ist es immer wieder, dass den Fleischfressern vegetarische Ergänzung schmeckt. Mit einer Made den Köder aufgemotzt, werden auch Forellen schwach.

Die Unruhe unter den Fischen würde auch einem Einäugigen auffallen. Einen stattlichen Bachsaibling treibt es kreuz und quer durch das Wasser. Die Bekanntschaft mit dem geschmacklosen Eisen bringt ihn aus der Fassung. Völlig neu ist diese schmerzhafte Erfahrung. Nicht gespeichert in seinen Genen ist der Umgang mit diesem Übel. Ein kleiner Wobbler hängt in seinem Mauleck samt einem Teil der abgerissenen Schnur. Der Blick durch das Glas bestätigt mir die Verwendung des groben Drillings.

Eine kleine Bachforelle bemüht sich in einer Bucht um die artgerechte Schwimmhaltung. Immer wieder dreht sich ihr weißer Bauch zum Himmel. Mit schlappen Schwanzschlägen versucht sie wieder auf die Flossen zu kommen. Sie wird es nicht mehr schaffen und den Edelkrebsen als frisches Aas nützen. Sterben und Leben ist untrennbar miteinander verbunden.

So wirklich schlecht, bis zu dieser Beobachtung, war meine Laune nicht. Schließlich habe ich auf frischer Tat die Burschen erwischt. Nun stinkt es mir erheblich. Vermutlich wurden auch andere Tiere mit dem groben Geschirr verletzt oder weit vom Brittelmaß entfernte, nach der Operation, wieder in den Teich zurückgeworfen. Lebewesen mit Schleim und Schuppen erleichtern die Tierquälerei erheblich. Weit höher liegt die Hemmschwelle, wenn die Viecher Federn, Haare oder gar Pelz tragen.

Die beeideten Fischereischutzorgane haben eine Reihe von Pflichten und Rechte. Wobei sich die Freiwilligen, nehmen sie ihre Berufung ernst, häufig Ungemach zuziehen. Die Pflichterfüllung bringt keine neuen Freundschaften. Wer ohne Tadel ist, der werfe den ersten Fisch. Die Schar der scheinbar weidgerechten Petrijünger ergötzt sich an der Schadenfreude. Rasch ist die Ehre eines Erwachsenen verloren. In einem Dorf bleibt wenig geheim. Der Klatsch verbreitet sich in Windeseile.

Neben dem Schutz des Fischwassers vor unbefugter Ausübung des Fischfanges haben die Wacheorgane auch Befugnisse zur Überprüfung der nachhaltigen Bewirtschaftung, den besonderen Schutz bestimmter Wassertiere oder auch die Einhaltung der Schonvorschriften. Auch fällt das Melden von Wasserverschmutzungen in ihren Bereich sowie die Überprüfung der Bestimmungen bezüglich Laichschonstätten oder Aufzuchtgewässer und Schongebiete.

Bei der Befragung stellt sich heraus, dass keiner der Kerle eine Fischerprüfung abgelegt hat, geschweige denn eine Jahreskarte besitzt. Einen Hauch von Peinlichkeit vermeine ich zu spüren, nachdem sie erfahren, dass sie an meinem Fischwasser werken. Es ist mir völlig bewusst, dass die Jugendlichen wegen ihrer gesetzten Verwaltungsübertretung nicht belangt werden können. Die Unmündigen sind zwar laut Gesetz nicht strafbar, meiner Meinung nach aber reif genug, um ihre Handlung richtig einzuschätzen. Häufig ist es nur eine Mutprobe im Kreise der Freunde. Je ausgefallener die Idee und die dummen Streiche, desto höher klettert bekanntlich das Ansehen unter Gleichgesinnten. Rauch folgt dem Feuer und Reue nach dem Schaden. Moral ist, behaupten gar die Psychologen, im Wesentlichen die Angst vor Folgen. Eine traurige Wahrheit ist auch, dass viele Eltern nicht wissen, wie ihre Kinder ticken. Es fehlen die Zeit und der Wille zu gepflegten Gesprächen. Überladene Geschenke beruhigen das schlechte Gewissen. Erziehung ist ein heikler Auftrag. Mit den Tatsachen konfrontiert, geben sie sich völlig überrascht und schütteln ungläubig den Kopf.

Setzt es aber keine Taten seitens der Erwachsenen, kommt es einer Aufforderung gleich, weitere Wiederholungshandlungen auszuhecken.

Ob die Buschen meine aufklärenden Worte für bare Münze halten, das weiß ich nicht. Mit Pokergesicht male ich den schlimmsten Teufel an die Wand. Einmal vorbeugend bei der Polizei als amtsbekannt gemeldet, zieht oft einen Rattenschwanz an Schwierigkeiten nach.

Der ausgebreitete Inhalt des Rucksackes entpuppt sich als wahre Fundgrube. Eine Zuckermaiskonserve, Regenwürmer und Bienenmaden in luftigen Dosen, Wasserkugeln und Schwimmer in verschiedenen Größen und ein Lederetui. Gespickt mit unterschiedlichen Kunstködern wie Spinner, Blinker, Jigs und Wobbler sowie Fischchen aus Gummi.

Obwohl ich in meiner Geldtasche immer einen Winzling als Kugelschreiber mitführe, fehlt mir das Papier für eine Bestätigung. Aus reiner Bequemlichkeit will ich auf meinem Weg keinen Ballast mittragen. Peinlich wäre mir auf meinem Marsch durch das Dorf das Tragen der Schwarzfischer-Rute. Auch möchte ich den Neugierigen keinen voreiligen Gesprächsstoff liefern.

„Lasst euch nie wieder beim Schwarzfischen erwischen", rutscht mir voreilig über die Lippen. „Besser ist", schiebe ich nach, „ihr meldet euch gleich für den Vorbereitungskurs an und legt die Fischerprüfung ab. Die Blinkertasche behalte ich vorerst ein, bis ich mit euren Eltern das weitere Vorgehen besprochen habe. Pakt eure Sachen und verschwindet schleunigst".

Nach der Probe unserer Trachtenmusikkapelle spreche ich mit einem betroffenen Vater. Ausgiebig reden wir über den Vorfall. Er findet meinen Vorschlag gut, bedankt sich für die Informationen und die wohlwollende Entscheidung. Es bringt nichts, wegen ein paar Fischen mit Kanonen zu schießen.

Die restlichen Schultage und übers Wochenende hinaus lasse ich bewusst die Burschen in der Ungewissheit schwitzen. Gemein finde ich diese Methode nicht, schließlich haben sie ungeniert meine Forellen in Panik versetzt. Mit eingeworfenen Maiskörnern einen möglichen Darmverschluss riskiert und anderen Tieren die Schleimhaut ruiniert.

Nach langem Grübeln über einen aufklärenden Text, entscheide ich mich schließlich für eine Kurzfassung. Jeweils nur mit dem Vornamen, Datum und der Täterzeit versehen.

Geschätzte Eltern oder Erziehungsberechtigte !

Ich habe Ihren Sohn mit Freunden beim Schwarzfischen an meinem Himmelsteich überrascht. Vier Forellen waren bereits abgeschlagen und andere verletzt. Überzeugen Sie bitte Ihr Kind, dass der Eingriff in ein fremdes Fischereirecht schwerwiegende Folgen auslösen kann. Um den angerichteten Schaden symbolisch zu begleichen, muss er von seinem Taschengeld zehn Euro für einen Fischbesatz spenden.

Bestätigen Sie bitte den Erhalt dieser Nachricht mit Ihrer Unterschrift.

Mit freundlichem Gruß

WALHAI
Mit Haken

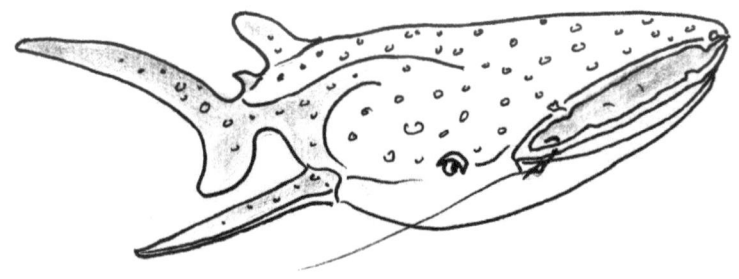

Diese Geschichte hat mir Günther erzählt.

Niemand kann sich vorstellen, was sich Sekunden nach meinem Ausruf „Walhai!" auf unserem Tauchboot abgespielt hat, niemand!

Wir waren nach drei Tauchgängen recht ausgehungert beim Abendessen irgendwo auf den südlichen Malediven. Mein Platz war wie immer ganz hinten auf dem Heck des Bootes, weil ich von dort das rege Fischleben unter der Positionslampe beobachten konnte. Einige Bonitos, Thunfische von etwa 50 Zentimetern Länge, tausende Kleinfische und ein Millionenschwarm von Plankton hatten sich wie jeden Abend eingefunden. Hin und wieder schossen auch kleine Kalmare herbei, um sich einen Kleinfisch zu schnappen.

Der riesige helle Fleck, der sich aus der Tiefe der Lampe näherte, sah zuerst wie ein Rochen aus. Doch dann öffnete sich ein Riesenmaul und begann, das Plankton einzusaugen. Walhai!

Die Messer und Gabeln flogen auf die Teller, Tische wurden verschoben, Gläser fielen um. Alle 19 Teilnehmerinnen und Teilnehmer der Tauchreise sprangen von den Sitzplätzen auf und rannten zum Heck. Ein ungefähr sieben Meter langer Walhai schlürfte genüsslich die Planktonsuppe in sich hinein. Alles rannte um Kameras oder Handys.

Ich rannte jedoch, um meine Badehose zu holen. Zwei Taucher unserer Gruppe waren schon im Wasser und schwammen um den Riesen herum. Auch für mich war es ein unvergessliches Gefühl, so nahe an einem so großen Meerestier zu sein. Es zeigte sich, dass seitlich am Maul des Riesen ein Fischerhaken steckte, daran ein mehr als meterlanges Stück Schnur.

Manche Fischer sind nicht glücklich, wenn sich die harmlosen Riesenfische ihrem Boot nähern, da sie fürchten, dass Netze oder anderes Fanggerät beschädigt werden könnten. So hatten sie wohl versucht, den ungebetenen Gast loszuwerden. Einem Mitglied unserer Gruppe war der Haken wohl wirklich ein Dorn im Auge.

So machte man sich daran, das Tier von seinem lästigen Anhängsel zu befreien. Tatsächlich ließ uns der Hai auf Armlänge an sich heran. Doch erst nach mehreren Fehlversuchen gelang es, den Haken zu fassen und durch die Wunde zu ziehen. Ohne die leiseste Regung ließ der Fisch die Behandlung über sich ergehen, ja er unterbrach nicht einmal sein Abendessen, ganz im Gegensatz zu uns.

Nach einer halben Stunde verschwand das wunderbare Tier so ruhig, wie es gekommen war. Nur langsam kehrte die Mannschaft wieder zum Essen zurück, nicht ohne mir immer wieder fragende Blicke zuzuwerfen: „Kommt er wieder, ist er wieder da?" Noch zwei weitere Walhaie kamen im Laufe der Nacht ans Boot, um Plankton aufzunehmen. Das zweite Tier war noch beträchtlich größer als unser erster Gast, der dritte schien dann etwas kleiner zu sein, vielleicht fünf bis sechs Meter.

Nach mehreren Wärmeperioden, die die Korallen im Indischen Ozean schwer in Mitleidenschaft gezogen hatten, hat sich das Meeresleben in den letzten Jahren langsam wieder erholt. Die jungen Korallen kehren allmählich wieder auf die Skelette ihrer Vorfahren zurück. Mit der drohenden Klimakatastrophe könnte die zauberhafte Unterwasserwelt aber dauerhaft schweren Schaden nehmen, wenn wir nicht schnellstens gegensteuern!

Walhai

• • • • • •

Der Walhai ist der größte Fisch. Ausgewachsene Tiere erreichen wohl eine Länge von mehr als zwölf Metern und bringen locker zwanzig Tonnen auf die Waage – zum Vergleich: Elefantenbullen wiegen lediglich ein Drittel. Diese Fische sind vorwiegend als Einzelgänger weltweit in den warmen Gewässern unterwegs. Als Planktonfresser, aber auch Krill, Quallen, Sardinen oder kleine Kalmare stehen auf der Menükarte, halten sich die Tiere nahe der Oberfläche auf. Höchst eigenartig ist ihr Verhalten bei der Nahrungsaufnahme. Diese Riesen stehen einem Pflock gleich gerade im Wasser und öffnen ihr gewaltiges Maul. Ausgepresst wird die Nährsuppe durch die Kiemen. Eine Unmenge an kleinen Zähnchen wirkt wie eine Reuse und hält die Nahrung fest.

Im Alter haben diese Giganten keine tierischen Feinde. Wer beißt sich schon gerne die Zähne an der dicksten Haut (fünfzehn Zentimeter) aller Lebewesen auf Erden aus. Angeblich schaffen die Kolosse ein biblisches Alter von hundert Jahren, wenn nicht wir Menschen sie stetig auf die Rote Liste der bedrohten Arten drängen.

Orcas, der pfeilschnelle Marlin oder der Blauhai sind nur für die jungen Walhaie eine ernsthafte Bedrohung. Um die Art über Wasser zu halten, reifen rund 300 befruchtete Eier bereits im Mutterleib. Walhaie sind lebend gebärend. Vermutlich sind die Weibchen in der Lage, den Geburtszeitpunkt ihrer Nachkommen zu regeln. Der unterschiedliche Reifungsgrad der Embryos erlaubt diese außergewöhnliche Fähigkeit. Die instinktive Wahl erhöht die Überlebenschancen. Nahrungsvorkommen, Wassertemperatur oder die passenden Strömungsverhältnisse werden von den Forschern als wichtige Kriterien vermutet. Den Haien typisch ist ihre Fortbewegung durch den Schub der kräftigen Schwanzflosse. Hingegen zieht es der Walhai vor, der eigentlich kein Hai ist, seinen Körper in einer Art von Pendelbewegung gemächlich durchs Wasser zu schieben.

• • • • • •

GLÜCK
Doppelte Dosis

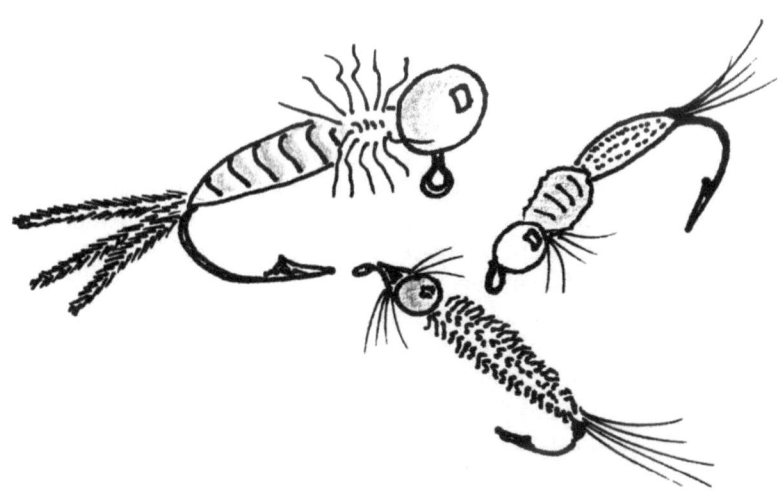

Diese Geschichte habe ich selbst erlebt.

Der kleine Gebirgssee, der Hintersee, verdankt seiner Entstehung nicht der Schürftätigkeit der Gletscher, sondern einem gewaltigen Bergsturz im Jahre 1495. Ein starkes Erdbeben löste ihn aus. Das Gestein polterte über die gesamte Breite des Tales. Der Riegel staute die von den schroffen Felswänden stürzenden Schleierfälle auf. Der Abfluss grub sich allmählich durch den Rücken und fließt als Felberbach in den Hauptfluss Salzach.

Bereits vor Jahrhunderten haben die Salzburger Erzbischöfe den weichenden Bauernsöhnen oft äußerst unwegsame Waldstücke überlassen. Neben der Schinderei, bedingt durch die Rodungsarbeit, mussten diese Siedler auch Zivildienste leisten. Jedes weitere Stück Vieh im Stall verbesserte die Lebenssituation. Um die Tiere über die harten Wintermonate zu bringen, waren zusätzliche Futterflächen notwendig. Auch auf den Steilhängen oberhalb der schroffen Felswände wurde das sogenannte Bergheu gewonnen.

Die Arbeit war lebensgefährlich. Jedes Straucheln konnte in einem tödlichen Absturz enden. Die beiden bereits mit Gebüsch durchwachsenen Grünstreifen lassen mich ungläubig den Kopf schütteln. Aus heutiger Sicht scheint es undenkbar, dass Knechte und Mägde auf den unteren und oberen Seefeldern Futter machten. Allein der Anmarsch zum ausgesetzten Gelände, die schwere Mäharbeit und der Abtransport des Heues zum weit entfernten Hof sind schwer vorstellbar.

Nun, nach der Aufgabe der Nutzung im Jahre 1948, holt sich die Natur die ehemals mühsam kultivierten Flächen wieder zurück. Gämsen wissen das jagdfreie Areal zu nutzen. Eine bequeme Sitzbank, direkt am Ufer, ist mein erster Arbeitsplatz. Nach dem Zusammenstecken der vier Rutenteile und dem Einfädeln der Schnur mustere ich das Wasser. Wie ein Spiegel liegt der See, kein Ring verrät die Nahrungsaufnahme der Fische an der Oberfläche.

Einem Malerwinkel gleich breitet sich vor mir der bildhübsche Talkessel aus. Fast ein paradiesischer Anblick, wenn man die Stromleitungen und die dazu notwendigen massiven Masten auszublenden versteht. Hinter meinem Rücken zwingt der mit Felsblöcken durchsetzte Boden die Wurzeln der Fichten an die Oberfläche. Riesenschlangen gleich laufen sie nackt über die Steine und verschwinden wieder.

Nichts drängt mich zum Fischen. Noch immer zerfließen keine Ringe auf der Wasserhaut. Die regelmäßig an bestimmten Bereichen zerplatzenden Luftblasen können mich nicht mehr verführen. Methangas verlässt den Faulschlamm und steigt auf.

Die geflügelte Insektenwelt scheint den Tag zu verschlafen. Sie tanzen nicht über dem Wasser und die Weibchen legen auch keine Eier ab. Die Fische suchen sich noch ihr Futter unterhalb des Wasserspiegels. Sie stöbern die Larven am Boden auf.

Mir bleibt keine Wahl. Ich muss vorerst auf den Einsatz der Trockenfliegen verzichten. Die Nymphen sollen mir bis zum Abendsprung die Zeit verkürzen. Mein vielgeübter Griff nach der flachen Box geht in die Leere. Es bekümmert mich anfangs nicht im Geringsten. Meine kreative Schlampigkeit hat mir schon öfters einen Streich gespielt. Neuerlich öffne ich sämtliche Taschen. Eine Mischung aus Verwunderung und Ärger macht sich allmählich breit. Nun reicht es mir. Ich ziehe die Weste aus und breite den ganzen Inhalt auf der Bank aus. Die Nymphenbox fehlt. Noch lebt die Hoffnung. Vielleicht ist sie mir aus der Weste gerutscht und liegt im Kofferraum.

Die Sonne verschwindet hinter den westlichen Felsgraten und der Schatten kriecht allmählich über das Wasser. Die ersten halbwüchsigen Seesaiblinge und Äschen holen sich im Sprung die Proteine. Im Seichten, entlang der Tannenwedelteppiche, mehren sich die Ringe. Aber es sind hauptsächlich Jungschwänze, die Jagd auf die geflügelte Kost versuchen. Das Aufklatschen der Fischleiber löst geringe Wellen aus. Allenthalben erwische ich die Zwerge.

Die winzigen Trockenfliegen am langen 10er Vorfach sind erfolgreich. Beinahe habe ich den See umrundet. Ich nähere mich wieder den am Südufer verlaufenden Wirtschaftsweg zur Alm und Jausenstation Gamsblick. Ein weiterer Bach sprudelt hier in den See. Entlang der steilen Böschung verebbt der Schwung des Einlaufes. Tief ist das Wasser. Forellen in Speisefischgröße nützen den Schatten und den Schutz der überhängenden Äste. Hier sind sie vor der Belästigung durch Fischer sicher. Träge stehen sie bis zum abendlichen Rauben.

Die Schönheit des Talschlusses hat sich in den letzten Jahren unter den Gästen aus dem arabischen Raum herumgesprochen. Klares Trinkwasser im Überfluss, grüne Almmatten und Wälder sowie schneebedeckte Berge. Vielleicht trifft das Naturjuwel die Paradiesbeschreibung im Koran?

Auf zahlreichen Infotafeln in arabischer Schrift wird bis jetzt versucht, den Gästen unseren Umgang mit der Natur beizubringen. Die am öffentlichen Parkplatz aufgestellten Müllcontainer sind leer. Dafür liegen die Getränkedosen, Flaschen und Verpackungsmaterial zuhauf herum.

Die regelmäßige Entsorgung der Speisereste am Ufer führt dazu, dass im Flug der Wildentenbestand sich einfindet, sobald sich bestimmte Frauen dem Wasser nähern. Die Stadtgemeinde bekommt nicht nur nicht die Vogelfütterung in den Griff, auch andere Probleme sorgen für Unmut. Nationalparkverwaltung, die Österreichischen Bundesforste, Almbesitzer, Tourismusverband und zuständige Politiker sitzen regelmäßig am runden Tisch. Aufklärung und sanfte Strafandrohung scheinen künftig ihr Rezept.

Es ist schon spät. Noch ein paar Würfe, die ich mir genehmige. Plötzlich dreht es mir den Kopf Richtung des heftigen Klatsches. Unmittelbar im Deckungsbereich der überhängenden Erlenäste bricht sich förmlich ein Schwall. Auf Höhe des bewegten Wassers, am Fuhrweg, spaziert eine arabische Familie mit ihren zwei halbwüchsigen Söhnen vorbei. Einer der Buben wird wohl zum Spaß einen großen Stein über die Böschung geworfen haben. Schlüssig scheint mir dieser Verdacht. Auffallend ist nur, dass kein Familienmitglied die sich ausbreitenden Wellenringe beobachtet. Unbeeindruckt ziehen die Leute weiter. Ich merke mir die Einschlagstelle.

Zwei Fliegenschnurlängen weiter mustere ich die Stelle. Mein Blick gleicht der Draufsicht auf ein Großraumaquarium. Nahe an der Oberfläche stehen einige stattliche Saiblinge. Ausgerichtet ist ihr Maul zum Bacheinlauf.

Auf einmal, ich traue meinen Augen nicht, schiebt sich aus dem Gewirr der Schatten ein wahrer Riesenfisch. Einen Wasserstock tiefer gleitet er gemächlich unterhalb der Fische durch. Völlig unaufgeregt scheint das Monster sein Revier zu kontrollieren. Nach meiner Schätzung ist der Riese, eine Seeforelle, mindestens dreimal länger als die höher stehen Salmoniden in Speisefischgröße. Offensichtlich wissen sie, dass zurzeit nicht die geringste Gefahr von dem Großräuber ausgeht.

Noch vor wenigen Minuten hat der Räuber seine Beute verschlungen. Der volle Magen dämpft die Lust zum Jagen. Der Angriffsschwung muss ihn aus dem Wasser getrieben haben. Das geräuschvolle Aufklatschen oder gar der Überschlag hat seine Anwesenheit verraten. Noch nie habe ich in den heimischen Revieren einen stärkeren Fisch gesehen.

Ein nachträgliches Gespräch mit einem erfahrenen Aufsichtsfischer bestätigte den Besatz mit Seeforellen. Die Besatzfische stammten von der Fischzucht Prielau der Stadtgemeinde Zell am See und wurden mit einer durchschnittlichen Länge von 45 Zentimeter eingebracht. Seit rund zehn Jahren dürfen sich die Seeforellen mästen. Hin und wieder bestätigen fischende Hausgäste vom Hotel Bräurup, dass sie auf Streamer wilde Drills mit Seeforellen erlebten. Verboten ist die Entnahme von Fischen. Die Kapitalen werden wohl an Altersschwäche verenden.

Auf dem Almweg trödle ich zurück zum Parkplatz. Immer den Blick ins Wasser gerichtet. Vielleicht taucht das Ungeheuer von einem Fisch nochmals auf. Vergeblich ist meine Pirsch. Eine quadratische, handtellergroße und glänzende Fläche hebt sich auffallend vom Bodenbewuchs ab. Alles werfen gestörte Zeitgenossen weg, denke ich mir, und ärgere mich zugleich. Aber es ist meine Nymphenbox, die gut getarnt mit den künstlichen Insektenlarven auf dem Bauch liegt. Als scheinbar wertloser Müll hat sie vor fremdem Zugriff überlebt. Kein Mensch hätte die gut bestückte Auswahl an Nymphen im Fundbüro abgegeben. Kaum beschreibbar ist mein Glück.

Noch vor wenigen Tagen bin ich genau an dieser Stelle durch das dichte Gehölz geschlüpft. Es ist einer der wenigen Plätze, wo der Wechsel vom Wasser auf den Weg halbwegs möglich ist. Höllisch aufpassen heißt es trotzdem, um nicht die Rutenspitze zu beschädigen oder mit der Schnur lästig hängen zu bleiben.

Aber dauernd Glück hat ohnehin nur der Tüchtige, rede ich mir an diesem Freudentag ein. Fischen ist weit mehr, als an laufender Schnur Fische zu drillen. Wasser ist nun mal die Ursprungssuppe des Lebens. Wer mit offenen Sinnen die Vielfalt der nassen Lebensräume respektiert, der wird reichlich mit Erlebnissen belohnt. Sie prägen sich ein. Sie sind nicht mit Geld aufzuwiegen.

DIE VÖGEL

Alfred Hitchcock
lässt grüßen

Diese Geschichte hat mir Berni erzählt.

Die Gene legen die Basis. Das Umfeld und die Umstände liefern die Reize. Ob sich ein Individuum über die Geschlechtsreife hinaus auf den Beinen, Flügeln oder Flossen hält oder ein Opfer der Selektion wird, hängt von vielen Faktoren ab.

Aber eines ist ganz gewiss, die Größe des Lebensraumes und das Nahrungsangebot beeinflussen das Wachstum. Nehmen die Fläche und die Tiefe eines Sees zu, dann hausen wahre Monster am Grunde dieser Gewässer. Die großartige Naturkulisse, die Trinkwasserqualität, die Vielfalt an Fischarten und die Chance auf Kapitale verfehlen nicht die Wirkung auf die Petri Jünger. Machtvoll lockt das Revier des Zeller Sees. Zudem vermittelt die Freiheit im Boot ein starkes Lebensgefühl.

Immer stärker breitet sich der Fischereivirus in mir aus. Regelmäßig stehe ich noch vor Arbeitsbeginn am Ufer des Zeller Sees. Ausgelegt sind zwei Ruten auf Grund. Seinerzeit haben meine Lauben als Lebendköder noch kein schlechtes Gewissen ausgelöst. Sie sollen die umherstrolchenden Zander verführen. Einfach und wirkungsvoll ist die Montage. Ein kleines, quadratisches Stückchen weißes Styropor, eingeschnitten bis zur Mitte für den Durchlauf der Schnur, genügt als Bissanzeiger.

Geschätzte 30 Meter weit weg, Richtung Unterführung des Bahnhofes, versucht ein Kollege auch sein Glück im Morgengrauen. Bekanntlich fängt der frühe Vogel den ersten Wurm. Unter Fischern gibt es reichlich Gesprächsstoff. Ich öffne vorsichtshalber den Rollenbügel und mache mich auf den kurzen Weg zum Plausch. Immer wieder drehe ich mich um, um mein System nicht aus den Augen zu verlieren. Plötzlich läuft die Schnur. Die Sache geht richtig ab. Im Laufschritt kehre ich zurück, und setze wie üblich den Anschlag.

Ein Radfahrer kommt zufällig vorbei und sieht meine gekrümmte Rute.

„Super, Petri Heil, ich helfe dir beim Keschern", schreit aufgeregt der Mann.

Gering sind die Fluchten des Fisches, rasch gibt er sich geschlagen.

Auf einmal, ich glaube es nicht, bildet sich auf dem Wasserspiegel eine Beule. Eine Art Wölbung. Nicht wie vor dem Bug eines Schiffes, sondern die Wasserverdrängung wirkt sich nach oben hin ausgerichtet aus. Mit dem Schnabel voraus und wildem Flügelschlag bricht ein kapitaler Vogel an die Oberfläche. Das Wasser spritzt und wirft Luftblasen. Rund herum verläuft der Schaum und löst sich auf. Aus dem weit aufgerissenen Hakenschnabel dringen knarrende Laute, die von einem Hund stammen könnten. Im Schnabeleck baumelt meine Laube. Augen, so rot wie Rubine, funkeln mich in Panik an. Immer wieder versucht das Tier im Flug sein Heil.

Unmöglich ist das Fliegen mit der eigenartigen Zugkraft im Schnabel. In seinem Instinktverhalten gibt es keinen Notfallplan für diese außergewöhnliche Lebensbedrohung. Mit meiner Rutenspitze berühre ich die Oberfläche des

Wassers und zwinge den Vogel zur Umkehr. Wie von Turbulenzen gebeutelt endet jäh der kurze Sturzflug in eine platschende Bruchlandung. Zum Abtauchen und unter Wasser verschwinden reicht seine Kraft nicht mehr.

Der ursprüngliche hilfsbereite Zeuge lässt schockiert meinen Kescher fallen und verschwindet mit der Ausrede, dass er dringend zur Arbeit müsse. Mir bleibt nichts anderes übrig, als den gefiederten Fang zu Ende zu drillen. Nicht geheuer ist auch mir das Lösen des Hakens.

Total fertig ist der Fischfresser mit Federn. Er ist nicht in der Lage, den Ort des Unheils fliegend zu verlassen. Der Start, trotz langem Anlauf, misslingt. Seine übersäuerten Muskeln und die geschundene Lunge schaffen es nicht. Er flattert, taumelt und watschelt auf dem Wasser einen Sicherheitsabstand weit. Auch mir zittern die Beine. Die Aufregung ist mir gewaltig in die Knochen gefahren. Sein prächtiges Federnkleid hat mir die Bestimmung, die nachträgliche, erleichtert. Ich habe einen seltenen Gast am Zeller See gedrillt.

Die Dämmerung ist die Zeit der Räuber. Ihr untätiges Schweben hat ein Ende, die Jagd nach Futter beginnt. Vielleicht kreuzt sich unser Weg. Neben meiner Jahreskarte stecken auch noch die Seebenützungsbewilligung für mein Privatboot sowie die Nachtfischererlaubnis in meiner Brusttasche. Es eilt mir nicht, das Ufer aufzusuchen.

Nachtfischen ist angesagt. Die Schatten breiten sich immer weiter auf der Seefläche aus. Überraschend schnell verschwindet die Sonne hinter den Grasbergen. Wie lange Finger zittern sich die Lichter der Bergstadt mir entgegen. Kein gerader Strich auf der Wasserfläche. Stockenten, Blässhühner und die Paare der Haubentaucher verdrücken sich gemächlich Richtung Uferzone. Der dichte Schilfgürtel bietet einen sicheren Schlafplatz. Füchse halten nichts von nassen Pfoten.

Ein Schwarm Möwen fliegt eine Schleife, hoch in der Luft. Das Wetter hält sich an die Voraussage. Und ich warte gelassen auf den Angriff der Raubfische. Ausgestattet mit scharfen Augen erhöht die Dunkelheit den Jagderfolg. Mein Spezialköder im Schlepp soll sie verführen. Immer mehr Wolken verdecken die funkelnden Sterne. Leicht hat sich die ursprüngliche Brise zum Wind aufgeblasen. Zäh vergeht die Zeit. Nichts rührt sich am Köder. Die Hoffnung schwindet.

Kein Verlass ist auf die Wetterfrösche. Die Lage kippt. Wellen schaukeln das Boot und aus dem Nichts fallen schwere Tropfen. Weit und breit ist kein Boot mehr auf dem Wasser. Innerhalb weniger Ruderschläge schüttet es wie aus Eimern gegossen. Blitze leuchten einem Scheinwerfer gleich die Bergketten aus. Das Echo verstärkt das Donnerrollen. Es blitzt und kracht zum Fürchten. Nur noch ein Ungeheuer aus der Tiefe des Sees fehlt mir noch zum Grausen. Verdammt ungemütlich ist mir die Situation. Die Flucht zum sicheren Anlegeplatz geht sich nicht mehr aus. Zu lang ist die Strecke in den Hafen. Kein Vergnügen ist das Rudern, wenn die Wellenberge auf die Flanke des Bootes drücken. Abwarten und Tee trinken ist leichter gesagt als getan.

Ich bin nicht aus Zucker, aber der kalten Dusche trotzen mag ich auch nicht. In meiner Not werfe ich mir die Abdeckplane über den Kopf. Bedacht, trotz Eile, dass der heftige Überfluss gleich den Weg ins Seewasser findet. Das Trommelfeuer der Regentropfen auf die am Kopf und anderen Körperstellen anliegende Plane fühlt sich wie Nadelstiche an.

In der völligen Dunkelheit verschiebt sich das Zeitgefühl. Flügelschlag rauscht auf einmal um mich herum. Begleitet von wildem Gekreische. Vögel entern mein Boot. Mitten im Unwetter nehmen sie Besitz von der treibenden Bootsinsel. Als getarnter Mensch bin ich ihren scharfen Augen entgangen. Beinchen trippeln entlang der Reling.

Hin und wieder landet gar ein Vogel auf meinem Kopf oder Schulter und drückt mir seine Krallen in den Körper. Glatt ist so eine Regenhaut. Er kämpft einfach gegen das Abrutschen. Immer mehr Tiere finden Gefallen an dem sicheren Rastplatz. Stetig nehmen das Gezänk und Gekreische zu. Das unglaubliche Erlebnis lähmt mich anfangs. Ich rühre mich nicht und erdulde die gefiederte Plage. Behutsam lüfte ich die Plane auf Kniehöhe. Mein Sehschlitz genügt, um die Krallen mit den Schwimmhäuten zu sehen. Möwen.

Die Angst packt mich. Mit der Faust schlage ich gegen die Plane und schreie sinnloses Zeug. Aggressiv reagieren die Möwen auf mein Verhalten. Sie bekämpfen die bewegliche und sprechende Plane. Gezielt greifen sie an. Schlagen mit den Schnäbeln auf mich ein.

Nun ist es endgültig aus mit meiner Beherrschung. Wut treibt mich an. Ich hasse das Federvieh. Egal ist mir der Sturzregen. Panik bricht unter den Vögeln aus. Einige erleichtern ihr Fluggewicht und setzen ihren Kot noch in meinem Boot ab. Andere landen in Bootsnähe auf dem bewegten Wasser. Der Großteil sammelt sich zum Schwarm und verschwindet wie ein Gespenst im Nebel.

In diesem Moment muss ich an den Film „Die Vögel" denken, wo harmlose Piepmätze, Krähen und Möwen die Hauptrolle spielen und die Menschen des kalifornischen Küstenstädtchens Bodega Bay in Angst und Schrecken versetzen. Statt lustige Vogelhochzeit zu feiern, rotten sich die Schwärme zusammen. Angriffslustig erklären sie den Bewohnern des Nestes den Krieg. Sie flattern in Massen durch den Kamin und lauern im Dachboden auf die Leute. Mit spitzen Schnäbeln und scharfen Krallen gehen sie gar auf unschuldige Schulkinder los. Hacken auf Augen ein und versuchen, Löcher in das Menschenfleisch zu schlagen. Nach dem berühmten Film bereichert eine geflügelte Weisheit den Volksmund, und zwar: Störche bringen Kinder, weiße Tauben den Frieden und Schwalben den Sommer. Aber „Die Vögel" von Hitchcock bringen pure Gänsehaut.

Prachttaucher

• • • • • •

Vom Kinn über die Kehle und dem halben Hals läuft ein scharf abgesetzter schwarzer Federnfleck. Seitlich daran und an der Brust schließen sich hübsche schwarz-weiße Streifen an. Ein Teil der Oberflügeldecke ist mit einer Reihe von schlanken, weißen Flecken betont. Das Muster gleicht einem Zebrastreifen, einem Fußgängerübergang. Kleider machen bekanntlich Leute. Auch Vogelmänner beeindrucken mit ihrem Brutkleid das weibliche Geschlecht. Prachtkleider aus Federn halt. Rot wie ein Bremslicht ist die Iris des Auges.

Sie brüten in den nördlichen Zonen der Tundra und Taiga. Im Herbst sind sie als Kurzstreckenzieher unterwegs. Vogelkundler verstehen darunter, dass Brutgebiete und Winterquartiere kaum 2.000 Flugkilometer voneinander getrennt sind. Die Kleinfischfresser sind bestens an ihren Lebensraum angepasst. Tauchtiefen bis rund 40 Meter und Tauchgänge bis zwei Minuten lang zeichnen diese Vogelart aus.

Mit dem kräftigen Schnabel wird die Beute zu Tode gedrückt. Krebse, Muscheln und Schnecken bereichern den weiteren Speiseplan. Prachttaucher schaffen den Abflug nur vom Wasser aus. Sie brauchen einen langen Anlauf und nützen den Gegenwind als Starthilfe. Riskant ist das Land.

Verhaltensforscher und Vogelkundler haben beobachtet, dass die frisch geschlüpften Küken immer wieder aufs Land gelockt werden. Hier werden sie vom Weibchen gehudert. Sie bestehen darauf, ihren Nachwuchs unter dem Gefieder zu wärmen. Auf keinen Fall sollen sich die Nestflüchter auf ihren ersten Schwimmausflügen eine Lungenentzündung holen.

Zahlreiche Prachttaucher und andere Vögel verheddern sich in den feinmaschigen Fischernetzen. Sie ertrinken jämmerlich und werden als lästiger Beifang entsorgt. Die Verschmutzung der Meere erhöht den Druck auf viele Arten. Trotz Gefiederpflege sind die Tiere den Ölschlieren nicht gewachsen. Aufgenommene bunte Kunststoffteilchen bewirken den tödlichen Darmverschluss. Ein satter Magen wird vorgetäuscht und sie verhungern.

Damit es nicht in Vergessenheit gerät: Früher hat die Modeindustrie mit Bälgen der Prachttaucher die noblen Damenhüte aufgemotzt.

• • • • • •

MITTAGSFORELLEN

Tödliche Schlinge

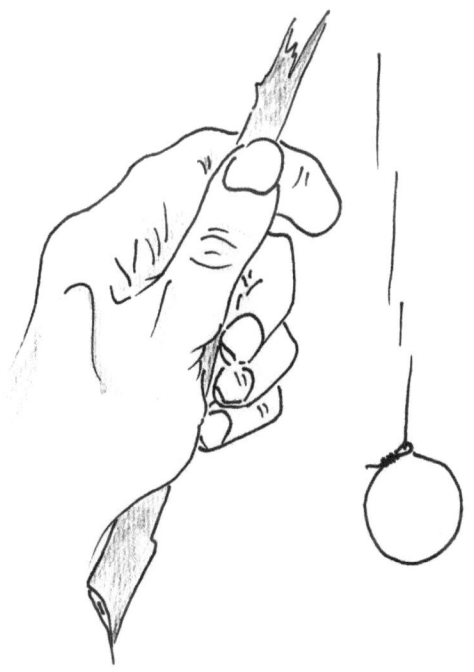

Diese Geschichte hat mir Karl erzählt.

Mehr als ein halbes Jahrhundert liegt meine Geschichte zurück. Vergesse ich heutzutage auch manchmal die Einnahme bestimmter Tabletten, so hat sich einem Elefanten gleich längst Ereignetes tief ins Hirn eingeprägt. Die Erlebnisse, Streiche und Schwierigkeiten werden lebendig wie ein Film. Es kann schon sein, dass unwichtige Gedächtnislücken auftauchen. Kein Problem, die überbrücke ich locker. Im Alter, zumindest behaupten es die Weisen, verstärken sich die guten und schlechten Eigenschaften eines Menschen. Stimmt, trifft für mich auch zu.

Mein Chef hat einen Auftrag im Rosenthal, unweit der berühmten Krimmler Wasserfälle, ausgehandelt. Frische Farbe für die Hausfassade und Erneuerung des Holzschutzes. Mein Geselle und ich als Lehrbub des ehrenwerten Malergewerbes machen uns auf den Weg, um die Arbeit anzupacken.

Das Haus liegt an einem völlig naturbelassenen Wiesenbach. Noch vor dem Aufstellen der üblichen Leitern stehe ich auf der Holzbrücke, einem einfachen Fußgängerübergang. Der Blick ins Wasser enttäuscht mich nicht. Eine Freude ist die Anzahl der getupften Forellen. Reviermäßig ausgebissen, beanspruchen die stattlichen Bachforellen die besten Abschnitte. Tiefe Gumpen, sichere Einstände und ausreichendes Futterangebot sind die wesentlichen Ansprüche der Starken. Die kleineren Fische müssen sich naturgemäß hinten anstellen oder in die seichteren Buchten ausweichen.

Die vielen Fische gehen mir nicht aus dem Kopf. Sie lenken mich von der Arbeit ab. Bei der ersten Pause und Gelegenheit rede ich diesbezüglich den Hausherrn an: „Esst ihr keine Fische?"

„Wie kommst du auf diese Idee?", stellt er mir die Gegenfrage.

„Ja, weil der Bach hinterm Haus voller Fische ist."

„Ich bin kein Fischer", meint darauf der Mann, „wohl oft essen wir Sardinen aus den Dosen. Das Fischessen im Gasthaus können wir uns nicht leisten. Natürlich wären frische Forellen ein besonderer Genuss."

Rasch werden wir uns gemeinsam einig, dass ich noch während der Arbeitszeit mein Glück kurz versuchen darf. Er unterstützt mich bei der Herstellung des einfachen Fischzeugs. Gar zum Schmiere stehen auf dem Balkon bietet er sich freiwillig an. Schließlich könnte ja ein zufällig vorbeikommender Aufsichtsfischer vom Bräurup mich erwischen.

Weitum war bereits seinerzeit dieses Gasthaus für seine ausgezeichnete Fischküche bekannt. Seine Aufsichtsfischer waren fleißig unterwegs, um für den Nachschub zu sorgen. Ihr Eifer lässt sich leicht erklären. Sie erhielten für jedes abgelieferte Kilogramm Fisch eine stattliche Prämie.

Der Hausherr verdient sein Geld als Stollenarbeiter. Viele Meter an Schießdrahtreste hat er in seiner Werkstatt. Weißer und roter Draht, auf Spulen gewickelt, hängen an der Wand. Vor Jahrhunderten füllten die Bergleute natürliche

Spalten im Gestein mit Schwarzpulver. Dicht verdämmt mit Lehm und anschließend gezündet. Später wurden in mühsamer Handarbeit Bohrlöcher in den Felsen getrieben. Je nach Härte des anstehenden Gesteins schafften zwei Männer pro Schicht oft nur ein einziges Loch.

Das Hereingewinnen des Gesteins unter Zuhilfenahme von Schwarzpulver wurde damals als Schießen bezeichnet. Das Zünden des Pulvers erfolgte über Lunten. Wirkungsvolle Sprengstoffe werden heute in Zündketten verbunden und mittels Strom aus einer Zündmaschine zur Detonation gebracht. Dieser verwendete Schießdraht ist das geeignete Material zum Fischen mit einer feinen Schlinge. Quasi ein Henkerseil zum Fangen flinker Forellen. Der geschmeidige Draht ist das ideale Werkzeug von Brücken oder vom Ufer kleiner Bäche aus.

Jeder Schwarzfischer weiß, dass im Bereich von Brücken oder unter überhängenden Ästen stets starke Fische stehen. Ihre blitzschnelle Flucht in den sicheren Schatten verwirrt viele Feinde. Bachforellen strolchen nicht umher, sie begnügen sich mit einem begrenzten Revier, das ihren Ansprüchen entspricht. Die Farbe Weiß hat sich bei dieser Art zu fischen bewährt. Der Draht hebt sich besser vor dem dunklen Bachgrund ab.

Statt meinem üblichen Haselnussstock erhalte ich vom Hausherrn noch einen ausgedienten Besenstiel. Er hilft mir bei der raschen Bastelarbeit. Insgeheim freut er sich über meinen Eifer. Der Stecken ersetzt die einteilige Fischerstange. Am dünneren Ende wird ein kleines Loch gebohrt. Ein steifer Draht wird durchgesteckt und mit ein paar Windungen sicher am Holz fixiert. Der Draht wirft kaum einen verräterischen Schatten. Der Schießdraht mit der tödlichen Schlinge hängt an diesen wichtigen Abschnitt. Das Gerät ist billig hergestellt und wirkungsvoll zugleich.

Gebückt nähere ich mich dem Übergang. Behutsam schiebe ich meinen Kopf und die Hand mit dem am Besenstiel befestigten Draht zwischen dem Geländer durch. Nichts ahnt die Bachforelle von ihrem baldigen Ende. Scheinbar bewegungslos steht sie unter mir. Nur gering wedelt sie mit ihrer Schwanzflosse hin und her. Ihre Augen sind in die Strömung gerichtet, um antreibendes Futter zu erspähen. Rasch muss sie zupacken, sonst ist der Happen vertan. Außerdem rinnt Sauerstoff reiches Wasser leichter durch die Kiemen. Ein hoher Sonnenstand erschwert ohnehin das erfolgreiche Springen nach fliegenden Insekten. Schwieriger ist das Abschätzen der richtigen Flugbahn.

Langsam senke ich mein Henkerseil aus Schießdraht. Knapp vor den hervorstehenden Glupschaugen tauche ich die Schlinge ins Wasser. Trotz der geringen Angriffsfläche schiebt die Strömung den Schießdraht unauffällig über den Kopf des Fisches. Die Lichtbrechung spielt bei der fast senkrechten Beobachtung des Opfers keine Rolle. Die Forelle steht, wo sie steht. Erst als die Schlaufe hinter den Brustflossen wandert, reiße ich mit einem Ruck am Stiel. Blitzschnell schließt sich die Falle um den Fischkörper. Nach ehe der Fisch die Gefahr begreift, fliegt er mit Schwung ins Gras. Rasch umschließen meine Finger die zappelnde Beute und mit dem Schädel voraus schlage ich am nächsten Stein das Tier bewusstlos. Nachdem ich mir schon einmal bei einem kleineren Fisch die Knöchel blutig aufgeschlagen habe, achte ich trotz der Eile auf den festen Griff. Sehr schlüpfrig ist so eine Schleimhaut. Weitere drei Forellen hole ich mir noch vor dem Zwölfuhrläuten aus den nächsten Gumpen. Unschlagbar ist das sogenannte Klankeln in den kleinen Bächen.

Die Hausfrau bereitet uns allen ein fürstliches Mahl. Gemeinsam mit dem Ehepaar genießen wir die Müllerin mit Beilagen. Nichts geht über ein gesundes Mittagessen.

Die wenigen heute noch erhaltenen Wiesenbäche, die nicht den Drainagen oder den ausufernden Verbauungsplänen zum Opfer fielen, sind beinahe fischleer. Die tierischen Fischliebhaber wie Reiher und Otter sowie die intensive Gülleausbringung haben die Fische beinahe ausgerottet beziehungsweise vertrieben. Was nützen die wasserrechtlichen Bemühungen um die Einbindung der kleinen Bäche in den Hauptfluss, wenn keine Laichtiere mehr in diese Gewässer aufsteigen.

Unmittelbar nach dem zweiten Weltkrieg hatte die heimische Landwirtschaft die wichtige Aufgabe, und zwar: Das Volk mit Grundnahrungsmitteln zu versorgen. Die Funktionäre der Bauernkammern und die Lehrer in den landwirtschaftlichen Fachschulen predigten unablässig vom Goldenen Zeitalter der Mechanisierung. Jeder krumme Wiesenbach, der Gehölzsaum an der Grundgrenze, naturbelassene Tümpel oder den Maschineneinsatz behindernde Elemente mussten beseitigt werden. Das lautlose Sterben der fischreichen Wiesen- und Laichbäche nahm seinen üblen Lauf.

Was ich noch unbedingt sagen möchte: Wir haben als Dank für das Entgegenkommen und die ausgezeichnete Bewirtung die nächsten Tage genau und fleißig gearbeitet.

DELIKATESSE

Grönlandhai

Diese Geschichte hat mir Reinhard erzählt.

Es geziemt sich, dass Einheimische ihre Region unterstützen. Der Advent-markt in der jungen Stadt Mittersill bietet so eine Gelegenheit. Mit einer dichten Programmfolge werden die Leute angelockt. An den Ständen, die Kunsthandwerk feilbieten, gibt es kein Gedränge.

Frei ist der Blick auf die kreativen Waren. Vor den Verpflegungsständen hingegen stehen die Menschen in dichten Trauben. Sicher ist das Geschäft mit Speis und Trank. In der angeblich stillsten Zeit des Jahres spielt der Lärm die erste Geige. Zur Bekämpfung der strengen Temperaturen fließen Punsch und Glühwein in vielen Bechern. Der Funkenflug von der offenen Feuerstelle wird mit Begeisterung bestaunt. Wenn am nächsten Tag der Restalkohol abgebaut ist, werden einige mit Entsetzen feststellen, dass ihre Daunenjacke mit kleinen, verschmorten Löchern verziert ist.

Der Duft von frisch geräuchertem Fisch zieht mich an. Der Mann ist ein alter Bekannter und hat seinen kulinarischen Schatz zu einem kleinen Stapel geschlichtet. Maränen. Sie sind weit gereist. Bereits vor Jahrzehnten hat Reinhard den größten Fang seines Lebens durch die Heirat einer gebürtigen Schwedin gemacht. Um vieles leichter war der Erwerb und Ausbau des Feriendomizils.

Ehemalige Geschäftsleute können auch in der Pension nicht aus ihrer Haut schlüpfen. Gar mitten im Winter macht er beste Werbung für sein typisches Norrbotten-Bauernhaus. Das Gut Mittigården liegt am rund 700 Meter breiten Fluss Älv. Das Fischrecht erstreckt sich etwa über 20 Kilometer und Motorboote sowie ein Kanu stehen den Gästen zur Verfügung. Der Fischreichtum und die Nähe zum Polarkreis sind weitere Zuckerl, die der Mann gekonnt verteilt. Unvergessen bleibt jedem Besucher das Erlebnis der Mitternachtssonne oder das Nordlicht, meint er überzeugend. In unserem hauseigenen Gewässer, sagt er, tummeln sich Äschen, Laxöring-Forellen, Aalquappen, Barsch, Aland und Sik, die große Wandermaräne. Stattliche Hechte mästen sich an den reichlichen Futterfischen.

Trotz der Kälte macht er mir beinahe den Mund wässrig. Genug Platz bietet das Ferienhaus für eine Großfamilie. Zudem verspricht er mir Hechtgarantie auch mit der Fliegenrute. „Ich habe gehört", wage ich seine Eigenwerbung zu unterbrechen, „dass die Entenschnäbel von den Schweden als eine Art von Unkraut behandelt werden. Begehrt als Sportfisch, aber kulinarisch wahrlich nicht geschätzt." „Stimmt", meint er trocken. „Die Leute haben von den vielen Gräten Respekt. Die meisten können den Fisch nicht richtig zubereiten. Die schwedische Küche haut mich nicht um. Ein alter Fischer aus Lappland hat mir vom Papierhecht erzählt. Ich habe seine Zubereitungsart übernommen und verfeinert."

„Am besten bewährt sich so ein mittelstarker Fisch. Nach dem Ausnehmen trennst du den großen Schädel und die Schwanzflosse am Ansatz ab. Im Prinzip gelten die drei S aus dem Mittelalter immer noch. Säubern – Säuern – Salzen.

Wobei du das Säuern eigentlich beim Hecht vergessen kannst. Nimm lieber reichlich Salz und spare auf keinen Fall mit Butter. Wer mag, der kann den Fischbauch noch mit verschiedenen Kräutern oder Zwiebelringen vollstopfen. Zuviel von dem Grünzeug verdirbt nur den Eigengeschmack des Fleisches. Eingerollt den Hechtwecken in viele Blätter einer großformatigen Zeitung ist das ganze Geheimnis. Gerade das Einfache ist oft das Beste."

Während der Vorbereitung des Fisches haben sich bereits die lodernden Flammen des Lagerfeuers beruhigt. Die hohe Glut lässt den Fisch im eigenen Saft richtig schmorren. Die geringe Luftzufuhr greift fast nicht die an der Fischhaut liegenden Seiten an. Oft ist das nur leicht verkohlte Blatt noch teilweise lesbar. Nach rund einer halben Stunde Garzeit steht der Köstlichkeit nichts mehr im Wege. Mahlzeit, meint er verschmilzt und schnalzt genüsslich mit seinen Lippen.

Laut Studien eines Forschungsteams schaut es schlecht aus mit der Artenvielfalt im Süßwasser. Bereits mehr als ein Viertel aller weltweiten Arten sind vom Aussterben bedroht. Auch Österreich ist keine Insel der Seligen. Über 90 Prozent von 62 untersuchten Lebewesen zeigen keinen günstigen Erhaltungszustand. Der WWF ist sich sicher, dass vor allem die starke Verbauung und Übernutzung der Gewässer die Hauptursachen sind.

Gar in einer Fachzeitschrift drängen die Autoren auf einen Notfallplan zum Schutz der Flüsse, Seen und Feuchtgebiete. Die ganze Welt ist durch COVID-19 geschockt, überfordert und teilweise gelähmt.

Trotzdem geht das Artensterben in unvermindertem Tempo weiter. Aber der Hecht in Schweden scheint von dieser Gefahr nicht betroffen zu sein. Hier gilt er als Fischunkraut. Legendär sind die Fänge in den ruhigen Flüssen, den vielen Seen und natürlich den Schären. Ganze Trupps von Petrijüngern zieht es in den Norden, um diesen stattlichen Raubfisch auf die Schuppen zu legen.

Elefanten haben ein legendäres Gedächtnis. Außerdem erreichen sie ein hohes Alter, wenn sie nicht Wilderern zum Opfer fallen. Der illegale Handel mit Elfenbein ist immer noch ein Bombengeschäft.

Große Schildkrötenarten, wie zum Beispiel die Galapagos Schildkröte, schaffen nachweislich 200 Lebensjahre. Aber Grönlandhaie sind unter den Wirbeltieren die einsamen Rekordhalter. Pro Jahr, so sind sich die Forscher ziemlich einig, legen diese Tiere etwa nur einen Zentimeter an Längenwachstum zu. Zwei lange Menschengenerationen vergehen, ehe diese Haiart überhaupt geschlechtsreif wird. Durch die Überfischung ist es ohnehin schwer genug, einen Geschlechtspartner zu finden.

Gewebeproben weisen auf ein biblisches Alter von rund 400 Jahren hin. Mögliche geringe Fehlerquellen tun dem Respekt gegenüber dieser Lebenszeit keinen Abbruch.

Der Grönlandhai oder Eishai lebt bevorzugt im kalten Nordpolarmeer. Diese Art landet als Beifang in den Netzen bei der Grundfischerei. Die Fischkutter schleppen die Netze mit den Gewichten über den Boden. Tod und Verderben bringt es für den Lebensraum Meeresgrund. Ausgewachsene Exemplare zeigen eine stattliche Größe von etwa fünf Metern. Eine Menge Fleisch für die Küstenbewohner, das jedoch ohne Behandlung nicht genießbar ist. Im Prinzip ist das Fleisch giftig, denn in den Blutbahnen befindet sich reichlich Harnstoff. Er ermöglicht den Haien, den Druck des Meerwassers auszugleichen. Durch eine traditionell gewachsene Behandlungsmethode stinkt sich der Fisch allmählich zur isländischen Spezialität.

Nach dem Fang wird der Grönlandhai von seinen Innereien befreit. Ausgenommen, entgrätet und gewaschen. Jegliches Gewürz ist tabu. Anschließend wird er in eine Grube gelegt und mit einigen Steinplatten beschwert. Der Druck presst die schädliche Flüssigkeit aus dem Gewebe. Sie versickert in dem vorsorglich ausgelegten Kiesbett. Nach rund drei Monaten wechselt der Hai in die luftige Trockenhütte. Hier hängt der Kadaver vom Gerüst, wo der durchziehende Wind für eine weitere Geruchsminderung durch Abgasen des Ammoniaks sorgt.

Der monatelange Verwesungsprozess, Fermentierung, verwandelt das Gammelfleisch zum gefragten isländischen Leckerbissen namens Hákarl. Die Bakterien und Enzyme leisten ganze Arbeit. Nur an der Oberfläche bildet sich eine Art dunkle Kruste. Sie wird entfernt und das darunter liegende weiße Fleisch in kleinen Stücken genossen. Vielleicht schmeckt auch den alten Isländern das Haifleisch nicht wirklich, vielmehr der reichliche Schnaps als flüssige Beilage.

Mitteleuropäische Geschmackspapillen werden sich gegen diese Spezialität wahrlich sträuben. Ein Probebissen kommt einer kulinarischen Mutprobe gleich. Die Senkung des Cholesterinspiegels wird als Argument angeführt. Kaum vorstellbar, denn die Kostprobe ist meistens nur auf einen einzigen, winzigen Happen beschränkt. Nur der kräftige Schluck Alkohol rettet vor dem unweigerlich auftretenden Brechreiz. Ohne Kleiderwechsel bleibt auch nach Stunden die Probe in schlechter Erinnerung. Der Duft verrät jeden Helden. Womit eindeutig bewiesen ist, dass sich über Geschmack trefflich streiten lässt. Für den einen eine geschätzte Spezialität, für andere pure Aasverwertung.

Auf Jahre gesehen bringt der Tauchtourismus für abgelegene Inselbewohner weit mehr an Devisen als abgeschlachtete Haie. Potenzielle Kunden geben viel Geld aus, um intakte Riffgemeinschaften mit eigenen Augen zu erleben. Ungleich steigert sich der Reiz, wenn Haie ins Blickfeld der Taucherbrille gleiten.

Völlige unbegründet ist der Rufmord den menschenfressenden Haien gegenüber. In keinem Vergleich stehen die wenigen weltweiten tödlichen Attacken, zu den Opfern durch Giftschlagen oder den aggressiven Flusspferdbullen in Afrika. Die Urangst vor dem eleganten Räuber erzeugt in uns eine Phobie. Keine zehn

Menschen sterben durch Haiangriffe. Aber mehr als 130.000 Tote fallen jährlich dem Biss durch Giftschlangen zum Opfer. Statistisch gesehen droht eher die Gefahr, von einer herabfallenden Kokusnuss oder einem Blitzschlag als von einem Hai verletzt zu werden. Dennoch wird dem Chef der Nahrungskette äußerst übel mitgespielt. Die Lust der Asiaten (Chinesen, Japaner und Koreaner) nach Gerichten aus Haiflossen fördert in hohen Maßen das Artensterben. Haifischflossensuppe gilt für die chinesische Mittelschicht als Statussymbol. Wer es sich leisten kann, der schwört auf dieses Gericht. Auf keinem Fest oder einer Hochzeit darf dieses Süppchen fehlen. Üblicherweise wird das Knorpelgewebe der Flossen zu durchsichtigen Nudeln verarbeitet. Hoch ist die Gier danach und der Preis. Schließlich wird dieser speziellen Suppe eine verjüngende Wirkung zugesprochen. Wobei besonders die Steigerung der sexuellen Lust ein sich haltendes Placebo ist.

Gar an Stahlvorfächern hängen die beköderten Haken. Die Langleinen sind so stark ausgelegt, dass es auch starke Haie nicht schaffen, sich loszureißen. Sehr knapp wird die Mannschaft auf diesen Langleinenfangschiffen gehalten. Arbeitszeit, Verpflegung und Entlohnung auf vielen Fangschiffen sind dermaßen hart und spotten jeglicher gewerkschaftlicher Vereinbarung. Um die Mannschaft vor einer Meuterei abzuhalten, erlauben die Kapitäne ihren Leuten den Verkauf von Haiflossen am Hafen. Für die Ausgebeuteten die einzige Möglichkeit, ihr Einkommen aufzubessern.

Auf kleinen Schiffen ist der Platz für die gefragten Speisefische vorgesehen. Auf keinen Fall sollen die verwesenden Kadaver der Haie die wertvolle Fracht anstecken. Der Geruch von Ammoniak stinkt zum Himmel. Außerdem lassen sich Flossen im Vergleich zum Fleisch leicht trocknen. Zum Töten der Haie bleibt keine Zeit. Kaum an Bord gehievt, schneiden die Deckarbeiter den Tieren bei lebendigem Leibe die großen Flossen ab. Haifinning nennt sich diese brutale Geschäftsmethode. Die zuckenden Tiere werden wie Müll rasch ins Wasser entsorgt. Sie sinken auf den Meeresboden und verhungern qualvoll oder werden bereits vorher von anderen Fischen gefressen.

Experten schätzen, dass jährlich rund 100 Millionen Haie wegen der Flossensuppe getötet werden. Rund 60 Euro geben die Feinschmecker für so ein Süppchen aus. Ein Drittel aller Haiarten ist insgesamt von der Ausrottung bedroht oder steht auf wackeligen Flossen in den traurigen Roten Listen. Brechen die Räuber von der Spitze der Nahrungspyramide weg, so ist auch der Lebensraum Riff gefährdet. Die Kleinfische vermehren sich ohne Feinde zur Plage. Die Schwärme fressen sich an den Mikroorganismen satt, die wiederum den Korallen fehlen. Die bunte Welt unter Wasser verödet. Es ist kein Fischereigeheimnis, dass große Fische wie Haie, Schwertfisch oder Thunfisch reichlich Quecksilber speichern. Bei regelmäßigem Verzehr besteht die Gefahr einer Schwermetallvergiftung. Schließlich stehen die Haie als Topräuber an der Spitze der Nahrungskette.

FLOSSFISCHER

Raubbaumethode

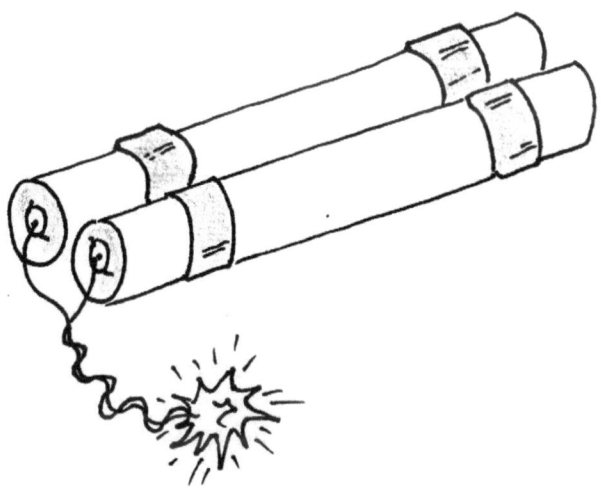

Diese Geschichte hat mir Sebastian erzählt.

Mein Neffe Sebastian ist Entwicklungshelfer in Ghana. Sein Auftraggeber ist eine Gesellschaft für internationale Zusammenarbeit. Er soll gemeinsam mit den Einheimischen neue Strukturen auf die Beine stellen. Es geht um die sinnvolle Verwertung des in Massen anfallenden Elektro- und Elektronikschrottes aus Europa.

Uns Wohlhabenden erleichtern die hohen Reparaturkosten die Trennung und verlocken zum Neukauf. Vorwiegend Albaner, beinahe wie Banden organisiert, grasen die Sammelstellen ab. Die ganze Palette wird weiterverscherbelt und landet schließlich in Hamburg. Vor allem Westafrikaner verschiffen unsere noch tauglichen Kühlschränke, Fernseher, Laptop oder Handy in ihre Heimatländer. Geputzt oder wieder repariert landen sie auf dem afrikanischen Markt und erfüllen ihren Zweck noch einige Jahre lang.

Er trifft bei der Arbeit einen alten Berufsfischer, der ihm sein Leid und seine Sorgen erzählt. Der alte Mann lebt in einem Nest an der ghanaischen Küste. Er hält sich und einen Teil seiner Großfamilie schlecht mit der Fischerei über Wasser. Er ist ein sesshafter Fischer und zieht nicht wie viele seiner Kollegen als Nomade entlang der Küste. Jeder Zehnte der rund 30 Millionen Einwohner von Ghana lebt vom Fischfang oder verdient sein Auskommen in der Fischverarbeitung. Früher, so erzählt er, ist er mit dem Einbaum zu einem nahen Korallenriff gerudert und hat in kürzester Zeit für seine Familie und gar für den Verkauf auf dem Markt Speisefische gefangen. Oktopus, Zackenbarsch und andere zappelten im Netz. Barrakudas, Makrelen, Thunfische und Haie lieferten ausgiebige Beute. Auch Langusten, Krabben und verschiedene Muschelarten ergänzten das Einkommen. Erbärmlich ist heute der Fang in Küstennähe. Wenn wir unsere Netze einholen, dann strotzen sie von Quallen und buntem Plastikmüll.

Heute ist es schwer, in diesem Bereich einen größeren Fisch zu fangen. Es gibt zu viele Fischer, keiner von uns wird mehr satt. Obwohl unser Küstenabschnitt früher zu den fischreichsten Gewässern der ganzen Welt gehörten. Schuld sind die vielen Ausländer, die uns vor der Nase das Meer ausrauben. Wir leiden unter den Industriefischfrachtern. Die Trawler fahren vorwiegend unter asiatischen Flaggen, aber auch Küstenstaaten aus Europa mischen ungeniert mit. In deren Heimatregionen ist der Schaden durch Überfischung bereits angerichtet. Die Knappheit an Speisefisch treibt den Preis in die Höhe.

An Land trifft der Volkszorn rasch einen kleinen Gauner. Mit Schmiergelder und Beziehungen schaffen es gar Mörder, sich von einer langen Haftstrafe oder vor dem Galgen zu drücken. Aber auf der Weite des Meeres herrscht die Gesetzlosigkeit. Ungeniert fischen kriminelle Banden. Sie verdienen Milliarden. Auf den Schiffen arbeitet oft eine Geistermannschaft. Die Menschen sind nicht erfasste Einwanderer, die der Willkür des Kapitäns und der Offiziere ausgeliefert sind.

Ein Großteil der Leute stammt aus dem Binnenland. Sie können nicht schwimmen. Kein Hahn kräht danach, wenn sie sterben. Häufig sind es verschuldete Migranten, die wie Tiere behandelt werden. Tag und Nacht schuften sie unter brutalen Bedingungen auf den langen Schleppern. Oft leiden sie länger als ein Jahr auf dem Schiff, ehe sie ihre Angehörigen wieder sehen. Mutterschiffe holen den Fang ab und ergänzen den notwendigen Proviant. Ungeziefer, Ratten und Krankheiten sind die ständigen blinden Passagiere.

Es gibt genug Gesetze, die das Verhalten auf dem Meer und vor allem den Fischfang regeln. Aber auf Hoher See gibt es weit und breit keine Zeugen. Die Langleinenfischerei, oft bis 100 Kilometer lang, ist ein Verbrechen. Viele illegale Raubfischer legen auch tagsüber die mit Makrelen- oder Heringsstücken beköderten Haken aus. Große Seevögel schnappen sich die einfache Beute und ertrinken auf Raten. Durch den ständigen Wechsel der Flaggen entziehen sich diese Leute der gerechten Strafe.

Unsere ehemals staatliche Flotte, rund 150 Trawler aus sowjetischen Werften, musste auf Druck der Weltbank abgewrackt werden. Vor allem Chinesen und Koreaner kauften die Fangschiffe zum Preis von Peanuts. Es ist kein Fischereigeheimnis, dass die Lizenzgebühren für die Fischereirechte nicht der Bevölkerung zugutekamen, sondern in die Taschen von korrupten Beamten flossen.

Ganze ausländische Netzwerke schließen mit ansässigen Fischereiunternehmen Scheinverträge ab. Nun, unter ghanaischer Flagge dringen sie in unsere Gewässer ein und plündern die Ressourcen. Der Gewinn geht ins Ausland, uns bleiben leere Mägen. Ausgebeutet wird Afrika wie zur Zeit der Kolonialzeit.

Gott sei Dank ist die Sklaverei vorbei.

Wir eingesessenen Fischer haben keine Hoffnung. Mit unseren einfachen Holzbooten bleiben die guten Fanggründe unerreichbar. Leer bleiben die Netze. Die Arbeit lohnt sich nicht mehr. Die ausländischen Flotten sind stark motorisiert und bestens mit elektronischen Geräten ausgerüstet. Sie spüren die ziehenden Schwärme in jedem Winkel des Meeres auf. Sie stehlen ohne Scham. Wie die Piraten. Wohl steht die vorgeschriebene Maschengröße geduldig auf dem Papier, aber in Wahrheit bleibt zwischen den engen Knoten alles hängen. Auch Jungfische haben keine Chance. Fehlt aber zunehmend der Nachwuchs, mangelt es künftig an geschlechtsreifen Tieren. In Gefahr ist das ganze Ökosystem. Die Gier der Ausländer nach Fisch und Geld macht erfinderisch. Eigentlich ist es eine Schweinerei. Immer öfter sind paarweise Trawler auf gleicher Höhe unterwegs. Zwischen den Schiffen ist ein riesiges Netz gespannt. Tonnenweise zappeln die Fische im Netz. Ganze Schwärme haben keine Fluchtmöglichkeit.

Unzählige Wasservögel verheddern sich in den Nylonfäden und ertrinken jämmerlich. Der Beifang, auch Delphine und Schildkröten ersticken in den Maschen, wird einfach über Bord geworfen. Was nützen uns Regeln wie Fangverbote für Ausländer innerhalb einer 15 Meilen Zone, wenn Kapitäne diese Grenze bewusst ignorieren. Gar mit üblen Tricks wird versucht, jeden Fischschwanz zu erwischen. Die Chinesen bauen viele einfache Flosse aus Bambus. Quasi schwimmende Inseln, ohne Anker. Sie driften mit der Strömung oder Wellen. Im freien Wasser entspricht diese Struktur einem Leuchtturm.

In kürzester Zeit stellen sich Kleinfische ein. Sie nützen die Deckung und den Schatten. Raubfische folgen. Richtige Nahrungsketten bauen sich auf. Damit die Tiere während der Nacht das künstliche Kleinbiotop nicht wieder verlassen, werden sie mit Licht verführt. Magisch bannt die Lampe die Tiere an den Ort. Die Autobatterie mit der Lampe steht im Schnittpunkt der Diagonalen auf der Plattform. Durch diese Methode wird der natürliche Tag- und Nachtrhythmus auf den Kopf gestellt. Den Meeresbewohnern ist es egal. Ihr Instinkt kennt die neue Gefahr nicht. Sie schwimmen ins Verderben. Nach einiger Zeit taucht das Fangschiff auf und umrundet die Flossinsel. Im Schlepp ein engmaschiges Netz.

Millionen Menschen sind in meinem Heimatland von der Fischerei abhängig. Aber nun kreuzen vor unseren Küsten Fremde. Die Überfischung, die illegale, macht uns das Überleben verdammt schwer. Wir leiden. Die Ausländer bereichern sich und vernichten rücksichtslos unsere Ressourcen. Meine eigenen Kinder können von dem Fischfang nicht mehr satt werden. Sie sind in die Stadt gezogen, um in der Fischfabrik zu arbeiten. Diese Entwicklung stimmt mich traurig. Zuerst stirbt unsere Nahrungsgrundlage aus. Dann bricht unsere traditionelle Küstenfischerei zusammen. Zum Schluss verhungern, wenn wieder die Wanderheuschrecken einfallen und die Ernten fressen, die Alten, Kranken und Kinder. Die Welt schaut achselzuckend zu und wir verrecken wie die Fliegen.

Leider gibt es bei uns noch viele Familien, die an Zauberei und an die Macht der Dämonen glauben. Um einen Wassergott nicht zu verärgern, verzichten die Männer bei der Fischerei gänzlich auf Eisen. Unzählige Generationen lang halten sie sich an dieses Tabu. Kein einziger Nagel soll das Wesen grantig stimmen. Diese Leute sitzen nur auf einen massiven Holzpfosten. Bug und Heck sind abgeflacht. Geringer ist der Widerstand. Zum besseren Gleichgewicht hängen die Füße zu beiden Seiten des Holzstammes einfach ins Wasser. Äußerst gering ist die Reichweite bei dieser Art von Fischerei. Noch dürftiger der Fang. Dieser Geisterglaube ist ein Unfug und kann den Nahrungsbedarf nicht decken.

Um nicht zu verhungern, greifen wir in Notwehr zu Dynamit. Das Einsammeln der toten Fische ist kein Kunststück. Leider trifft der Sprengstoff keine Wahl. Alles bringt die Druckwelle in der Nähe der Explosion um.

Besteht die Möglichkeit, dann wird auf Teufel komm raus auch das Gift Zyankali eingesetzt. Wir wissen es, der Zweck heiligt nicht die Mittel. Aber was sollen wir tun? Wir Berufsfischer haben ein schlechtes Gewissen. Diese Fischerei hat keine Zukunft, ein Ablaufdatum wie jede Zündschnur, und dann?

TIERISCHE
HEIMSUCHUNG

Fischliebhaber

Diese Geschichte habe ich selbst erlebt.

Kein Teichwirt ist vom gelegentlichen Fischsterben und der Heimsuchung durch Schwarzfischen gefeilt. Die Dichte des Besatzes ist geradezu ein Maßstab für die ungebetene Besucherfrequenz. Liegt das Gewässer abseits vom Siedlungsraum, dann sind tierische Fischliebhaber ohnehin die Regel.

Der fliegende Edelstein Eisvogel schnappt sich als kühner Stoßtaucher die fingerlange Brut. Nicht jeder Sturzflug endet mit einer zappelnden Kost im Schnabel. Aber es bleibt reichlich Zeit für viele weitere Versuche. Frisst er auch nur fingerlange Fische, so raubt er meinem Nachwuchs die Zukunft. Geschickt fügt er mit ruckartigen Kopfbewegungen seinem Fang ein Schleudertrauma zu, um nachher das Fischchen mit dem Kopf voraus in den Magen zu drücken.

Die Kleinheit und das bereits seltene Vorkommen des bunten Vogels muss es wohl sein, dass ich seine wiederkehrenden Besuche an meinem Wasser dulde. Schließlich muss auch er seine Küken ernähren. Mit Baumeisterverstand gräbt er seine Brutröhre. In seinen Erbanlagen steckt der Plan mit der sanften Steigung. Weder Sauwetter darf seinen Nachwuchs ertränken noch Raubzeug gefährden.

Artig stellen sich seine Küken, ganz im Gegensatz zu anderen Vögeln, bei der Verpflegung reihum an. Jedes soll flügge werden, denn es gibt nur eine Brut pro Jahr. Die Anlage von künstlichen Bruthilfen ist für die Fisch, wenn im Umfeld es an Futterquellen mangelt. Futterteiche erhöhen den Reiz zur Familiengründung. Schwer genug sind ohnehin die Lebensumstände in der ausgeräumten Landschaft. Arg bedroht sind die Verwandten der Ordnung Rackenvögel. Trotzdem, das muss ich ehrlich gestehen, habe ich einige übers Wasser reichende Ansitzäste abgeschnitten und weitere Wurzelstöcke im Flachen versenkt.

Der Graureiher hingegen erdolcht seine Beute am seichten Uferrand. Es liegt auf der Hand, dass ihm die grätenarmen Salmoniden leichter in den Magen rutschen als Weißfische oder stachelbewehrte Flossenträger. Oft geht dem Stelzvogel, trotz scharfer Augen, das Augenmaß verloren. Er verletzt massige Fische. Die Fleischwunden sind die Eingangspforten für Krankheiten. Häufig verenden die Fische an ihrer Verletzung. Reiher brüten gesellig in Kolonien. Aber während der Futtersuche stelzen oder stehen sie lieber als Einzelgänger umher. Wesentlich höher ist ihr Jagderfolg, wenn nicht in Nachbarschaft ein Nahrungskonkurrent einen Wirbel auslöst.

Die zahlreichen Befugnisse eines beeideten Wacheorganes, eines Aufsichtsfischers, verpuffen in Bezug auf gefiederte Schwarzfischer auf lächerliche Weise. Die matte Plakette des Salzburger Landes-Wacheorgans blitzt nicht so wie der berühmte Sheriffstern und lehrt keinen Vogel das Fürchten. Und fuchtelt die Person auch wild mit dem Dienstausweis durch die Luft, so halten die Reiher trotzdem ihre Fluchtdistanz ein. Eher gelangweilt suchen sie das Weite. Noch während ihrer Startphase setzen sie Ballast ab. Ihr Guano, die weißen Exkremente zeigen, was sie von den Zweibeinern halten, die nicht einmal fliegen können. Hinweistafeln, dass Fischen verboten ist, kümmert sie nicht. Der Hunger muss gestillt werden. Schließlich braucht der Nachwuchs eine ausreichende Verpflegung, um alsbald auf den eigenen Flügeln zu stehen.

Die eher bescheidene Ausdehnung von Himmelsteichen juckt den paarweise auftretenden Gänsesägern oder einen Trupp Kormorane herzlich wenig. Ihre Revieransprüche sind schon breitere Flüsse oder Seen. Die Enge der Lande- und Startbahn wird aus Sicherheitsgründen gemieden, auch wenn der Besatz ein Festmahl verspricht. Taucht gar das Liebkind einseitig orientierter Naturschützer auf, und zwar der Fischotter, dann kann jeder betroffene Teichbesitzer ein Trauerlied anstimmen. Kein Landraubtier schwimmt, taucht und fängt seine Beute so geschickt wie der Verwandte der Marder. Blitzschnelle Manöver sind dem Otter kein Problem. Sein langer Schwanz erleichtert das Steuern und die Schwimmhäute zwischen den Zehen sorgen für die Beschleunigung.

Zudem ist er mit sensiblen, langen Tasthaaren ausgestattet, die auch im trüben Wasser das erfolgreiche Fischen ermöglichen. Unvorstellbar dicht ist sein Pelz. Kälte und Nässe dringen nie in seinen Körper ein. Pro Quadratzentimeter isolieren rund 70.000 Haare das Tier. Im Vergleich schmücken lächerlich 120 Stück das menschliche Haupt. Diese Dichtheit erspart dem Otter, im Vergleich mit Seelöwen oder auch Eisbären, eine dicke Fettschicht. Verständlich ist, dass sich der Haarwechsel nur schleichend vollzieht. Viel Aufwand betreibt das Tier hingegen mit seiner Fellpflege. Kein Wunder, schließlich hängt das Überleben davon ab. Wer trachtet schon gern halbnackt im eiskalten Wasser den Fischen nach.

Kleinzeug wie Muscheln, Schnecken oder Krebse vernascht der Räuber gleich im Element. Nicht nur unerfahrene Jungfische oder altersschwache Friedfische, sondern auch die sprichwörtliche flinke Forelle steht auf seinem Speiseplan. Allerdings verschmaust er diesen Fang an Land. Leider treiben seine üblen Tischmanieren den Bewirtschaftern die Zornesröte ins Gesicht. Statt seinen Hunger durch den Verzehr eines Speisefisches zu stillen, artet oft sein Verhalten in eine Orgie aus. Eine Kombination seiner Gene treibt ihn neuerlich ins Wasser. Abgebissene Köpfe, halbe Opfer ohne Innereien und übel zugerichtete Kadaver beweisen am Tatort seinen Erfolg. Auf Grund des Schadensbildes sind sich die Experten absolut sicher. Fischotter richten in Teichwirtschaften oder Zuchtanlagen enorme Schäden an.

Alle Altersstufen sind betroffen. Rapide nimmt die Bestandsdichte ab, wie Elektrobefischungen beweisen. Beteiligt sich gar ein Familienverband mit den Jungtieren am Schmaus, dann ist ein Revier alsbald kahlgefressen. Wölfe, seine ehemals natürlichen Todfeinde, heulen noch spärlich in weiter Ferne. Als effizienter Jäger hat der Fischmarder längst begriffen, dass Menschen keine Gefahr darstellen. Den Fraßdruck übt dieses Dämmerungstier nun auch tagsüber aus.

Traurig ist, dass der jahrzehntelange Aufbau einer Äschenpopulation im Pinz-gau dem Otter bereits zum Opfer gefallen ist. In vielen natürlichen Gewässern gibt es keine laichfähigen Äschen mehr. Diese Salmoniden mit der prächtigen Fahne (Rückenflosse) gehören bereits zur bedrohten Art. Wer einmal auf die Rote Liste schwimmt, der hat geringe Hoffnung auf eine Wiederkehr.

Jahrhundertelang wurde dem Otter als Nahrungskonkurrent übel mitge-spielt und in vielen Gegenden ausgerottet. Nun, durch die rigorose Schutz-stellung haben sich die Bestände bestens erholt und arten leider bereits zum Bumerang aus. Zyniker behaupten, dass das Otterproblem nur ein temporäres sei. Wo steht eigentlich geschrieben, unken sie kühn, dass im Wasser Fische schwimmen müssen. Ist endlich das Angebot an frischem Fisch erheblich ge-schrumpft, dann ziehen die geschützten Top-Prädatoren ohnehin neuen Quel-len entgegen. Sie halten es wie die Nomaden.

Der Fischotter (Lutra lutra) steht unter dem strengen Schutz der Flora-Fauna-Habitat-Richtlinie. Es ist unmöglich, das Fischvolk in Bächen oder großen Teich-anlagen durch Zäune zu schützen. Nicht nur in die Luft, sondern auch einen halben Meter tief in die Erde müsste so ein stabiler Drahtzaun errichtet werden, um das Untergraben zu verhindern. Mit Herzblut verteidigen viele Naturschüt-zer die Fischfresser, aber bei der finanziellen Beteiligung an Schutzmaßnahmen hapert es betrüblich. Versuche mit Vergrämungsmaßnahmen scheitern kläg-lich. Akustische Vertreibung juckt den Fischliebhaber herzlich wenig und der Einsatz spezieller Düfte ist den Aufwand nicht wert. Die Trockenlegung von Tei-chen während des Winters ist ein weiterer wirtschaftsferner Vorschlag durch die Naturschutzverbände.

Der Bewirtschafter hingegen, mit den auferlegten Besatzverpflichtungen, füttert unfreiwillig den putzigen Otterclan. Sie danken dem Wirt für den ge-deckten Tisch mit angemessener Vermehrungsrate. Ein einziger Otter verzehrt locker ein Kilogramm Fisch am Tag. Nur die letale Vergrämung kann letzten En-des verhindern, dass Teichwirtschaften auf Dauer aufgegeben werden. Es lohnt sich nicht mehr, wenn die Ausfälle weit über die 50 Prozentmarke klettern. Die Verpachtung von Fischereirevieren oder auch nur Abschnitte von Strecken ent-wickeln sich zum Lotteriespiel.

Fakt ist, dass gerade den Karpfenteichwirten schon seit Jahren der Kragen platzt. Rund um ihre großräumigen Anlagen verraten Trittsiegel die Anwesenheit der Otter. Unverwechselbar sind die Schleifspuren des Schwanzes und die ab-gesetzte Losung als Reviermarkierung. Der Otternkot riecht eindeutig nach Tran, Schuppen und Gräten werden beim Zerlegen der Ausscheidung sichtbar.

Erst beim herbstlichen Abfischen zeigt sich das wahre Schadensausmaß. Viele Karpfen, Schleien oder auch Hechte sind vom Jagdfieber der Otter ge-kennzeichnet. Sein Spieltrieb verletzt auch starke Fische. Sie überleben die gebissenen Fleischwunden. Leider sind eine Menge der Speisefische auf dem Markt nicht mehr zu veräußern. Die steigenden Ernteausfälle führen zu Existenzängsten. Die versprochenen Ausgleichszahlungen fließen nur, wenn die entsprechenden Beweise vorliegen. Schier verzweifeln lässt der bürokratische Aufwand die Teichwirte. Statt ihrer Arbeit nachzugehen, sind sie ständig mit der Beweissicherung beschäftigt.

Die Entnahme der Otter wird länderweise sehr unterschiedlich geregelt. Während der kalten Jahreszeit ist zum Beispiel in Oberösterreich der direkte Abschuss erlaubt. In dieser Zeit wird kein Nachwuchs aufgezogen. Die wenigen offenen Stellen in der Eisdecke sowie die Spuren im Schnee erleichtern die Regulierung. In der übrigen Zeit bleiben die aufgestellten Lebendfallen meistens leer. Der feine Geruchssinn der Otter lässt sie selten in die Falle tappen. Nach der Bestimmung des Geschlechtes erwischt es nur die Männchen.

Angeblich werden Fischotter bei guter Verpflegung und stressfreiem Leben, also im Tiergarten, zwei Jahrzehnte alt. In freier Wildbahn lebt es sich halb so prächtig. Die Zerstörung des Lebensraumes, die Begradigung und harte Verbauung der Flüsse und die Gewässerverschmutzung setzen nicht nur den Ottern zu. Ehemals fischreiche Wiesenbäche verschwanden in unterirdische Drainagen.

Wirtschaftlich bedenkliche Kleinkraftwerke und ihre Querbauten schießen wie die sprichwörtlichen Schwammerl aus dem Boden. Die behördlich genehmigten Restwasserbescheide sind häufig ein Hohn. Mit Sicherheit ist aber der Wassermarder nicht der Hauptschuldige am Schwund der Fischfauna. Wir Menschen benehmen uns in Sachen Lebensraum- und Artenschutz wie der berühmte Elefant in der Porzellanmanufaktur. Wahrlich leicht scheint es, die gemachten Fehler laufend zu wiederholen, anstatt neue Wege zu beschreiten.

Straßenverkehr und Notwehraktionen verzweifelter Fischzüchter fordern weitere Opfer unter den Fischmardern. Es befremdet mich, dass gewissen Menschen die Artenvielfalt unter Wasser wenig bedeutet. Ihr Blick scheint getrübt. Das Mitgefühl anderer Kreaturen gegenüber verebbt. Die Gier nach stetem Wachstum fußt auf dem rücksichtslosen Raubbau unseres blauen Planeten. Die Fehler der Altvorderen fallen nun unseren Enkelkindern auf den Kopf. Immer schneller dreht sich der Kreisel der Naturkatastrophen.

So weit, so schlecht. Wir Menschen haben rücksichtslos Lebensräume eingeschränkt, verändert oder gar unwiderruflich vernichtet. Nun ernten wir die Folgen unserer Handlungsweisen. Eigentlich ist es unfassbar, dass gerade die anscheinend klügste Gattung der Lebewesen, geradezu fahrlässig, die Grundlagen des Lebens zerstört.

Tierische Fischliebhaber schätzen die kurzen Wege zu ihren Verpflegungsplätzen. Ihr Instinkt rät zur Energiebilanz. Hält sich der Futterneid durch Artgenossen in Grenzen und die Belästigung durch Menschen vornehm zurück, dann fühlen sich alsbald die Räuber heimisch. Rasch lernen die Beutegreifer sich den Gepflogenheiten der Zweibeiner anzupassen. Sie richten ihre Jagd nach deren Besuchszeiten aus. Morgen- und Abendstund hat guten Fisch im Mund. Herrschendes Sauwetter hält die Fleischfresser nicht vom Beutemachen ab. Federnbalg und Pelz halten Nässe fern.

Aus der Luft sind die noch halbwegs fischreichen Gewässer im Radar der scharfen Vogelaugen. Clever wägen sie Risiko, Aufwand und Erfolg ab, ehe sie zur Landung gleiten. Von den genehmigten Abschusszahlen durch die Behörde haben Reiher, Kormoran und Co. keine Ahnung. Trotzdem sind sie erfahren genug, um bei Verdacht rasch aus der Distanz der Schrotkugeln zu verschwinden.

Die Bezirkshauptmannschaft bewilligt die Reduzierung von Reiher und Kormoran unter Einhaltung der Schonzeiten.

In der Wildregion Hohe Tauern West, nämlich vom Felbertal bis zum Stubachtal, wurden acht Reiher und zwei Kormorane zum Abschuss von der Behörde frei gegeben. Es ist nicht leicht, meinen Jäger, den Plan zu erfüllen. Oder halten auch sie sich vornehm bedeckt?

Verständlich ist der Unmut der Teichbesitzer, Fischzüchter, der Inhaber von Fischereirechten und der Pächter. Die Notwehr einiger Fischzüchter treibt bereits mörderische Blüten. Außerhalb des Bruthauses, im Areal der Aufzuchtbecken, wird die tierische Konkurrenz als massive Geschäftsstörung betrachtet. Kostenintensiv und mühsam ist der Schutz durch Netze oder Elektrozäune. Die Abwehr gegenüber den Angreifern aus dem Luftraum lässt sich bequem und sicher am Boden erledigen. Schlagfallen müssen es richten, was Behörden und Jägerschaft nicht schaffen.

Der Schwanenhals ist eine immer noch häufig genutzte Falle. Gespannt für die Jagd auf Marder, Fuchs oder Dachs. Katzen und Hunde sind nicht vorgesehene Opfer. Der Zweck heiligt auf jeden Fall die Mittel, meinen genervte Fischzüchter und stellen diese tödlichen Fallen auf. Nur gegen die lästigen Ratten behaupten sie, aber am Eisen klebt so manche Daunenfeder. Vergreift sich gar ein Otter an dem ausgelegten Köder, dann hält sich das Mitleid in Grenzen. Diese Bauart der Falle ist technisch so ausgelegt, dass ihre Federkraft erst zuschlägt, wenn der Köder in der Mitte losgerissen wird.

Weidgerechtigkeit und Tierschutz sprechen gegen diesen Einsatz. Treiben sich im Revier der Fallen bereits Waschbären umher, dann klagen Tierfreunde mit Recht. Im Gegensatz zum Fuchs nimmt er den Köder mit seinen geschickten Pfoten und nicht mit dem Maul. Die Verstümmelung der Gliedmaßen und das Leid wären Gründe genug, um diese veraltete Jagdmethode nur mehr im Museum darzustellen. In unvorstellbaren Zeiträumen hat sich die Entwicklung und Anpassung der Fischfresser vollzogen. Sie sind Spezialisten und nützen die Ressourcen. Unverzichtbar sind sie im Gefüge einer intakten Nahrungspyramide. Greift der Mensch jedoch in dieses Netzwerk ein, dann ist das Gleichgewicht zwischen den Produzenten, den Konsumenten und den Destruenten gestört. Erdbeben gleich setzen sich die Stoßwellen fort und richten am Gefüge Schaden an. Mit einem Wort: Die Katze lässt das Mausen nicht und Fischfresser können nicht auf vegetarische Kost umerzogen werden. Es bedarf einer weisen Zusammenschau, um das Pendel wieder ins Lot zu bringen.

Der Trend zum unbegrenzten Wachstum hat jahrzehntelang Lebensräume zerstört. Sorgten noch vor Generationen natürliche Feinde wie Wolf, Luchs und Co. für die Regulierung der Bestandsdichte, so ist nun die Jägerschaft gefordert. Die pelzigen Fischliebhaber genießen den hohen Schutzstatus. Sie passen ihre Vermehrungsraten den Schwankungen des Nahrungsangebotes trefflich an. Seine grüne Grafik schmückt als Logo den Naturschutzbund und ist für viele Fischer ein rotes Tuch.

Zweifelsohne sorgt das Tier für erhebliche Spannung. Zudem sind die unterschiedlichen Entnahmeregeln durch die Länder ein misslicher Reibebaum. Jeder voreilige Hüftschuss, von den betroffenen Parteien abgefeuert, schafft das Problem nicht aus der Welt. Es braucht die maßvolle Zusammenschau und den gemeinsamen Willen, auch politischen, um eine tragfähige Lösung zu finden. Gesucht sind die sachlichen Köpfe und nicht die Feuerschürer. Das Recht auf Artenschutz muss auf alle Lebewesen ausgedehnt werden. Einseitigkeit ist ein Werk des Teufels. Wertefrei muss der Otternschutz mit dem Fischschutz auf einer gleichen Stufe stehen.

In diversen Weltkonferenzen zur Artenvielfalt wurden bereits tausende globale Studien über den Zustand der Natur zusammengefasst. Das Ergebnis ist erschütternd. Ein düsteres Bild malen die Experten für die Zukunft. Rund eine Million Pflanzen- und Tierarten sind vom Aussterben bedroht. Die Politiker schaffen es nicht, die Jugend muss es wohl richten. Das Ausspielen einzelner Spezies ist nur verlorene Zeit. Der Schutz großflächiger Lebensräume ist eine Möglichkeit, um das lautlose Verschwinden von Arten zu verlangsamen.

In der Zwickmühle bleibt auf jeden Fall ein kulinarisches Schlupfloch offen. Die um ihre Existenz fürchtenden Fischzüchter bedrängten mit Hilfe von bestochenen Lobbyisten die Kirchenführung. Diese wiederum beschließen über Nacht eine Verdreifachung der strengen Fastentage. Jedem Frevler und Gebotsbrecher droht das Fegefeuer. Die schmerzliche Läuterungsphase deckt sich mit der Anzahl der Übertretungen. Reiher und Fischotter – sie halten sich vorwiegend am und im Wasser auf – mutieren flugs zum gesunden Fischfleisch. Mit Gottes Segen sind ihre Nachstellung und der Verzehr erlaubt. Es gibt weder Brittelmaß noch Fangbeschränkungen. Neuen Schwung nimmt die heimische Pelzindustrie auf. Die noble Zubereitung lobt den Koch und die erfolgreiche letale Vergrämung endet im menschlichen Magen.

GEHILFE
Wehrforelle

Diese Geschichte hat mir Erich erzählt.

Es gibt ein uraltes, vergilbtes Foto von meinem Vater. Ein stattlicher Mann in Uniform; auf Kurzurlaub in der Heimat. Er stand in den Diensten des Österreichischen Bundesheeres. In seiner Hand hält er die Pistole, mit der er ins Wasser zielt. Auf der Rückseite des Bildes ist die Jahreszahl 1944 vermerkt. Später habe ich erfahren, dass er es einst auf die Huchen abgesehen hatte. Dauernd Glück hat nur der Tüchtige. Mein Herr Papa hat zahlreiche Donaulachse auf die Schuppen gelegt. Sein persönlicher Rekordfisch wog 24 Kilogramm. Mit einem Huchenzopf und nicht erschossen. Die Anzahl der gefangenen massigen Forellen hätte auf keinem Blatt Platz.

In der Kriegszeit und danach war die Versorgung mit Fleisch mehr als knapp. Ein paar Bachforellen oder gar ein Huchen hätten den Hunger kurz vertrieben. Ich war damals ein Knopf mit fünf Jahren. Immer wieder hörte ich den Spruch: „Hartes Brot ist nicht hart, aber kein Brot schon!"

Wir wohnten in einer eigenen Unteroffizierssiedlung. Die Kinder der Nachbarfamilie waren viele Jahre lang unsere besten Spielkameraden. Seinerzeit waren die Enns und die einleitenden Bäche voller Leben. Kein Wehr oder brutale Querbauten verhinderten die Laichwanderungen der Tiere. Immer wieder zogen starke Fische in den Mündungsbereich der Bäche oder verdrückten sich bei Hochwasser in dieselben. Das sogenannte Sportfischen war ein Privileg ganz weniger Leute. Das gemeine Volk hingegen nützte den Fischreichtum als gesunde Eiweißquelle. Früher schwammen noch keine Amerikaner, die Regenbogenforellen, im Gewässersystem der Enns.

Das Wildern und Schwarzfischen liegt als dominantes Gen in unseren Erbanlagen. Vermutlich hat der gesunde Beutetrieb das Überleben und die Weiterentwicklung der Menschheit gewährleistet. Auch meinen Cousin und mich hat das Jagdfieber schon in frühester Kindheit erwischt. Ermuntert durch das Vorbild unserer Väter und erleichtert durch die zahlreichen Gewässer in der Umgebung. Wir waren ganz wild auf die abenteuerliche Fischerei. Einmal so einen meterlangen Huchen zu erbeuten, dies war unser größter Traum.

Sehr viele Koppen büßten ihr Leben als Köder ein, weil wir sie über Nacht auslegten. Mit einem Doppelhaken wurde der Kopf präpariert. Dabei ragen die Spitzen aus dem Maul und schauen Richtung Rückenflosse. Das ganze System hängt an einem Stahlvorfach, das durch den Körper läuft. Wird die Koppe mit dem Kopf voraus geschluckt, dann bleibt der vermeintliche Happen tatsächlich im Hals stecken. Eine tödliche Schluckangel für jeden Raubfisch. Wir haben uns viele Nächte um die Ohren geschlagen, aber ein Huchen blieb uns verwehrt. Aber zahlreiche fette Bachforellen, die die halbe Meter Marke überschritten, bereicherten unsere Küche.

In den sechziger Jahren habe ich als junger Elektromeister mein Geld bei der Österreichischen Bundesbahn verdient. Zugeteilt war mir die Strecke Selzthal bis Kleinreifling. Wir, ein kleines Team, fuhren mit dem Personenzug zu den Haltestellen und kümmerten uns um die gemeldeten Probleme. War der Schaden behoben, rollten wir mit dem nächsten Zug zu einer weiteren Baustelle oder kehrten wieder zur Basis zurück. Am Bahnhof Kummerbrücke, eine Haltestelle mitten im Gesäuse, waren einige Lampen kaputt. Ihr Austausch ist kein Aufwand. Es bleibt genügend Zeit, um den Fischer am Wehr zu beobachten. Der Bahnhof und das Ausleitungswehr an der Enns liegen in unmittelbarer Nachbarschaft. Nur leicht versetzt durch die Hanglage.

Der Mann, es ist mein ehemaliger Nachbar, kämpft mit einem großen Fisch. Beruflich hat es ihn hierher verschlagen. Er ist Schleusenwärter. Mit Fischen vertreibt er sich die langen Freiräume während der Arbeitszeit. Immer wieder reißt er ganz wild an der Stange und bewegt sich auf der Steinmauer wie ein Zootier auf und ab. Der Drill zieht sich in die Länge. Unter der überhängenden Mauer fühlt sich der Kapitale sicher. Vielleicht rechnet er instinktiv mit dem Durchscheuern der Schnur an der Kante. Es kann gut sein, dass der Fisch schon einige Male seine Schuppen gerettet hat. Auch schlechte Erfahrungen schleifen sich ins Verhalten ein.

Ein neun Kilometer langer Freispiegelstollen bringt das Wasser zum Kraftwerk Hieflau – errichtet in den 1950er Jahren – wo es abgearbeitet wird. Große Stauklappen der Wehranlage regeln den Durchfluss. Das eher bescheiden festgelegte Restwasser verbleibt im Fluss. Mit groben Steinen ist der Auslauf gepflastert. Sie sollen den Schwung des Wassers bremsen, wenn die maximalen Wassermassen durch die Klappen rauschen. Entlang der Mauer halten sich stets starke Fische auf, denn hier ist erzwungene Endstation ihrer Wanderlust.

Abgeriegelt ist die Enns. Jäh am Beton sind die Laichwanderungen verschiedener Fischarten zu Ende. Seinerzeit wurden Fischleitern oder Umgehungsgerinne als reine Geldverschwendung betrachtet. Dem Lebensraum Wasser nur geringe Bedeutung beigemessen.

Er kennt mich noch aus den Kindheitstagen und schreit schon ziemlich genervt vom langen Kampf: „ Erich, hilf mir, so hilf mir doch! Du hältst den Fisch in Schach. Ich hole den Laubrechen." In seiner Notlage übergibt er mir vertrauensvoll die Stange. Im Laufschritt bringt er den bereits in Auflösung befindlichen Laubrechen. Er missbraucht ihn als zweckmäßigen Ersatz für einen Kescher. Obwohl der Fisch durch seinen langen Überlebenskampf reichlich erschöpft war, hatten wir erhebliche Mühe, die Forelle in die Maschen zu lotsen. Gemeinsam fingen wir einen richtigen Waschl von einer Bachforelle. Ehrlich gemessen hatte der Fisch eine Länge von 76 Zentimetern.

Blättert man heute im Internet die Tabellen durch, dann wird dieser Körperlänge ein statistisches Gewicht von 4,65 Kilogramm und einem Alter von etwa 12 Jahren zugeordnet.

TIERQUÄLEREI
Fischzucht in Not

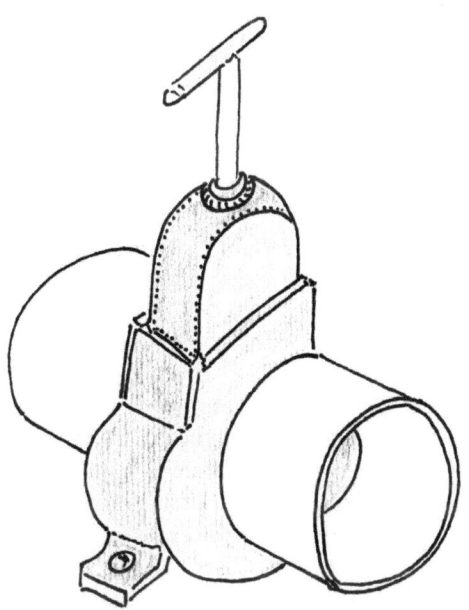

Diese Geschichte hat mir Mario erzählt.

Als Baumeister eines großen Betriebes bin ich viel unterwegs. Termine und die launische Wetterküche sind oft verdammt stressig. Als gesunden Ausgleich leiste ich mir die Pacht eines Fischwassers. Ich bewirtschafte einen rund fünf Kilometer langen Abschnitt der Leoganger Ache. Das Wasser durchfließt das Saalfeldner Becken. Das Steinerne Meer mit seinen Dolinen, Höhlen und Karrenfeldern sowie die schroff abfallenden Wände sind der prägende Gebirgsstock. Es zahlt sich aus, neben der Fliegenfischerei die Gegend zu bewundern. Traumhaft ist die Kulisse.

Der Besatz des Gewässers mit wilden Forellen, Saiblingen und Äschen ist mit erheblichen Kosten verbunden. Auf Jahre betrachtet läppert sich eine stattliche Summe zusammen. Irgendwann reifte der Entschluss, eine kleine aber feine Fischzucht aufzubauen. Die Suche nach einem geeigneten Platz kam der berühmten Nadel im Heuhaufen gleich.

Ein Bekannter hat mir einen Tipp gegeben, und zwar die Vorderkaserklamm. Eine aufgelassene Rotwildfutterhütte, reichlich Wasser in unmittelbarer Nähe und die Umgebung haben mich auf Anhieb begeistert. Quasi Liebe auf den ersten Blick. An diesem Standort wage ich die Aufzucht von Setzlingen für meine zwei Aufzuchtgewässer und die Pachtstrecke.

Rasch ist mit den ÖBf eine Art Benutzungserklärung zum halbwegs moderaten Preis unterschrieben. Jede Stunde Freizeit bin ich in der Klamm und werke am Fischzuchtprojekt. Kein Tropfen Jägerblut schwimmt in meinen Adern, aber dafür schlägt mein Herz für die Fischerei im Gesamten. Der Umbau der Hütte zum bescheidenen Bruthaus, das Verlegen von Druckleitungen und die Anlage von Naturteichen beflügeln mich. Leider ist der Untergrund dermaßen steinig, dass bei geringer Wasserführung im Nu die Teiche austrocknen. Man kann fast zuschauen, wie das Wasser versickert. Schmerzhaftes Lehrgeld, das der Geologie des Tales geopfert ist.

Ein befreundeter Züchter stellt mir probeweise befruchtete Eier zur Verfügung. Es klappt, sie entwickeln sich bestens. Natürlich ist die tägliche Kontrolle des Bruthauses unerlässlich. Jede Nachlässigkeit und Schlamperei sind für die ersten Stadien des Fischvolkes tödlich. Aussortieren der abgestorbenen Eier, Kontrolle der Futterautomaten, Überprüfung des lebenswichtigen Zuflusses und andere Arbeiten sind zeitraubend. Ist meine Lebensgefährtin für die Spätschicht eingeteilt, fährt sie bereits am Vormittag zum Bruthaus und erledigt alle Arbeiten. Sind am späten Nachmittag die Termine abgeschlossen und der Baustellenbetrieb beendet, bin ich zur Stelle. Oft sind wir auch gemeinsam unterwegs und kümmern uns um den schuppigen Nachwuchs.

Der besagte Tag wird uns ewig in Erinnerung bleiben. Die Hiobsbotschaft trifft mich wie ein Blitz aus heiterem Himmel. Völlig aufgeregt teilt mir meine Christine telefonisch mit, dass die Zuleitung ins Bruthaus durch den geschlossenen Druckschieber unterbrochen ist. Kein Tropfen rinnt durch das Rohr. Zuhauf liegen die fingerlangen Fischchen in den Rinnen. Qualvoll sind sie erstickt. Von den rund 220.000 putzmunteren Brütlingen haben nur 30 Stück überlebt. Unfassbar bleibt uns der brutale Akt von Vandalen. Lautlos geschieht das Krepieren der Flossenträger. Keiner hört ihre Schmerzensschreie. Eine weit höhere Hemmschwelle bereiten den Tierquälern Lebewesen mit Federn oder Fell. Trotzdem, diese Art kann nur einem kranken Hirn einfallen, da bin ich mir ganz sicher.

Eine Überwurfmutter sichert den Durchfluss. Erheblich ist der Druck bachseitig. Es braucht schon die Kraft eines Erwachsenen, um den Regler zu bedienen. Auf keinen Fall schafft es ein junger Mensch. Mit hoher Sicherheit scheint ein dummer Jugendstreich ausgeschlossen. Sabotage, Neid oder primitive Rachegefühle müssen der Antrieb des Verrückten gewesen sein. Die informierte Polizei übernimmt die Spurensicherung und nimmt die Anzeige auf. Zudem versprechen sie, bei ihren Kontrollfahrten den Tatort künftig im Auge zu behalten.

Der Schock dringt tief bis ins Knochenmark. Zur Frustbewältigung verschlingen wir spät abends noch Spaghetti Arrabiata. Den scharfen Gaumenkitzel brauchen wir, um nicht in Trübsinn zu verfallen. Mitten im Mahl klingelt das Telefon. Es ist die Polizei.

„Guten Abend", meint der Beamte, „haben Sie mit Absicht das Zufahrtstor zum Bruthaus offengelassen?" Die Alarmglocken läuten.

Der Bissen bleibt uns fast im Hals stecken. Hals über Kopf brechen wir auf und fahren um ca. 21.00 Uhr zu unserer Anlage. Uns trifft der Schlag. Wenn der Teufel Kinder hat, dann hat er gleich mehrere. Am selben Tag wurde nun auch der Zulauf zu den Außenbecken abgedreht. Reiche Ernte hält der Tod.

Wie Sardinen geschlichtet liegen nun die größeren Fische übereinander. Ihre hellen Bauchseiten schauen uns an. Vereinzelt wehren sich einige gegen den Erstickungstod. Insgesamt haben wir an diesen Tag 120 Kilogramm Fischleichen entsorgt, wobei kaum 50 Stück der Schwänze überlebt haben. Wir sind verzweifelt. Der Verlust schmerzt.

Die Anzeige schlägt Wellen. Die lokale Presse widmet dem Thema reichlich Platz und verschärft letzten Endes die Situation. Ich habe leider keine offizielle Genehmigung für meine Außenanlage. Die Behörden steigen mir nun auf die Zehen. Ständig legen sie mir große Brocken in den Weg. Sie überfordern mich schier mit ihren Verhandlungsterminen und Auflagen.

Insgesamt musste ich sieben Instanzen durchlaufen, bis die wasserrechtlichen, naturschutzrechtlichen, baurechtlichen usw. Genehmigungen vorlagen. Diese Zermürbungstaktik nervte. Wir spürten es, die Fischzucht war in der Vorderkaserklamm nicht erwünscht. Aber ich kann trotz der amtlichen Schwierigkeiten mein Traumprojekt nicht einfach so hinschmeißen.

Der unvorstellbare Anschlag bereitete uns zahlreiche schlaflose Nächte. Auch tagsüber kreisten die Gedanken. Jede Liebhaberei kostet Geld. Und den aufgenommenen Kredit werde ich mein Leben lang nie mit der Fischzucht ableisten können. Im Prinzip ist meine Spinnerei nur möglich, weil meine Gefährtin sich großartig einbringt.

ÄSCHENPROJEKT

Schlitzohr

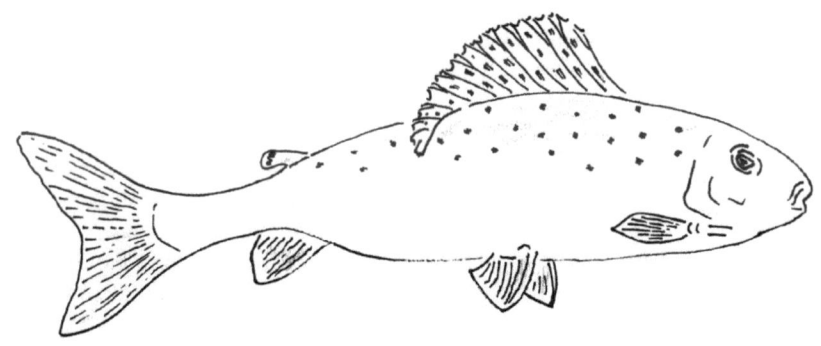

Diese Geschichte hat mir Arthur erzählt.

Arthur ist viel unterwegs. Als Aufsichtsfischer im Revier Bräurup kennt er das größte zusammenhängende Privatrevier Österreichs wie seine Fliegenfischerweste. Die Auswertung des Bildmaterials seiner aufgestellten Wildkameras bestätigen eindeutig, dass sich im oberen Innergebirg bereits ein Dutzend Otter an den edlen Salmoniden bedienen.

„Wir Fischer waren die Ersten", sagt Arthur, „die den Rückgang der adulten Äschen beobachtet haben. Sammelten sich früher Hunderte der prächtigen Fahnenträger in den Gumpen der Laichhabitate, so tauchen heute nur mehr wenig geschlechtsreife Tiere auf. Lautlos verschwinden Pflanzen und Tiere. Es ist ein Jammer. Viel Aufwand ist notwendig, um mittels E-Befischung überhaupt ein paar Elternfische zu erwischen."

Mit Herzblut wurden viele Jahre lang Tausende Äschensömmerlinge aufgezogen. Die Larven nach dem Schlupf mit Salinenkrebsen gefüttert und später auf ein feines Äschenfertigfutter umgestellt. Eingebrachte Setzlinge in Salzach und Saalach sowie in bestimmten Gewässern mit der Hoffnung, dass sie die Bestandsdichte erhöhen und nach drei, vier Jahren die eigene Geschlechtsreife erreichen, scheinen die Lösung zu sein. Ihre Brut soll das Äschenvolk vermehren.

Wir Menschen tragen Schuld am Artenschwund. Querbauten in den Flüssen riegeln die Durchlässigkeit ab. Untaugliche Fischtreppen sowie zu geringe Restwassermengen in den Umgehungsgerinnen sind ein schlechter Ersatz.

Harte Uferverbauungen und immer noch gottlose Begradigungen der Bäche zerstören die Vielfalt der Strukturen. Lebensräume schrumpfen wie die Gletscher. Die Klimaerwärmung heizt die Wetterküche zusätzlich an. Heftige Unwetter werfen immer öfters die Pegelstände der Gewässer über die Ufer. Verschlammt sind die Kieslücken. Verdichtet ist der Grund und als Laichplatz für Forellen und Äschen verloren.

Es ist ein Leichtes, gerade nach dem Schneefall die Fußabdrücke des Otters und die Schleifspur seines Schwanzes zu entdecken. Abgesehen von seiner Fleischeslust auf gesunden Fisch und der oft nur herumliegenden angefressenen Beute. Nur mehr in alpinen Seen, wie zum Beispiel am Finkausee im Gerlostal oder am Enzingerboden im Stubachtal, hat der gewandte Fischfresser noch nicht seine Spuren hinterlassen. Leider wurden inzwischen im Ausgleichsbecken der ÖBB-K. auch Äschen gefangen, die angefressene Schwänze aufwiesen.

Wir kämpfen uns gegen die Strömung des Gerlosbaches vorwärts. Es ist Mitte Mai. Wir hoffen auf zahlreichen Fang der Elterntiere. Einer, fast freiwillig gezwungen, schleppt das schwere Aggregat auf dem Rücken. Zwei Lanzenträger stochern mit dem Pol in die verdächtigen Stellen, um mittels Strom die Äschen zu betäuben. Weitere zwei Männer haben mit dem Kescher reichlich zu tun, um die Fische zu schöpfen. Eine gute Kondition brauchen auch die drei Fischträger. Sie schleppen die Äschen kübelweise zum Pritschenwagen.

Auf dem längsten Abschnitt, wohl dreihundert Meter weit, schwitzen sie erheblich. Ihr einziger Trost, der Rückweg mit den leeren Kübeln ist ein gesunder Spaziergang in frischer Gebirgsluft. Auf seiner Ladefläche steht ein großer Tank, der mit Sauerstoff versorgt ist. Hier werden bis zum Abstreifen die Elterntiere gehalten. Insgesamt erwischen wir 78 Milchner und 32 Rogner. Zufrieden macht uns die hohe Stückzahl der Fische.

Im letzten Viertel des Bachabschnittes wird uns der Wasserdruck zu heftig. Wir steigen aus. Zudem haben wir bereits den Standort unserer gefangenen Mutterfische im Tank erreicht. Auch im Auslaufbereich des Finkausees verzichten wir auf eine weitere E-Befischung. Gut sichtbar sind die Laichnester. Keinesfalls wollen wir durch unsere Arbeit den natürlichen Laicherfolg zertrampeln. Keiner der Mannschaft beschwert sich. Alle freuen sich auf eine ausgiebige Rast und eine gute Jause. Die Laichgewinnung muss noch warten.

Der Zufall führt wieder einmal Regie. In unmittelbarer Nähe unseres Lagerplatzes plätschert ein Minizubringer in den Gerlosbach. Das Gerinne führt noch schmutziges Gletscherwasser. Aus einem mickrigen Gumpen verschwindet das Wasser in einem Rohr. Es fließt unter dem Weg hindurch und plätschert anschließend wie ein kleiner Wasserfall rund 20 Meter über ein steiles Gelände in den Bach.

„He Leute, in der Lacke ist ein Fisch", schreit einer von uns. Wir halten es für einen schlechten Witz, schauen aber trotzdem nach. Tatsächlich zappelt flugs eine Äsche im Kescher. Unglaublich, aber wahr, weitere sechs Fische holen wir noch aus dem trüben Gumpen. Alle Tiere sind quicklebendig und in Speisefischgröße.

Wir sind uns einig. Unmöglich ist ein Fischaufstieg. Nur Saugwelse würden es schaffen, Kanalratten oder anderes Getier. Das Wunder der Vermehrung der Äschen regt unsere Fantasie an. Nur mit Unterstützung von Zweibeinern scheint dieser eigenartige Laichzug vorstellbar. Gewissenlos ist die Fleischeslust auf den edlen Schuppenfisch.

Für die Freunde und Helfer unserer Truppe lege ich meine Hand in den Fischschleim, natürlich Feuer gemeint. Jeder Fischer weiß, dass auf Grund der Probleme die Äschen in unserem Gewässer ganzjährig geschont sind. Der bereits rare Edelfisch bringt in der Pfanne nur einmal den Gewinn laut Speisekarte. Aber für die anreisenden Fliegenfischer ist der Finkausee ein wahres Paradies. Diese Gäste schätzen die prächtigen Salmoniden und die landschaftliche Kulisse der Hohen Tauern. Sie werden zu Stammgästen des Hauses.

Wir vermuten, dass uns ein zufällig vorbeikommender kulinarischer Fischliebhaber bei der E-Befischung beobachtet hat. Auf Grund des Geländeprofiles ist zum Großteil keine Sichtverbindung möglich. Unbeaufsichtigt sind die bereits gefangenen Fische im Tank. Der oder die Täter haben sich rotzfrech aus dem Hälterungstank einen Kübel voll Äschen gefischt und in den erwähnten Gumpen zwischengelagert. Sein Wasservolumen entspricht etwa dem Inhalt der beiden neuen Aquarien im Garten des Bräurup. Die entsprechenden Hilfsmittel wie Kescher und Kübel lagen praktisch für den billigen Fischzug bereit. Nach der künstlichen Laichgewinnung und unserem Abzug hätten sich die Gauner die Äschen geschnappt. Eine äußerst effiziente Fischerei.

Leider war der Zeitpunkt des Laichfischfanges einige Tage zu früh angesetzt. Nur wenige Rogner konnten abgestreift werden. Rückblickend betrachtet ein hoher Aufwand für die bescheidene Ausbeute.

Die starken Temperaturschwankungen in dieser Höhenlage bedingen die Abflussmengen der Gletscher und somit die Reifung der Geschlechtszellen.

Ich mache mir so meine Gedanken. Vielleicht ist es für das natürliche Aufkommen der Äschenpopulation besser, wenn nicht jedes Jahr der Stress mit der E-Befischung und dem Abstreifen erfolgt. Eher gering ist die Wahrscheinlichkeit, dass es immer dieselben Muttertiere erwischt, aber ohne Markierung bleibt es nur ein Bauchgefühl. Vorstellbar ist allerdings, dass durch das Ausbleiben der Fischhochzeit, das fehlende Balzverhalten, Rivalenkämpfe und die natürliche Befruchtung des Rogens bestimmte Hormone ihre Wirkung verringern. Qualität und Quantität von Eiern und Spermien verringern sich.

GEFÄHRLICHE FISCHE

Lebensgefahr

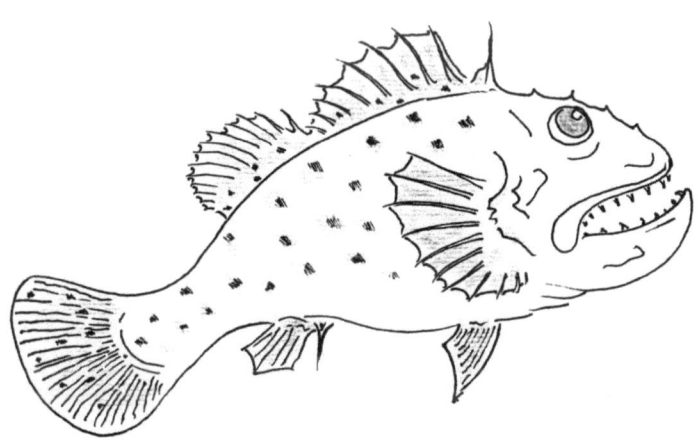

Diese Geschichte hat mir Bernhard erzählt.

Fischer haben vor Jahrzehnten aus Italien einige junge Aale mitgenommen und in den Niedernsiller Badesee eingebracht. Der See wird vom Grundwasser gespeist. Es gibt weder Zu- noch Abflüsse. Der Landesfischereiverband hat sich wegen dem Fremdbesatz nicht eingemischt. Und der Fischereiberechtigte hatte gegen die Erweiterung der Fangpalette keine Einwände.

An einen gemeinsamen Fischertag hat mein Cousin, unmittelbar neben meinen ausgelegten Tauwürmern, so einen unglaublichen Schlangenfisch erwischt. Dieser Aal hat mich auf Anhieb fasziniert. Aber gleichzeitig Vergiftungsängste geschürt. Mit seinem Blut, hat man mir eingeredet, rächt sich der Aal noch im Todeskampf am Fänger. Immer mehr beschäftigt hat mich der geheimnisvolle Lebenszyklus dieses Wanderfisches. Unbedingt, so habe ich mir geschworen, muss ich einmal so einen Fisch fangen.

Nach dem Besitz des Führerscheines leistete ich mir am Zeller Seekanal eine Jahreskarte. Gerüchten nach bot dieses Gewässer die besten Chancen, einen Aal an den Haken zu bringen. Besonders bei einem hohen Wasserstand, der über eine Art Schleuse den Weg zur Salzach öffnete. Viele Male bin ich als Schneider ohne Fang wieder heimgefahren. Trotzdem zog mich der Zielfisch Aal in seinen Bann. Die Ansitze, ohne Erfolg, setzen sich fort.

Eines Abends, neuerlich wieder viele Tauwürmer ertränkt, richtete ich mich zum Aufbruch. Ein Fischer in meiner Nähe, auf derselben Kanalseite, hat schon aufgegeben. Er erleichtert meinen Entschluss. In der Dunkelheit bin ich mit meinen sieben Sachen unterwegs und stolpere fast über sein vergessenes Einmachglas. Zahlreiche Tauwürmer ringeln sich am Boden, fast zu einem Knäuel verstrickt.

Ich nehme die Einladung an und packe wieder mein Zeug aus. Neue Hoffnung keimt auf. Es hat nicht lange gedauert. Plötzlich zuckt mein Knicklicht an der Stange. Ein heftiger Kampf entwickelt sich. Tatsächlich lande ich meinen ersten Aal. Schlecht ausgerüstet, fehlt mir das praktische Tuch, um den schlüpfrigen Gesellen sicher festzuhalten. Angst hindert mich, den Fisch anzufassen. Außerdem hat der Aal den Haken samt Wurm schon halb geschluckt. Herummetzgern ist ohnehin nicht meine Sache. Rasch leere ich meinen Kübel mit Fischerzubehör auf den Boden. Nachher klinke ich das Vorfach aus und lassen den heftig zappelnden Fisch einfach in den Kübel plumpsen. Tief genug ist das Gefängnis mit den glatten Wänden. Leider ohne Deckel.

Vom Erfolg beflügelt, spieße ich den nächsten fremden Wurm auf den Haken. Es klingt unglaubwürdig, aber es ist die Wahrheit, eine Aalsternstunde fällt mir in den Schoß. Wahnsinn. Es läuft Schlag auf Schlag. Kurz hintereinander erbeute ich noch zwei Breitmaulaale. Diese starken Räuber haben wohl zahlreiche Weißfische gefressen. Ich kann mein Glück kaum fassen. Rabenschwarz ist die Nacht. Leichter Regen setzt ein. Nachdem auch meine Stirnlampe allmählich das Leuchten verweigert, mache ich endgültig Schluss. Vollkommen ist mein Traumtag. Euphorisch die Stimmung.

Man soll nie den Tag vor Mitternacht loben. Auf dem Trampelpfad widerfährt mir etwas Fürchterliches. Nach einigen Schritten steige ich auf etwas Lebendiges. Im letzten spärlichen Licht sehe ich einen Aal, der sich gefährlich um mein Bein wickelt. Ich habe keine Ahnung, ob das Tier mit meinem Vorfach im Maul beißt oder nicht. Kalte Schauer rieseln über meinen Rücken. Schlimm wie ein Horrorfilm. Auf jeden Fall packt mich kurz die Panik.

Später trete ich dem Breitkopf beherzt auf den Schwanz und versuche mit äußerster Vorsicht das Vorfach zu fassen. Nach einigen Versuchen gelingt es mir. Neuerlich landet das fast unterarmdicke Tier im Kübel bei seinen Leidensgenossen. Bei bestem Licht fasse ich mir im Keller die Aale der Reihe nach mit einem Fetzen. Die Viecher sind so zäh, dass du sie kaum erschlagen kannst. Unmittelbar hinter ihrem breiten Kopf fixiere ich die Fische und erlöse sie, schon mutiger, mit einem Genickschnitt. Ein Freund wird sie zu Köstlichkeiten räuchern.

Früher, so habe ich erfahren, haben einige Leute mit der weidgerechten Behandlung des Aales wenig Federlesen gemacht. Um keinen Spritzer Blut ins Auge zu bekommen, wurde der zähe Fisch samt Vorfach einfach auf einen Ast gehängt. Todesursache durch langsames Ersticken. Ich kann es kaum glauben, aber diese Geschichten haben in mir einen nachhaltigen Eindruck hinterlassen.

Einige Jahre zuvor hätte mich meine Leidenschaft zum Fischen beinahe umgebracht. Aber alles der Reihe nach.

Die Wasserrettung richtete wie jedes Jahr ein Ferienlager in Porec aus. Ein Zeltlager. Etwa 25 Leute, bunt gemischt, nahmen den geselligen Urlaub wahr. Die Möglichkeit, direkt am Meer zu fischen, hat mich begeistert. Ich war mit von der Partie. Die geringen Kosten und eine Mitfahrgelegenheit machten es möglich. Eine kurze Teleskoprute, einfaches Zubehör, Flossen und Schnorchel sowie ein Batzen Taschengeld waren meine Begleiter.

Ein Badetag fiel buchstäblich ins Wasser. Wind und Regen statt des üblicherweise blauen Himmels. Die Lagerleitung beschloss deshalb, mit Mann und Maus die Stadt zu erkunden.

Ich habe mich als Einziger abgemeldet. Mir war die Fischerei wichtiger als Einkaufen und Einkehr. Miesmuscheln in langen schwarzen Bändern säumten den felsigen Strand und waren mein praktischer Köder.

Auf Grund ausgelegt wartete ich auf den ersten Fisch. Meine Geduld wurde auf eine harte Probe gestellt. Immer wieder ersetzt ein frisches Weichtier ohne Schale die Vorgänger am Haken. Nichts. Kein Biss. Gut gesichert steckte die Rute zwischen den Steinen. Um meine allmählich auftauchende Langeweile und die trüben Gedanken zu vertreiben, ging ich eine Runde schwimmen. Die blauen

Löcher in der Wolkendecke erleichterten die Entscheidung. Die Flaschentaucher aus unserer Gruppe räumten uns täglich die Seeigel aus dem Zugang. Am Anfang des Lagerlebens haben viele von uns Landratten die unliebsame Bekanntschaft mit den Stacheln gemacht. Einige litten an Entzündungen. Das Gehen wurde zur Qual.

Wieder aus dem Wasser ging es Schlag auf Schlag. Noch während des Abtrocknens rührte sich der Bissanzeiger. Die Dünung konnte es nicht sein, die meinen Leckerbissen am Boden in Bewegung brachte. Ein Fisch. Er zog Schnur ab. Seine Flucht erfolgte auf Raten und nicht geschwind ins offene Wasser. Der Widerstand meines Fanges war nicht wirklich groß. Der Drill kein Kampf auf Biegen und Brechen.

Ich hatte noch nie so einen hässlichen Fisch gefangen. Von Anfang an war mir das Vieh unsympathisch. Ein mächtiger Kopf im Verhältnis zu seiner bescheidenen Länge. Geschätzte fünfzehn Zentimeter, kaum länger. Eine furchterregende Maulspalte und seltsam hochsitzende, große Augen. Die unförmig gezackten Brustflossen machten mir Sorgen.

Der unbekannte Fisch schaute aus wie unsere heimische Koppe. Dieser Vergleich ermutigte mich, ihn am Bauch zu fassen, um meinen wertvollen Haken zu retten. Kaum an der Stelle gepackt, spürte ich einen kleinen Stich, wie mit einer Nadel gestochen. Einem Wespenstich gleich schmerzte mein Finger. Die Lust an der Fischerei verging mir gründlich.

Ich packte meine bescheidene Ausrüstung zusammen und machte mich auf den kurzen Weg ins Lager. Zunehmend wurde mir schwindlig. Schweißperlen trieb es mir aus der Haut und in kurzen Wellen lief mir eine Art von Schüttelfrost über den Rücken. Dicker wurde die Einstichstelle. Angst erfasste meinen ganzen Körper. Sie steigerte sich, nachdem noch keine Menschenseele im Lager anzutreffen war. Mein Kopf spielte verrückt. Schließlich kenne ich in meiner Verwandtschaft einen Fall, der allergisch auf Wespenstiche reagiert und beinahe daran gestorben wäre.

Durch meine schwarzen Gedanken war ich wie gelähmt. Noch dazu gesundheitlich nicht mehr in der Lage, notwendige Entscheidungen zu treffen. Inzwischen wölbte sich schon die Haut rund um die Einstichstelle zu einem auffallenden Buckel. Die Schmerzen wurden immer stärker.

Endlich kehrte ein bekannter Gendarm mit seiner Frau aus der Stadt zurück. Sie sahen meinen Zustand, redeten nicht lange herum und brachten mich mit ihrem Auto ins Spital. Hier traf mich ein zweiter Schock. Das Gebäude war in einem furchtbaren Zustand. Eine Baustelle. Das Spital glich einer Metzgerei.

Der zuständige Arzt führte mich noch zu einer großen Schautafel mit Meeresfischen. Trotz meiner Sterbensangst erkannte ich den Übeltäter sofort. Der Mann nickte nur und spritzte das entsprechende Serum. Immer wieder wurde mein Blutdruck gemessen. Rund drei weitere Stunden lag ich zur Beobachtung auf einem Notbett und durfte anschließend wieder ins Lager zurück. Es war der kleine Drachenkopf, erzählte mir die Krankenschwester. Dieser Räuber kommt in der oberen Adria eher selten vor. Seine vordersten Hartstrahlen einiger Flossen sind sehr giftig. Auf steinigem Grund fühlt er sich wohl. Hier kann er sich als Lauerjäger gut verstecken. Durch blitzschnelles Aufreißen seiner großen Maulklappe saugt er einfach die Beute ein. Ungewöhnlich sei das Muschelfleisch als erfolgreicher Köder, lieber frisst er kleine Fische und Krebstiere.

Auch mich hatte der kleine Drachenkopf erlegt. Zum Glück nicht zur Gänze.

EISFISCHEN
Doppeldrill

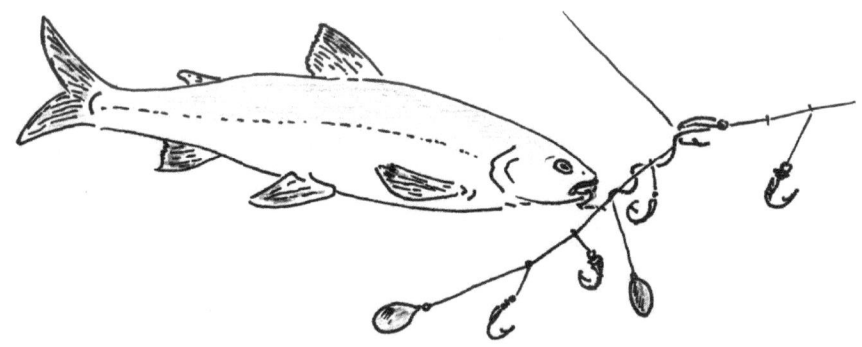

Diese Geschichte hat mir Willi erzählt.

Wie du selber ja weißt, erzählte mir Willi anlässlich einer Fischerprüfung, dass die Winter früher strenger gewesen seien: „Die Kälte ließ viele Wasserleitungen platzen. Die Eisdecke vom Zeller See war meist weit über 35 Zentimeter dick. Unzählige Sportveranstaltungen fanden bis in die 70er Jahre statt. Der Höhepunkt war stets das Eisrennen."

Sogar Eisschneiden war früher eine begehrte Tätigkeit zum Geldverdienen. Die Brauereien brauchten es zur Kühlung ihres Bieres. Eigene Eiszüge transportierten das glasklare Eis gar bis München. Auch in den fensterlosen Kellern der Gasthäuser wurde die Haltbarkeit von Fleisch und anderen verderblichen Nahrungsmitteln durch die massiven Eisbrocken erheblich verlängert.

Die Erfindung des Kühlschrankes beendete jäh das Geschäft mit dem gefrorenen Wasser. Die Eisfischerei war eine selbstverständliche Beschäftigung mit einer eigenen Fischerkarte und einem Regelwerk. Jahrelang wurde das Eisfischen als einer der Höhepunkte im Vereinsleben durchgeführt. Am Nordufer, auf Höhe des Seewirtes, trafen sich oft bis zu 70 Teilnehmer.

Das nun fast sicher auftretende Tauwetter um den Jahreswechsel und die Folgen der allgemeinen Klimaerwärmung sind die Hauptursachen, dass sich kaum mehr eine tragfähige Eisdecke bildet.

Mit Heini, dem Sieger vieler Renkenfischerbewerbe, vereinbarte ich ein Eisfischen. Es war Anfang Februar. Saukalt und ein knallhartes Eis. Für unsere scharfen Bohrer war die Eisdecke kein Problem. Aber wir kamen ganz schön ins Schwitzen, weil wir ja mehrere Löcher über verschieden tiefes Wasser anlegten. Nach der Plagerei kippten wir noch nach altem Brauch ein Petri Schnapserl und los ging es.

Rasch verschwinden die fünf Nymphen am System in das dunkle Wasser. Wir warten geduldig auf den ersten Biss. Dazwischen schöpfen wir immer wieder das sich neu bildende Eis aus dem Loch.

Endlich meldet sich der erste Biss. Die Renke ist zu klein und darf wieder zurück in die Freiheit. Dann fange ich zwei stattliche Barsche auf meiner Hegene. Sie haben Pech, denn sie werden filetiert.

Heini hat natürlich, wie üblich, als Erster eine massige Renke mit fast 40 Zentimeter mit der kurzen Eisrute aus dem Loch gezogen. Nach diesem erfreulichen Auftakt tut sich eine Weile absolut nichts. Schließlich nimmt auch ein guter Fisch meine Nymphe.

Heini schenkt mir darauf seinen gefangenen Barsch, damit sich, so sagt er, bei mir das Filetieren auszahlt.

Die folgende Flaute zieht sich erheblich in die Länge. Langweilig wird das Warten. Die Kälte kriecht allmählich unter die Kleidung und die Dunkelheit nimmt zu. Keiner von uns beiden hat gegen einen Aufbruch etwas einzuwenden.

Wir sind gerade dabei, unser Zeug zusammenzupacken, als mein Partner wirklich einen heftigen Biss hat. Er kann anfangs den Fisch nicht bändigen. Dieser zieht ihm reichlich viel Schnur von der Rolle. Während ich meinen Freund beobachte, verneigt sich plötzlich auch meine Rute heftig. Der kurze Spitzenteil verschwindet fast im Eisloch. Es ist ein gewaltiges Hin und Her. Was ich mit beherztem Kurbeln an Schnur auf die Rolle bringe, das geht im nächsten Augenblick wieder verloren. Wahrlich ein Kampf auf Biegen und Brechen.

Etwa zehn Rutenlängen entfernt ergeht es Heini ähnlich mit dem kapitalen Fisch. Dieser Kämpfer gibt nicht klein bei und fordert den Fischer heraus.

Nach ungewöhnlich langen Minuten meint Heini: „Kann es sein, dass wir beide den gleichen Fisch drillen? Mach du deine Bremse auf, lass nach. Ich hole den Fisch aus dem Loch."

Tatsächlich rutscht eine sehr kräftige Renke mit fast einem halben Meter Länge auf das Eis. All meine Nymphen hat der Fisch auf seiner Flucht zu einem heillosen Schnursalat eingewickelt. Vor seinem Ableben hat der Fisch uns beiden große Freude bereitet und zugleich ausgiebig genarrt.

Wir vereinbaren, dass dieses seltene Erlebnis unser Fischergeheimnis bleibt.

Leider ist mein Zunftkollege bereits verstorben. Ich fühle mich nicht mehr an das Versprechen gebunden. Schließlich soll diese Begebenheit, ein Drillstreit zwischen zwei ausgewachsenen Männern, auch der Nachwelt erhalten bleiben.

KONTROLLE

Episoden eines
Aufsichtsfischers

Diese Geschichten hat mir Simon erzählt.

Episode 1

Bei meiner Kontrollfahrt zum Vereinsteich in Piesendorf ist durch einen Schranken die Zufahrt nur für Berechtigte geregelt. Ich sperre den Schranken auf und beobachte von Weitem einen Pensionisten mit hektischen Bewegungen. Die Entfernung zum Parkplatz beträgt geschätzte 5o Meter. Blitzschnell verstaut er seine Sachen in den Kofferraum. Es schaut ganz nach Flucht aus. Als ich den Parkplatz erreiche, sitzt der betagte Fischer schon hinter seinem Steuer. Wir begrüßen uns noch flüchtig.

Ein eigenartiges Geräusch lässt mich dem abfahrenden Wagen nachschauen. Unglaublich, aber im Schlepp schleift er seine Angelrute nach. Mein Rufen überhört er und das wilde Fuchteln mit den Armen übersieht er.

Ich hetze dem Altfischer nach. Völlig außer Atem erwische ich den Mann noch an der Schrankenanlage. Er bedankt sich auffallend überschwänglich für meine Umsicht. Der Mann steigt aus, zwickt ohne Bemerkungen einfach die Schnur ab und verstaut seine Rute auf dem Rücksitz.

Alte Fischerkollegen haben schon seltsame Gewohnheiten denke ich mir und mache mich auf den Rückweg. Just in diesem Moment macht es einen eigenartigen Rumpler. Aus dem Auto dringt das dumpfe Geräusch.

„Was hast du für einen Geist im Kofferraum versteckt? Den möchte ich mit eigenen Augen sehen", sage ich bestimmend.

Kleinlaut öffnet er den Deckel. Ich traue meinen Augen nicht. Da wirft sich wieder, noch in den Maschen des Keschers eingewickelt, der stattliche Amur mit einem Schwanzschlag auf die andere Flanke. Der Haken mit der restlichen Schnur steckt noch im Kiefer. Laut vereinsinterner Auflage ist der Grasfresser ganzjährig geschont. Nun ist der Spaß endgültig vorbei und ich stelle den Fleischfischer kurz zur Rede. Umgehend fahren wir gemeinsam zum Teich und setzen den Karpfen in sein Element zurück.

Nur zähe Kreaturen können solche Ausflüge überleben. Aber ohne Folgen kommt der Fischer selbstverständlich nicht davon. Ich ziehe seine Jahreslizenz ein. Seine letzten Worte lauteten sinngemäß: „So einen großen Fisch zurücksetzen ist ein reiner Frevel. Der beißt eh nur die Wasserpflanzen ab. Außerdem schmeckt der Amur-Karpfen wie Kalbfleisch. Eine wahre Köstlichkeit." Seine Bemerkungen klangen nicht nach Einsicht.

Nach zwei Monaten Zwangspause konnte unser hoffentlich geläuterter Altfischer wieder seiner Freizeitbeschäftigung nachgehen. „Petri Schand!"

Episode 2

Ich war mit dem Fahrrad Richtung Klammsee Kaprun-Hintertal unterwegs, um meinen Kontrollgang zu erledigen. Der kleine See ist ein Naturjuwel und sehr gut mit Salmoniden besetzt. Im Bereich des Kofler-Hauses, weitum das einzige Gebäude am Wasser, kam es zu einem Zwischenfall. Ich erwischte ein junges Paar aus Holland beim Schwarzfischen. Sie waren jung, mit zahlreichen Tattoos und Piercings überhäuft und zudem rotzfrech. Trotz meiner Aufforderung, die Fischerei sofort einzustellen, weil es nur Werks-Bediensteten gestattet ist, werkten sie ungeniert weiter. Mehrere Ermahnungen verliefen erfolglos. Ich hörte nur ein lautes „shut up" als Antwort. Ständig zuckten sie nur die Schultern und spielten die Unschuldigen.

Irgendwie steckte der Karren im Sumpf. Ich telefonierte mit der Exekutive um Beistand. Die Dienststelle Zell am See meldete sich umgehend. Gleichzeitig bat der Beamte um etwas Geduld, da die Streife wegen eines Unfalles im Einsatz war. Der vermittelte Zeitrahmen schien für mich überschaubar und ich zog mich vom Tatort etwas zurück. Dennoch ließ ich das Paar nicht aus den Augen.

Tatsächlich fingen sie wieder eine Forelle. Gott sei Petri, verabschiedete sich der Flossenträger knapp vor der Landung.

Nach geschlagenen zwei Stunden Wartezeit taucht endlich ein alter VW-Bus auf. Völlig unauffällig, weder mit dem Polizeilogo noch mit dem warnenden Blaulicht. Es war ein Polizist in Zivil. Er nahm mit mir Kontakt auf und gemeinsam gingen wir zur Stelle der fischenden Herrschaften. Nun ergriff das Paar die Flucht. Sie liefen durch meterhohes Schilf, auf dem Trampelweg entlang des Ufers und weiter Richtung Staumauer.

„Leih mir dein Radl, dann erwische ich sie vielleicht noch am Überlauf. Ich verfolge sie auf dem Gehweg", meinte der Zivilbeamte und schwang sich auf mein Fahrrad. Ich hechelte weiter den Leuten hinterher, um einerseits das Geschehen zu beobachten und um später als Zeuge den Beamten zu unterstützen. Sie schafften es gerade noch.

Hinter dem Überlauf verschwanden sie im schütteren Wald und riskierten ihre Knochen auf dem steilen Gelände Richtung Kraftwerk.

An der Staumauer endete jäh die Verfolgungsjagd mit dem Rad. Aber der Beamte hatte inzwischen schon um Verstärkung gerufen. Seine Beamtenkollegen errichteten eine Straßensperre am Talboden und erwarteten die Flüchtenden. Sie wurden gestellt.

Aggressiv wehrte sich das Paar. Die Festnahme artete in ein Handgemenge aus. Ein Polizist ging bei der Rauferei zu Boden. In dem Tulmult gelang der Frau neuerlich die Flucht. Dem Mann wurden Handschellen angelegt und abgeführt. Im Zuge des Verhöres auf dem Posten erfuhren die Polizisten natürlich auch die Wohnadresse. In kürzester Zeit wurde die Frau ausgeforscht. Nach der Ausfertigung des Protokolls sowie der Bezahlung des verhängten Organstrafmandates durfte das Pärchen wieder in ihr Urlaubsquartier zurück.

Nach dem Verlassen des Polizeipostens fragte ich den Zivilbeamten: „Wo liegt eigentlich mein Fahrrad?"

„Es tut mir leid", meint er mit einem Grinsen, „ich habe in der Hektik den Platz total verschwitzt. Aber wir werden das Rad schon finden, wenn es nicht gestohlen wurde."

Gemeinsam fuhren wir zum Platz der Festnahme und gingen den Fluchtweg zurück. Zuerst entdeckten wir das Handy eines Kollegen. Eine Weile später das unversehrte Rad.

Für mich endete eine ganz normal geplante Kontrolltätigkeit mit einem turbulenten Ereignis. Insgesamt hatte sich meine Aufsicht am überschaubaren Klammsee auf mehr als fünf Stunden ausgedehnt.

Episode 3

In Fischerkreisen wurde schon immer gemunkelt, dass ein gewisser Fischsünder an der Salzach sein Unwesen treibt. Die Beschreibung zielte auf eine mir sehr bekannte Person hin. Diese musste ich mir natürlich genauer unter die Lupe nehmen.

Eines Tages kam es zu dieser erhofften Begegnung. Aus unverdächtiger Entfernung beobachtete ich den Mann mit meinem Fernglas. Oh Schreck, es war mein unmittelbarer Vorgesetzter! Eine heikle Angelegenheit.

Seine Fischereimethode war eigenartig: An seiner Spinnrute hing ein Streamer. Laut Bestimmungen ist dieser Kunstköder erlaubt. Aber, nun beißt sich der Fisch in den Schwanz, vor dem Auswerfen griff mein Vorgesetzter in seine Fliegenweste. Er fischte sich aus einer kleinen Dose eine weiße Masse. Mit Mehl aus einem Sackerl drückte er den vermuteten klebrigen Streichkäse auf den Körper des Streamers.

Einige Male geschah das Prozedere vor meinen Augen.

Endlich klappte es: Ein Fisch konnte dem Duft des kombinierten Köders nicht widerstehen. Nach kurzem Drill war der Fisch gelandet und im Fischlagl gehältert.

Bevor ich den Zunftkollegen erreichte, verschwand bereits der nächste Fisch in seinem Frischwasserbehälter. Im Fangrausch schien seine Umgebung wie ausgeblendet. Ich stand bereits auf der Uferböschung und er nahm mich noch immer nicht wahr.

„Servus, Fischereikontrolle", rede ich ihn an. „Zeige mir bitte deine Karte und das Fangbuch."

Wie vom Blitz getroffen reißt es ihn auf den Stiefeln herum. Gleichzeitig ist mein Vorgesetzter gewitzt genug und setzt einen übertrieben harten Anschlag.

„Verdammt, jetzt habe ich den Biss verschlafen", bemerkt er dazu lautstark.

Der Trick funktioniert. Der Käse löst sich vom Streamer. Mit einem Lächeln hält er mir den nackten Köder vor die Augen. Der vorgetäuschte Anschlag war natürlich nur, um den Käse auf dem Streamer durch die ruckartige Bewegung im Wasser zu entfernen und den Streamer in seiner natürlichen Darstellung aus dem Wasser zu ziehen.

Er gab mir seine Angelpapiere und ich fragte nach den Ausfang: „Wie viele hast du eigentlich gefangen?"

Stotternd meinte er: „Waren es jetzt zwei oder drei?", denn in seinem Fangbuch waren nur zwei vermerkt.

Ich sagte zu ihm: „Zeig mir dein Fischlagl, wo dein Ausfang gehaltert wird."

Bereits beim Öffnen des Deckels kam mir ein starker Käsegeruch entgegen. Zusätzlich war an der Oberfläche des Fischlagls eine schäumende Käseflüssigkeit zu sehen.

Meine Frage zielte natürlich darauf ab, ob er mit Käse gefischt habe.

Er antwortete sofort: „Natürlich nur mit Streamer, siehst ja", und hielt mir seinen Streamer vor die Augen.

Als ich in sein trübes Laglwasser genauer inspizierte, waren da drei Stück Forellen, und nicht wie im Fangbuch notiert zwei Stück.

„Du hast einen Fisch nicht ins Fangbuch eingeschrieben und der gilt als gestohlen und wird als Diebstahl geahndet!", waren meine aus der Pistole geschossenen Worte.

Als ich ihn wegen der beobachteten Käsefischerei zur Rede stellte, konnte er keine Ausrede mehr ausfindig machen.

„Du gibst mir jetzt den Käse aus deiner Fliegenweste und die gefangenen Fische werden wieder in ihr Element zurückgesetzt", befahl ich ihm. Er war so perplex, dass er gar nicht merkte, wie ich die Dose aus seiner Fliegenweste entfernte. „Hier ist der verbotene Köder, mit dem du dein sogenanntes Streamerfischen vorgetäuscht hast", bewies ich sein Vergehen.

Ich nahm in meiner Amtshandlung das Fangbuch und die Beute ab und schickte ihn nach Hause.

Jetzt kam das Nachspiel. Am Montag in der Arbeit war er wieder mein Vorgesetzter, nicht ich seiner, wie bei der Fischerei. Er versuchte natürlich, als Chef seine Macht zu zeigen. Es dauerte nicht lange, da musste ein klärendes Gespräch über Arbeit und Hobby durch eine übergeordnete Person stattfinden, um das Machtgehabe zwischen zwei Welten in korrekte Bahnen zu lenken.

Nach dieser Aussprache haben sich die Wogen wieder gelegt und der Alltag zwischen Beruf und Hobby nahm seinen geordneten Weg.

SELBSTBEDIENUNG

Grenzverkehr

Diese Geschichte hat mir Helmut erzählt.

Seit vielen Jahren verbringe ich einen Teil meines Urlaubes an der Theiß. In Ungarn, unweit zur rumänischen Grenze, haben wir ein gemütliches Haus gemietet. Die Kosten sind nicht der Rede wert.

In Sachen Fischerei komme ich weit herum. In meinem Leben habe ich diesbezüglich reichlich Erfahrung gesammelt. Als Jugendreferent im Salzburger Fischereiverband darf ich mein Wissen weitergeben. Eine Bereicherung ist auch für mich der Umgang mit jungen Menschen. Gott sei Petrus, hält der Trend zur umweltbewussten Fischerei unvermindert an.

Die Quellregion der Theiß liegt in den Waldkarpaten. Im Oberlauf ist der Fluss flott unterwegs und besitzt eine sehr gute Wasserqualität. Auf ihrem Weg durch die Große Ungarische Tiefebene nimmt ihr Schwung erheblich ab. Breiter wird der Fluss, trüber werden seine Fluten. Der längste Nebenfluss der Donau wird von mächtigen Deichen halbwegs im Zaum gehalten. Eingeschlossen sind auch die vielen Altarme. Sie sind der wertvollste Lebensraum für die Fischbrut. Die breit angelegten Überschwemmungsflächen bieten dem regelmäßig auftretenden Hochwasser im Frühjahr genug Platz. Sumpfgebiete und ein dichter Auwald, fast eine Wildnis, begleiten wie eine Galerie den Flusslauf. Landwirtschaftlich genutzte Flächen schließen sich erst hinter dem Schutzwall an.

Bereits in den 1970er Jahren wurde eine Strecke der Theiß zu einem künstlichen See, quasi einem Rückhaltebecken, in Etappen aufgestaut. Die Wasserfläche entspricht etwa in der Größe dem Neusiedlersee ohne Schilfgürtel. Die zahlreichen Inseln und Landzungen ziehen eine bunte Vogelschar an. Dieses Naturschutzgebiet gehört zu den wichtigsten Vogelreservaten Europas.

Noch immer zehrt die Theiß von ihrem ehemals guten Ruf, der fischreichste Fluss Europas zu sein. Angeblich schwimmen rund fünfzig verschiedene Fischarten im Wasser. Kapitale Fänge sind nicht ausgeschlossen. Natürlich braucht es keinen Ochsen, um einen mannsgroßen Waller aus dem Wasser zu ziehen. Ausgezeichnet ist der Hecht- und Zanderbestand. Aal und Stör sorgen für Abwechslung. Massige Karpfen, auch die Exoten wie Amur und Tolstolob, sind an der Tagesordnung. Unvorstellbar ist die Dichte an Weißfischen. Dem Lockruf der Theiß kann kaum einer widerstehen. Einmal auf den Geschmack gekommen, gibt man der neuerlichen Versuchung gerne nach.

Zeitig in der Früh sitze ich auf Karpfen an. Genügend Zeit bleibt nachher für das gemeinsame Familienleben. Und am Abend zupfe ich erfolgreich auf Zander. Die Filets sind eine Köstlichkeit. Wer Fische verachtet, der wird es nie verstehen.

Eines Abends streife ich an einem Altarm entlang. Eine Plage sind die Stechfliegen und Kriebelmücken. Sie fühlen sich wohl in der feuchten Umgebung und den vielen Tümpeln. Für sie ist der urwaldähnliche Auwald ein Paradies. Für uns Menschen sind die Plagegeister hingegen keine Freude, aber die Fischbrut schätzt ihre Larven als wichtigen Teil der Nahrungskette. An manchen schwülen Tagen ist der Kampf gegen die Theiß-Mücken aufwändiger als der Drill mit einem stattlichen Fisch.

Auf meiner Pirsch sehe ich ein einsames Zelt unmittelbar am Ufer. Der Fischer, ein Wiener, hat sich bereits seine dünne Behausung für das Nachtfischen eingerichtet. Vor der Zelttür sind zwei sündteure Ruten auf Karpfen ausgelegt. Herumliegende Maiskörner verraten seinen Lieblingsköder. Daneben eine Palette Dosenbier. Der Hopfensaft wird mit Sicherheit für ein entspanntes Schlafgefühl sorgen, wenn nicht die filigranen Insekten die Nachtruhe stören.

Ich muss ehrlich sagen, ich genieße das Fachsimpeln mit Fischerkollegen. Die Unterhaltung mit Zunftkollegen ist ein netter Ausgleich zu den stummen Fischen.

Im Laufe unserer Unterhaltung äußere ich meine Bedenken. Es ist bekannt, dass gerade in der Grenzregion auch tagsüber viele Dinge spurlos verschwinden. Mit einem Wort: Ungeniert wird gestohlen, was nicht niet- und nagelfest ist. Ich würde auf jeden Fall die beiden wertvollen Ruten im Zelt sichern oder gar zum Parkplatz tragen, um sie im Auto zu verstauen. Außerdem ist die Gegend recht einsam. Der umgebende Auwald, fast ein Dschungel, verstärkt das Gefühl. Flach ist die Gegend, vor lauter Wald verliert man den Überblick. Meine gut gemeinten Ratschläge stoßen auf taube Ohren.

„Lass das meine Sorge sein", meint der Wiener, „ich habe ohnehin elektronische Bissanzeiger montiert. Bei der geringsten Berührung der Rutenspitzen löst es einen Alarm aus, der auch einen Bären aus dem Winterschlaf reißt."

Tags darauf bin ich bereits am Vormittag zu dem Mann unterwegs, um mich über seine erfolgreiche Fischerei zu informieren. Das Nachtfischen scheint dem Mann wenig Freude bereitet zu haben. Nicht entspannt, vielmehr verärgert hetzt er ruhelos auf den spärlichen Trampelpfaden entlang, flucht und führt laute Selbstgespräche.

Von seiner Spurensuche ist er völlig außer Atem. Hochrot ist sein Kopf. Er raunzt nicht, was für einen echten Wiener eher untypisch ist. Es braucht eine Weile, bis er überhaupt in der Lage ist, mir sein Pech zu erklären. Kein einziges Wort verliert er über die Fischerei.

„Diese Gauner", schimpft er, „nichts habe ich gehört. Meine Stangen sind weg, wie vom Boden verschluckt. Nun kann ich meinen Urlaub abbrechen. Ich habe die Schnauze gestrichen voll und fahre wieder heim. Nie wieder sieht mich diese Gegend. Fisch und Leute können mir gestohlen bleiben."

DIE UNA

Traumwasser in Bosnien

Diese Geschichte hat mir Ferdinand erzählt.

Als Wirt und leidenschaftlicher Fliegenfischer sind Stammtischgespräche unvermeidbar. Ein Freund erzählt mir von einem bosnischen Gastarbeiter in Zell am See, der von der Una in den höchsten Tönen schwärmt. Sie sei schlechthin die Flussperle des ganzen Balkans. Ein bildschönes Gewässer mit einem unglaublich guten Fischbestand.

Neben den Forellen, Äschen, Nasen und vielen Arten von Weißfischen sticht besonders das Eigenaufkommen von Huchen hervor. Angeblich haben Taucher in den tiefen und kristallklaren Gumpen mehr als dreißig Junghuchen gezählt und gefilmt. Ausgewachsene Räuber bringen locker rund zwanzig Kilogramm auf die Waage. Sie sind absolut keine Seltenheit in diesem reich strukturierten Fluss mit dem breitgefächerten Nahrungsangebot. Wasser und Zielfisch versprechen uns Fliegenfischern abenteuerliche Stunden. Die starke Huchenpopulation geht uns nicht mehr aus dem Kopf. Wir beschäftigen uns mit der Gegend, dem Gewässer und den Möglichkeiten.

Die Una bricht aus einem gewaltigen Quelltopf hervor. Der Fluss gräbt sich durch wildromantische kilometerlange Schluchten, fällt über Stromschnellen und Wasserfälle. Oft zieht sich die Una in die Breite oder bildet unwahrscheinliche tiefe Gumpen. Die Flüsse Krka und Unac lassen die Una weiter anschwellen. Über lange Strecken ist die Una ein Grenzfluss zwischen Bosnien und Herzegowina sowie Kroatien. Bis zur Einmündung in die Save legt der naturbelassene Fluss rund 200 Kilometer zurück.

Bereits einige Jahre nach dem Ende des brutalen Bosnienkrieges machen wir uns zu dritt auf die Anreise. Im Kofferraum liegen neben dem notwendigen Zeugs unter anderem Eigenbaustreamer in der Länge von Portionsforellen. Ebenso Spezialschnüre, die der Kälte trotzen und beim Werfen halbwegs geschmeidig bleiben. Zusätzlich einige Kilogramm Kaffeebohnen, um eventuell auftretende Grenzschwierigkeiten leichter zu meistern.

Und tatsächlich spießt es sich bei der Einreise nach Bosnien. Der junge Beamte glaubt uns nach der langen Kofferrauminspektion nicht den Zweck der Reise. Er vermutet eine Schmugglerfahrt, um die teuren Ruten und das Zubehör an den Mann zu bringen. Einige Telefonate später wird uns die Weiterfahrt untersagt. Wir werden auf den nächsten Tag vertröstet. Ein hochrangiger Offizier wird sich dann mit unserem Fall auseinandersetzen und eine Entscheidung treffen.

Mit Händen und Füßen sowie ein paar Brocken Englisch versuchen wir, den Grenzpolizisten von unserer Harmlosigkeit zu überzeugen. Nachdem er die Adresse unseres Zielortes reichlich lange studiert, wird sein Amtsverhalten zugänglicher. Ein neuerliches Telefonat regelt schließlich die Höhe des Schmiergeldes. Sozusagen ein Einreisekopfgeld pro Person. Der versprochene Kaffeebohnenzuschlag wird als Bestechung entrüstet abgelehnt. Durch zähes Feilschen gelingt es uns noch, die Schmerzgrenze nach unten zu drücken.

Ohne weitere Schikanen erreichen wir nach mehr als neun Stunden Fahrzeit unser Quartier, die Unariversidelodge. Die Lodge liegt unmittelbar am Ufer. Der Blick von der Terrasse aus verstärkt die Hoffnung auf eine erfolgreiche Fischerei und spannende Drills. Entgegen unserer alpenländischen Vorstellung führt der Fluss reichlich Wasser. Bei uns zu Hause wird der Niederschlag rund um den Jahreswechsel als Schnee gebunden. Hier lässt der reichliche Regen die Pegel anschwellen. Begeistert sind wir von den Wassermassen nicht wirklich.

Das Lesen eines unbekannten Gewässers fällt erheblich leichter, wenn ein erfahrener Guide zur Seite steht. Sie wissen um die Standplätze der Huchen. Auch sind ihnen die Schwemmholzleichen als Hängerfallen bekannt. Letzen Endes sind diese Leute der Schlüssel zum Erfolg.

„In der Una stehen überall Fische", meint unser Guide im verständlichen Deutsch, „aber natürlich kennen wir schlechtere und bessere Stellen. Wir bringen euch mit dem Boot zum Fisch."

Ein Teil der Holzboote liegt direkt vor der Haustüre am Steg. Andere haben ihren Hafen einige Kilometer entfernt, um den Guides und Ruderern die Anstrengung zu ersparen. Außerdem verteilt sich der Befischungsdruck erheblich. Ein schwerer Ziegelstein ist meistens der Ankerersatz. Die Erfahrung hat gezeigt, dass Eisenanker über Nacht verschwinden. Diebe haben kein schlechtes Gewissen, auch sie müssen überleben.

Starke Zehnfußrute mit schwerer Sink-Tip-Schnur befördert auch die großen Streamer zum Fisch. Mit Glyzerin ist der Spitzenring gefettet, um eine Verengung durch Eis zu verhindern. Beim Werfen brauche ich keine Reibungsbremse. Mein Partner ist Linkshänder. Die Leinen sausen weit genug an den Köpfen vorbei.

Ich habe keine schlechten Augen. Aber unsere Guides müssen ein Huchenradar besitzen. Gut, auch Jäger wissen durch jahrelange Beobachtung, wo die Wildwechsel und die bevorzugten Flächen zum Äsen liegen. Das Zeigen der Blickrichtung ist schon die halbe Sichtung.

Bei Kälte, steifem Wind und Sauwetter versuchen wir leidenschaftlichen Fliegenfischer unser Glück. Das Spinnfischen auf Huchen ist schon schwierig genug, aber mit der Flugschnur und den eingeschränkten Weiten ist die Fischerei auf Huchen geradezu eine Herausforderung. Das größte Problem bringt stets der zu weite Schnurbogen. Es ist richtig schwer, einen kräftigen Anschlag zu setzen. Hart ist das Fischmaul. Drill und erfolgreiche Landung sind durch die elastische Federkraft der Rute hingegen wesentlich leichter.

Kein Fisch wird zum Boot gedrillt. Vielleicht mit Absicht so geregelt, damit die zurückgesetzten Huchen den Rumpf des Bootes nicht als Bedrohung und Lebensgefahr wahrnehmen. Jeder erfolgreiche Fang hat viele Väter. Auch die Freude der Guides ist echt und nicht gespielt. Zudem können sie bei jedem

Fisch mit einer Einladung zum Abendessen und Fischergeschichten rechnen. Beißt ein Huchen, dann wird der glückliche Fänger flott am Ufer abgesetzt. Hier kann er ohne Kescher sein Geschick beweisen. Handlandung ist vorgeschrieben. Die Bewirtschafter wollen keine verletzten Huchen durch schlecht angesetzte Gaffs. Weder Löcher im Unterkiefer oder Kiemendeckel, schon gar nicht am Bauchansatz. Auch vom Einsatz riesiger Kescher halten sie wenig.

Aus der Sicht des gehakten Huchens macht ihm der lebensbedrohliche Drill absolut keine Freude. Das zusätzliche Schleifen auf eine Kiesbank und die Verletzung der Schleimhaut erspare ich dem Fisch. Noch im flachen Wasser wird dem erschöpften Tier der Haken aus dem Maul gedreht. Zwischen den Beinen bequem gestützt, bis er aus eigener Kraft wieder in die Strömung zieht.

Beim geselligen Abendessen, noch nüchtern, werden wir ernsthaft vor den Plastikminen gewarnt. Das Vergraben der Sprengkörper ist ein Kinderspiel. Der Hass zwischen den ethnischen Gruppen kochte so hoch, dass gar verschiedene Minenarten gemischt wurden, um jegliche Räumung zu erschweren. Es gibt nur mangelhafte kartografische Aufzeichnungen. Ganze Minenfelder blieben zurück und warten noch auf die teure und schwierige Bergung.

Heftige Hochwässer und großflächige Überschwemmungen gefährden die Suche. Die Plastikminen werden aus dem Boden gespült. Sie schwimmen mit der Strömung und werden nach dem Rückgang des Wassers einfach abgelagert. Wir werden gebeten, auf jegliche Pirschgänge am Ufer zu verzichten. Noch am sichersten sind die ausgetretenen Wechsel der Wildschweine.

Angeblich gibt es neben den bewährten Sprengstoffspürhunden bereits Riesenhamsterratten, afrikanische Nagetiere, die auf den Geruch von Sprengstoff dressiert sind.

Unterkunft, Verpflegung und Betreuung liegen weit über unseren Erwartungen. Die Nähe zur Staatsgrenze mag ein Grund für die spürbare Armut in dieser Gegend zu sein. Aber die Freundlichkeit und Hilfsbereitschaft der Menschen ist eine Wohltat.

Inzwischen haben wir bereits drei Mal den Traumfluss besucht. Aus Gästebetreuung wurde Freundschaft. Sechs starke Salmoniden an einem einzigen Tag war mein unvorstellbares Huchenwunder. Aber es gab auch Zeiten, wo jeder Fisch auf meinen Streamer großzügig verzichtet hat. Obwohl jeder zurückgesetzte Huchen seinen Flossenkollegen erzählt haben müsste, dass wir Pinzgauer weidgerecht umgehen.

INDIANER

Überraschung

Diese Geschichte hat mir Hans erzählt.

Mein Schwager lebt in British Columbia. Sein Haus steht an einem riesigen See. Fast vor der Haustüre liegt der Steg mit einem stattlichen Boot. Gerne nehmen wir seine Einladung an. Das große Wasser fischereimäßig auf eigene Faust zu erkunden, wäre sicher so schwierig wie die Bewältigung eines Irrgartens mit verbundenen Augen. Dieses Lehrgeld bleibt mir erspart. Goldes wert ist die Erfahrung eines Einheimischen. Großartig ist die Naturkulisse und jede Ausfahrt mit dem Boot wird zum Erlebnis.

Wir planen den Besuch der berühmten Nationalparks wie Banff-, Yoho- und Jasper-Nationalpark. Um alle 47 kanadischen Parks mit allen Sinnen zu erleben, müsste man wohl unendlich lange mit Respekt reisen. Mit dem gemieteten Wohnmobil sind wir im Indian Summer unterwegs. Das Wetterpech klebt uns an den Rädern. Während der Rundreise peinigen uns nicht die Moskitos, sondern Regen und auch ein Schneefall Anfang Oktober. Die Farbenpracht der Landschaft zeigt sich nur an mageren vier Tagen. Der große Rest des Reisemonats hüllt sich in einen schiefergrauen Schleier.

Die niedrigen Preise für Top-Marken-Geräte – etwa ein Drittel im Vergleich – machen mich schwach. Ich kaufe mir noch eine Fliegenrute mit Rolle und Schnur, um bei Gelegenheit die aufsteigenden Rot- und Silberlachse zu fangen. Natürlich ergänze ich meine Dosen mit den klassischen Lachsstreamern. Die allgemeine Lizenz für das Meer, die Seen und Flüsse ist fast ein Schnäppchen.

Wir sind in der Nähe von Whistler Mountain unterwegs. Die Gegend liegt rund 70 Kilometer nördlich von Vancouver und ist als nobler Wintersportort bekannt. Die ausgerichteten Weltcuprennen sind eine teuer erkaufte Werbung.

Ein herrlicher Flusslauf begleitet streckenweise unsere Straße. Gänzlich naturbelassen sucht sich das Wasser sein Gefälle. Die Flut drückt die heimkehrenden Lachse in das Mündungsdelta des Fraser River. Ein Teil der Roten zweigt in den Green River ab, um im gleichnamigen See die Lachshochzeit zu halten.

Immer mehr lockt es mich zum Verweilen und Fischen. Eine kleine Ausweichbucht erleichtert die Entscheidung. Wir parken.

Der Zugang gestaltet sich zwar als beschwerlich, doch die Plage ist rasch vergessen: In einer tiefen Rinne unmittelbar am Ufer steht ein Trupp Rotlachse. Ihre bereits kräftig rot gefärbten Körper mit dem grünen Schädel heben sich im glasklaren Wasser deutlich ab. Ich darf mich gänzlich dem nassen Weidwerk hingeben, während sich meine Frau als Dokumentarfilmerin beschäftigt.

Es ist keine Kunst, den Streamer vor den Fischmäulern tanzen zu lassen. Die Strömung ist mein Gehilfe. Sie bringt den Kunstköder vor das rastende Fischvolk. Die Futteraufnahme ist den Wanderfischen längst vergangen, aber im Reflex schnappen sie nach dem Ärgernis vor den Augen. Das Drillvergnügen, der Kampf mit den Kraftpaketen, ist sicher nur auf meiner Seite, den Fischen vergeht der Spaß. Sie kämpfen um ihr Leben. Unbedingt wollen sie ihre Geburtsgewässer erreichen, um den Reigen zu schließen. Sind die Eier in den Laichgruben befruchtet, taumelt die Elternschaft dem Tod entgegen.

So mancher Rogner verliert durch den Stress einen Schub Eier. Die begleitenden Regenbogenforellen laben sich an den Köstlichkeiten. Der Wirbel während eines Drills, das Landen und das faire Zurücksetzen veranlasst die Rotlachse noch nicht zum Weiterwandern.

Die Umwelt hinter unserem Rücken ist wie ausgeblendet. Das Rauschen des Flusses und die erfolgreiche Fischerei ziehen uns völlig in den Bann. Erst als eine Stimme ertönt, reißt es uns fast aus den Stiefeln. Kontrolle!

Ein Mann mit indianischen Gesichtszügen weist sich als Wacheorgan aus. Er verlangt meine fishing licence. Nach der Einsicht schüttelt er unzufrieden seinen Kopf und stellt uns eine Menge Fragen. Unser Schulenglisch ist ein arger Hemmschuh. Wir sind eingeschüchtert. Er will unsere Pässe sehen und die Personalien aufschreiben.

Vor unserem Wohnmobil wird die Amtshandlung fortgesetzt mit dem Ergebnis, dass er meine Lizenz einzieht und mir das gesamte Fischzeug abnimmt. Der Verlust meiner Rute schmerzt mich ungeheuerlich. Mit Händen und Füßen kämpfe ich um mein Gerät. Ich bitte eine faire Summe als Ausgleich an, aber der Mann bleibt ungerührt. Ich schreibe mir noch das Kennzeichen seines Range Rovers auf.

Wieder zurück in der Stadt suchen wir umgehend die Polizeistation auf. Der Sheriff bemüht sich redlich. Seine zahlreich geführten Telefonate bringen leider keinen Erfolg. Für den Fluss im Indianergebiet hätte ich eine eigene Lizenz gebraucht. Die ganze Aufregung unmittelbar vor unserem Urlaubsende hat mich schwer getroffen.

Fünf Jahre später erhielt ich einen Brief aus Kanada. Einerseits überprüfte man mit dieser Post, ob meine Wohnadresse noch gültig sei. Anderseits wurde angeführt, dass nach Ablauf der langen Frist mein Vergehen gelöscht ist.

Einige Wochen später übergab mir der Postbote mein unversehrtes Fischerzeug. Ohne Nachnahmegebühren.

Ureinwohner

• • • • • •

Seit der Entdeckung Amerikas durch Kolumbus (1492) haben wir Weißen den Ureinwohnern übel mitgespielt. Durch Völkermord, Vertreibungen und Umsiedelungen erfolgte die Inbesitznahme des Landes durch die Europäer.

Angeblich brachten eingeschleppte Krankheiten wie Masern, Typhus oder Keuchhusten und Pocken mehr Ureinwohner ins Jenseits als die kriegerischen Auseinandersetzungen.

Erst drei Jahrhunderte später wurden in vielen Gebieten mit den Indianern Verträge abgeschlossen. Häufig wurden die Stämme über den Tisch gezogen und mit einmaligen Geldsummen abgespeist. Einige Gebiete wurden zu Reservaten erklärt, mit willkürlichen Grenzziehungen. Laut Verträgen steht nun die alleinige Nutzung den Ureinwohnern zu. Dies betrifft auch die Jagd- und Fischereirechte.

Die Selbstverwaltung innerhalb der Grenze scheint somit geregelt. Die Ureinwohner wissen um das Netzwerk Natur, aber ihre Stimmen verhallen. Leider bestimmen Machteinfluss und Geld der Großkonzerne die Spielregeln. Die Ausbeutung der Bodenschätze und Ressourcen sowie die Schlägerungen der langsam wachsenden Wälder laufen unvermindert weiter.

• • • • • •

BOGENJAGD

Nahrung

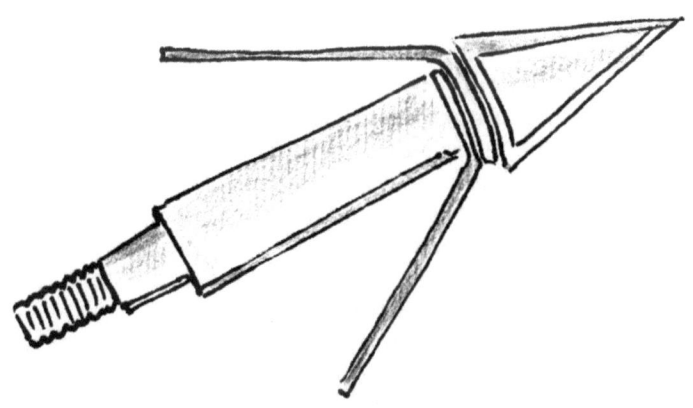

Diese Geschichte hat mir Erich erzählt.

Die Jagd mit Pfeil und Bogen fasziniert mich. Je älter ich werde, desto mehr stehe ich auf die einfachen Dinge. Sie haben sich bewährt. Auf den modernen Firlefanz kann ich getrost verzichten. Ein Langbogen aus einem Stück Eibenholz und handgefertigte Holzpfeile kommen meiner Anschauung ziemlich nahe.

Alles ist möglich mit Hilfe eines traditionellen Bogens. Du kannst einen Elch schießen oder mit demselben eine flinke Forelle erbeuten. Natürlich ist die weidmännisch faire Reichweite erheblich eingeschränkt, dafür ist die Pirsch schon ein Abenteuer. Nicht jeder Schuss ist ein Treffer. Aber die Erfahrung schleift sich mit der Zeit zu einer Art Instinktverhalten ein.

Ein Freund von mir bewirtschaftet einen kleinen Weiher. Immer wieder erwischt es gerade die größeren Fische im Teich. Karpfen sind die häufigsten Opfer. Von einem unappetitlichen Pilzrasen überzogen sind ihre Flossenansätze und der Körper. Längst vergangen ist ihnen die Nahrungsaufnahme. Mit lahmen Flossenschlägen vergeuden sie ihre Kraft. Oft stehen sie nahe am Ufer. Kein Köder am Haken kann sie verführen und der Kescher mit dem längsten Stiel reicht nicht aus, um die Seuchenträger zu schöpfen.

Meine Fertigkeiten und Zielgenauigkeit sind gefragt. Mit einem Schuss erlöse ich den Leidensweg der Tiere. Unmittelbar an der Wasseroberfläche spielt die Lichtbrechung noch keine Rolle. Das Ziel unterliegt keiner optischen Täuschung. Der Fisch steht dort, wo er steht.

Die Masse eines Pfeiles, eines klassischen Holzpfeiles, ist im Vergleich zu einer Kugel wesentlich höher. Sein Gewicht treibt ihn somit tiefer in das Wasser. Natürlich hängt seine Wirkung im Wesentlichen von seiner Geschwindigkeit ab. Schlichte Hartholzpfeile genügen für meinen Zweck. Ein schlanker Nagel hinter dem Kopf durchs Holz getrieben und vorsichtig umgebogen, ersetzt den Widerhaken. Eine stumpfe Nagelspitze verhindert meistens das Spalten des Schaftes. Die Verluste halten sich in Grenzen.

Manchmal fühle ich mich wie ein Jäger aus der Steinzeit. Es macht mir einfach Freude, wenn es mir gelingt, aus einer zierlichen Astgabel einen Pfeilkopf mit Widerhaken zu schnitzen. Mit einem Klebeband wird die Miniharpune fixiert und an einer monofilen Schnur befestigt. Die Lust an Versuchen beflügelt. Oft scheitert der Erfolg nur an Kleinigkeiten.

Probiert habe ich auch den Umbau eines alten Pfeiles aus Bambus. Einfach im Spitzenbereich den Schaft geviertelt und mit einem scharfen Messer zugespitzt. Notwendig ist es, nachher die Teile mit einer satten Schnurwicklung abzuspreizen. Vorzüglich eignet sich das Harpunieren an flachen Gewässern oder überschaubaren Bächen. Je nach Gewässer und Fischart ist es praktisch, die Beute mit einer am Pfeil befestigten Schnur einzuholen. Ob eine dünne Schnur am Unterarm oder einfach am Hosengürtel festgemacht wird, das ist reine Geschmackssache. Selbstverständlich besitze ich eine Sammlung an selbst gebastelten konischen Schnurträgern, die leicht am Bogen befestigt werden können.

Weltweit wird die Bogenjagd, als Kurzdistanz-Jagd bezeichnet, legal ausgeübt. Ein klares Regelwerk verhindert jegliche Tierquälerei. In vielen Ländern ist diese Jagdart auf alle Wildtiere zugelassen. Wobei ein Zuggewicht von mindestens 60 Pfund vorgeschrieben wird und die Schnittbreite der Jagdklinge etwa zwei Zentimeter misst.

Bereits vor Jahrzehnten hat mich ein Spezi mit dem Bogenvirus infiziert. In entsprechenden Magazinen entdeckten wir Bogenbauer, die sich einen internationalen Ruf erworben haben. Wir nehmen schriftliche Kontakte auf. Aus den eintreffenden Angeboten sticht ein handgeschriebener Brief aus Amerika besonders hervor. Er ist ein Baptistenpfarrer in unserem Alter. Im Vertrauen legen wir die pro Bogen geforderten 200 Dollar in ein schwarzgerahmtes Billett bei. Die Trauerdekoration des Kuverts scheint uns am sichersten. Innerhalb von zwei Wochen sind wir Besitzer eines klassischen und wunderschön gefertigten Langbogens. Zudem entwickelt sich zu dem Mann eine tiefe Männerfreundschaft. Gemeinsam haben wir über viele Jahre lang abenteuerliche Bogenjagden in zahlreichen nordamerikanischen Staaten erlebt.

Nach dem Erwerb einer „Bird and Small Game Hunting Licence", sie kostet nur eine Handvoll Dollar, ist die legale Bogenjagd in vielen amerikanischen Staaten möglich. Waschbär, Fuchs, Coyote und anderes Kleinzeug oder Wasservögel, aber auch Fische dürfen mit Pfeil und Bogen erlegt werden. Einzige Einschränkung: Die respektvolle Einhaltung der arttypischen Schonzeiten sind zu befolgen.

Diesmal sind wir in Wyoming unterwegs. Zu dritt leben wir in einem alten Wohnwagen. Zu Fuß pirschen wir uns durch atemberaubende Landschaft und übernachten tageweise im Zelt. Die Lizenz für Kleinvieh und eine Abschussberechtigung für einen Wapiti haben wir in der Tasche. Einige Male überstellen wir unser rollendes Basislager, aber die Fährten der Hirschverwandten sind leider alt. Es ist wie verhext, trotz Brunftzeit bleibt uns der Anblick eines Wildes verwehrt.

Spürbar steigt in der Nähe von Gewässern die Insektenplage an. Die weiblichen Moskitos müssen unbedingt warmes Blut saugen, damit ihre Eier reifen. Bewährt hat sich, ein Ratschlag von unserem Kirchenmann, das Verbrennen von Baumschwämmen im abendlichen Kochfeuer. Es braucht schon die Gelassenheit eines Schamanen, um das Stechen auszuhalten und nicht verrückt zu werden.

Der Anblick von Fischen ist mir nichts Ungewöhnliches. Portionsforellen, mittlere Hechte und Karpfen sowie aufsteigende Lachse habe ich schon mit dem Pfeil erlegt. Nicht um die Lust am Töten zu befriedigen, sondern als unbelasteter Nahrungserwerb auf unseren Jagdreisen. Aber die Sichtung dieses urtümlichen Fisches in der Bucht eines Seitenarmes hat schlagartig meinen Puls beschleunigt. Dieser kapitale Brocken ist nicht mit einem am Hosengürtel befestigten Schnürchen zu bändigen. Unmöglich wäre es, so ein getroffenes Kraftpaket mit der Handleine an einer Flucht zu hindern. Die Reibung der Schnur würde sich förmlich ins eigene Fleisch brennen. Da braucht es ein anderes Zeug.

Wir drei sind uns rasch einig, dass wir den weiten Weg zurück zu unserem Wohnwagen müssen, um einen richtigen Fischpfeil und die Spinnrute zu holen. Eine unruhige Nacht später hat sich der Räuber nicht von seinem Lauerplatz entfernt. Immer noch wartet er gut getarnt auf vorbeischwimmende Beute.

Lautlos schleiche ich mich auf sichere Schussweite heran. Gleich der erste Schuss sitzt. Wütend fährt der Fisch aus seinem Unterstand. Einem Torpedo gleich fegt er durch die Wasserpflanzen und wirbelt den Bodenschlamm auf. Der Fisch zieht ins tiefe Wasser. Ich lasse einfach den Bogen fallen. Blitzschnell greife ich mir die Rute und werfe den Bügel zu. Ein Kampf auf Biegen und Brechen entwickelt sich. Die Ratschläge meiner Freunde sind vermutlich dem Kaliber egal. Dank der Federkraft der Rute und technischer Bremswirkung ist der Drill überhaupt möglich.

Unendlich lange, so mein Zeitgefühl, brauche ich, um den Fisch zu ermüden. Kaum bewegen lässt sich die Masse des Schuppenwildes. Um einen Schnurbruch am Schluss zu verhindern, springt Hochwürden ins flache Wasser und drängt den zappelnden Fisch aufs Trockene. Ein Kiemenstich erlöst das Tier. Rund 40 Kilogramm schätzen wir das Monster. Sein Fleisch lassen wir uns tagelang vorzüglich schmecken.

Der Alligatorhecht, auch als Kaimanfisch bezeichnet, ist ein ungeheuer anpassungsfähiger Raubfisch. Gleichermaßen fühlt er sich wohl im Süßwasser und im Brackwasser. Bevorzugt treibt sich der Räuber im Mississippi-Missouri-Flusssystem umher. Seine lange Schnauze ist mit zahlreichen und kräftigen Zähnen bestückt und hat ihm seinen Namen eingebracht.

Einmal die Beute gefasst, dann gibt es kein Entwischen. Fische sind seine Hauptnahrung. Aber auch Schildkröten, Enten oder kleinere Säugetiere hat man in den Mägen gefunden. Die doppelte Zahnreihe im Oberkiefer hält alles fest. Auffallend ist seine Rückenflosse, die unmittelbar vor der Schwanzflosse ansetzt. Er lauert auf seine Beute und stößt nach Manier der Hechte blitzschnell zu.

Unser einheimischer Begleiter behauptet allen Ernstes, dass dieser Fisch fast das hohe Alter eines Menschen erreicht. Kein Fischerlatein. Ausgewachsene Kapitale schaffen die unvorstellbare Länge von drei Metern und bringen mehr als 100 Kilogramm auf die Waage. Seine umfunktionierte Schwimmbla-se arbeitet ähnlich einer Lunge. Dadurch ist er in der Lage, Luft im Notfall direkt zu atmen. Strecken andere Fischarten längst die Flossen, wenn das Ge-wässer fast austrocknet, so nützt dieser Fisch seinen anatomischen Vorteil. Bewundernswert ist die Vielfalt der Überlebensstrategien.

FLIEGENFISCHERIN

Anfängerglück

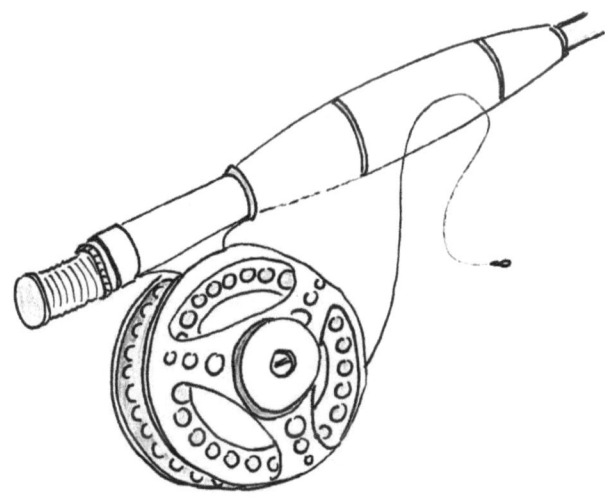

Diese Geschichte hat mir Leni erzählt.

Ich bin verliebt. Mathias hat mir den Kopf verdreht. Leider ist er bei jeder Gelegenheit am Fischwasser. Mit Leidenschaft überlistet er die flinken Forellen. Ich muss ihn einfach beim Fliegenfischen begleiten, denke ich mir, damit wir gemeinsam mehr Zeit verbringen können.

Auf Dauer ist es aber fad, nur den Freund und späteren Ehemann bei seinem Vergnügen zu beobachten. Immer stärker wird daher mein Wunsch, Fliegenfischerin zu werden. Die vielen Gewässer vor der Haustüre erleichtern das Vorhaben. Gerne bringt er mir die Grundzüge der Fischerei bei. Er lehrt mich auch das Wasser zu lesen.

Eines Abends stehen wir im eigenen Fischershop und beschäftigen uns mit betrieblichen Veränderungen. Zufällig taucht Ewald, einer unserer erfahrensten Aufsichtsfischer, im Geschäft auf. Wir unterhalten uns prächtig.

Gut gelaunt meint mein Mann: „Bitte bring meiner Frau das Fliegenfischen richtig bei, des Luada foigg ma nit."

Schnell wird der Deal abgemacht und per Handschlag besiegelt. Eine ganze Woche lang sauge ich wie ein Schwamm die Ratschläge meines Meisters auf. Ausdauernd üben wir, trotzdem kommt der Spaß nicht zu kurz.

In der Schieder Mur, seinerzeit einer der fischreichsten Abschnitte des Felberbaches, erwische ich meine erste Forelle. Der Erfolg verleiht mir geradezu Flügel. Zum Abschluss der Kurswoche fahren wir noch zum Hintersee. Er ist ein Kleinod im Nationalpark Hohe Tauern mit einer traumhaften Kulisse.

Auf Empfehlung von Ewald knüpfe ich einen komischen Käfer an das hauchdünne und lange Vorfach. Unglaubliches Anfängerglück ist mir an diesem Tag widerfahren. Kein Fischerlatein, ich schwöre es. Fast jeder Wurf bringt mir einen Biss. Bachforellen, Saiblinge und gar Äschen finden Geschmack an meinem Kunstköder. Anfangs habe ich noch etwas unerfahren viele Bisse verschlafen. Rasch lerne ich aus meinen Fehlern. Mein Lehrmeister schüttelt nur verwundert seinen Kopf, denn ich habe ihn bei Weitem übertroffen. Die Sternstunde meiner Fliegenfischerei hat sich in Folge rasch herumgesprochen. Ohne mein Zutun steigt beständig die Anzahl meiner gedrillten Fische. Gar ihre Länge wächst auf wundersame Weise.

Jahrelang bin ich noch mit Mathias Fischen gegangen. Erst nach der Geburt unseres ersten Stammhalters haben sich zwangsläufig die Interessen und Aufgaben verschoben. Dafür springt nun unser zweiter Sohn für mich ein.

Jagen und Fischen ist in erster Linie eine Domäne der Männer. Wir lassen uns gerne von den uralten Genen in den Erbanlagen zu diesem Vergnügen verführen. Aber eine Frau am Wasser erregt die Gefühle. Und Bewunderung ist ihr gewiss. Trifft man in den Alpenregionen eine fliegenfischende Frau, so kommt dieser Anblick der seltenen Sichtung eines wiederbesiedelten Luchses gleich. Aber eines vorweg, sie verstehen ihr Handwerk.

Fischereirecht

• • • • • •

Laut einer Chronik (Kanonikus J. Lahnsteiner/Oberpinzgau) wurden am Ende des 16. Jahrhunderts aus der oberen Salzach gebratene Äschen und geselchte Huchen an den Hof nach Salzburg geschickt.

Laufend beschwerten sich die Bürger von Mittersill, dass auf Grund der häufigen unseligen Überschwemmungen „die Fisch in den Stuben herumschwimmen tun".

1816 ging das Fischwasser in der Region, wie auch die übrigen landesfürstlichen Domänen, an den österreichischen Staat über.

Der Bierbrauer Rupert Schwaiger hatte nicht nur das damalige Schwertlehen erworben, sondern er trachtete auch nach einem Fischereirecht. Mit seinem Geschäftssinn und guten Argumenten schaffte er es höchstpersönlich, sich vom Kaiser Franz Josef (1830 bis 1916) das Fischwasser „Einen Streckenteil der oberen Salzach mit allen Nebenflüssen" zu erwerben.

Der Wechsel des Fischereirechtes ist urkundlich mit 1883 festgeschrieben. Die legendäre Bräurupin durfte ihren Mann nach Wien zur Unterzeichnung begleiten. Ein prächtiger Spiegel in einem der teuersten Geschäfte gefiel der Frau. Kleider machen Leute. Die in einer einfachen Tracht steckende Wirtin wurde von der Verkäuferin völlig falsch eingeschätzt. Der Preis des Spiegels mit dem üppigen Rahmen wurde der Frau mit Spott vorenthalten. Verärgert über diese Missachtung schlug die Bräurupin spontan das Glas mit ihrem Regenschirm in Scherben. Laut verbürgter Legende soll sie darauf im Dialekt gesagt haben: „Mein Kleid ist wohl bieder, aber das Futter ist gut. Nun wirst du wohl wissen, was der Spiegel kostet!", und zückte die Geldtasche. Das Prachtstück, neu verglast, hängt seitdem neben der Rezeption des traditionsreichen Hauses.

130 Kilometer Fließgewässer, zwei Badeseen, zwei Stauseen, vier Naturseen und gar ein gut besetzter Hochgebirgssee auf einer Meereshöhe von rund 2000 Metern gehören zum Fischereirecht des Hotels Bräurup. Es ist das größte zusammenhängende Privatrevier in Österreich. Ein außergewöhnliches Recht und Erbe, aber auch mit erheblicher Verantwortung und Pflichten verbunden.

• • • • • •

SAALACH

Kraftwerksprojekt

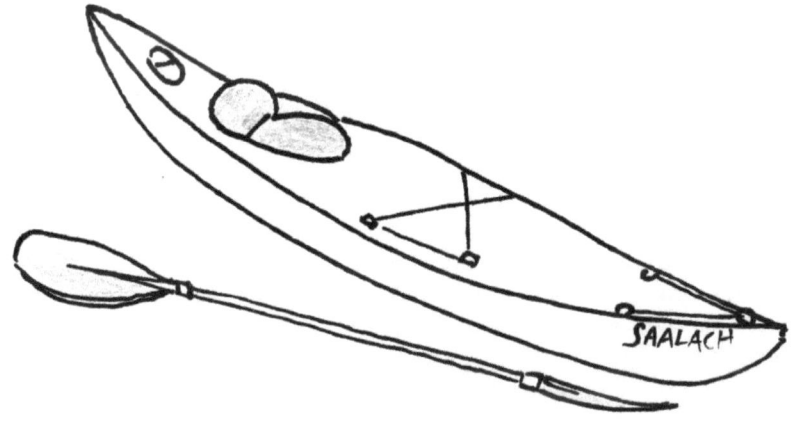

Diese Geschichte hat mir Bernhard erzählt.

Die Saalach ist Namensgeber und Lebensader einer ganzen Region. Die vier Orte Weißbach, St. Martin, Lofer und Unken sind weit über die Grenzen als Salzburger Saalachtal bekannt.

Die intakte Natur ist die Grundlage für eine lebenswerte Heimat und steht für die Wertschöpfung einer gesamten Region. Nicht umsonst werben die Touristiker im Saalachtal mit dem Slogan „Wilde Wasser, die zum Wandern, Baden und Verweilen einladen". Schließlich ist der Fluss von Lofer abwärts bis zum Bad Reichenhaller Saalachsee noch ein ungezähmtes Gewässer. Einzigartig ist das durchgängige Wildwasserrevier für alle Könnerstufen der Rafting- und Paddelszene. Erst kürzlich wurde eine Menge Geld in die Hand genommen, um die Ein- und Ausstiegsstellen für die Wassersportler klar zu beschildern. Geregelt ist somit der naturverträgliche Bootsverkehr.

Die unberührte Natur an den Ufern der Saalach ist eine wahre Kraftquelle. Ein Naherholungsbereich für viele Familien und Abenteuerspielplatz zugleich. Auch ich erlernte an den zahlreichen wilden Badestellen das Schwimmen. Die Sprünge von den Felsen in die tiefen Gumpen kamen Mutproben gleich. Auch das Suchen nach flachen Steinplättchen, um sie danach mit gekonnten Würfen über das Wasser hüpfen zu lassen, war ein vergnüglicher Zeitvertreib.

Die Vielfalt der Wander-, Lauf- und Radwege sowie eine sportliche Kajakstrecke bieten eine einmalige Mehrfachnutzung. Naturerlebnisse liegen voll im Trend. Gar aktuelle Wanderführer beschreiben diesen Flussabschnitt als eine der schönsten Pilgerstrecken des gesamten Jakobweges. Das Ökosystem Fluss ist in diesem Abschnitt ein besonders wertvoller Lebensraum. Eine Anzahl an Tieren und Pflanzen finden hier noch Entwicklungsmöglichkeiten. Es fehlt nicht an Rückzugsgebieten und Nischen für seltene Arten.

Besonders Fische brauchen unbelastete Fließstrecken. Das abwechslungsreiche Flussbett sowie die Dynamik der Saalach treffen die Ansprüche der Salmoniden. Keine unüberwindbaren Wasserfälle oder Querbauten unterbrechen jäh die Wanderschaft der Elterntiere. Ausgedehnte Kiesbänke und Bacheinbindungen erleichtern das Schlagen der Laichgruben. Die mannigfaltigen Strukturen bieten Schutz und Deckung für jede Altersstufe des Fischvolkes. Den Bachforellen und Äschen, den standesgemäßen Fischeinheimischen, mangelt es nicht an Nahrungsquellen.

Seinerzeit schätzten Berufsfischer und Fleischfischer die Äsche als hochwertigen Speisefisch. Ihr rascher Rückgang, verursacht durch menschliche Eingriffe in die Gewässer, leitete den wirtschaftlichen Niedergang ein. Heute ist dieser Edelfisch in vielen Bächen und Flüssen bereits eine Rarität. Leider schreitet das Artensterben unter den lautlosen Fischen allzu rasch voran. Groß ist das Risiko, dass mittelfristig die Äsche mit ihrer prächtigen Rückenflosse aussterben könnte. Schwer ist ihr natürliches Aufkommen beeinflusst.

Der genetisch angepassten Saalach-Äsche muss bereits unter die Flossen gegriffen werden. Erhebliche finanzielle Mittel stellen der Landesfischereiverband Salzburg und der Bezirksfischereirat Pinzgau zur Verfügung, um Aufzuchtprogramm und Besatz durchführen zu können. Zahlreiche Fischer und freiwillige Helfer bemühen sich redlich, um den Lebensraum für die Leitfische zu erhalten.

Weitum zählt der betroffene Abschnitt zu den begehrtesten Fliegenfischereirevieren im Lande. Die Saalach braucht nicht die Fische, um zu sein, aber die Fische sind auf das Element Wasser auf Gedeih und Verderb angewiesen.

Die Gier nach erneuerbaren Energien lässt die Entscheidungsträger immer wieder Kleinkraftwerke genehmigen. Sie pochen auf das öffentliche Interesse und die Verpflichtung der Stromversorgung. Hochwasserschutz ist ihnen wichtig, betonen sie bei jeder Gelegenheit. Vom guten Geschäft für die Steuergruppe wird nicht gesprochen. In vielen Gewässern verschärft sich leider die triste Situation durch die Zerstückelung ihres Lebensraumes. Besonders katastrophal wirkt sich auf die Jungfische der Schwallbetrieb der Wasserkraftwerke aus.

Zudem werden leider die gefiederten und pelzigen Fischliebhaber immer mehr zur Plage. Sie bringen das ursprüngliche Gleichgewicht allmählich zum Kippen. Stetig erhöht sich der zunehmende Fraßdruck durch einfallende Graureiher, Gänsesäger oder Kormorane. Und der putzige Fischotter, einseitig geschützt, schnappt sich die überlebenden Fische. Gar der Klimawandel und die damit verbundene Erwärmung setzen den Sauerstoff liebenden Fischen erheblich zu. Bewirtschafter, die über den Fischtellerrand blicken, bestehen bereits auf ein striktes Entnahmeverbot der Fahnenträger auf den ausgestellten Lizenzen. Auch ruht die Fischerei, wenn durch eine Reihe von sehr heißen Tagen der Stress im Wasser steigt.

Was nützt außerdem die Erkenntnis von zahlreichen Wissenschaftlern, wenn sich verschiedene Leute ein Wasserkraftwerk einbilden. Verdächtig hoch müssen die Förderprämien sein, wenn die Zerstörung einer intakten Flusslandschaft kein schlechtes Gewissen erzeugt.

Hinter verschlossenen Türen schnapsen sich die Macher die Pläne für ein grenzüberschreitendes Ausleitungskraftwerk aus. Eine wirtschaftlich notwendige Wassermenge soll abgeleitet werden. Weiter über einen sechs Kilometer langen Triebwasserstollen an den Kraftwerkstandort fließen, um dort Energie für rund 10.000 Haushalte zu erzeugen.

Die angestrebte Wasserentnahme von rund vier Kubikmeter pro Sekunde entzieht dem Fluss schlagartig die Lebenskraft. Betroffen ist somit auch eine etwa acht Kilometer lange Wildwasserstrecke. Am verbleibenden Restwasser spalten sich die Geister.

Die Geschiebekraft des Wassers erlahmt. Die Ablagerung der Sedimente und die schleichende Verlandung verändern das Gesicht der Saalach. Das permanente Niedrigwasser zerstört den Charakter des wilden Flusses.

In den breit fließenden Abschnitten verbleibt den Sportlern nicht mehr genug Wasser unter dem flachen Kiel. Einige Rieselstrecken sind mit den Booten nicht mehr passierbar.

Die Wasserkraftbetreiber bieten den Paddlern gar ein Zuckerl an, und zwar eine ohnehin notwendige Rutsche am Wehr. Sie wird als Highlight der ganzen Strecke beworben. Der Zweck heiligt nie die Mittel. Naturverschandelung kann nicht mit einer geilen Rutsche für die Wassersportler wettgemacht werden. Außerdem ist so eine Wehranlage nicht nur eine unschöne Betonmauer.

Neben dem Einlaufwerk mit Entsander und Einlaufrechen braucht es auch einen Fischabstieg und eine Aufstiegsanlage. Weiteres sind eine stabile Sohlenanhebung über die ganze Flussbreite, Überlauf- und Absturzbauwerke unerlässlich. Die notwendigen baulichen Maßnahmen sind ein grober Eingriff in die Besonderheit dieser Landschaft.

In den Herbst- und Wintermonaten ist die Wasserführung der Flüsse sehr gering. Der fallende Niederschlag ist in unseren Breiten als Schnee gebunden. Es braucht aber die berechnete Ableitungsmenge, um die Turbinen in Schwung zu halten. Kritische Bürger bezweifeln deshalb insgesamt die Rentabilität des Ausleitungskraftwerkes. Es wäre nicht das erste Mal, dass in Wassernotzeiten das Restwasser angezapft würde. Gesetze lassen Schlupflöcher offen.

In niederschlagsschwachen Sommermonaten drängt das im Fluss verbleibende Wasser die Fische in die verbleibenden Gumpen. Der geringe Pegelstand führt zum Temperaturanstieg, was wiederum die Sauerstoffsättigung im Wasser verringert. Der Lebensraum für die stark bedrohte Äsche wird weiter beschnitten. Für die Fischpopulation insgesamt ist das eine Katastrophe.

Auch die Betreiber diverser Wildwassersportarten sehen sich bei einer Realisierung dieses Flusskraftwerkes in ihrer Existenz bedroht. Denn die zugesicherten Restwassermengen sind eine reine Augenauswischerei.

Einig sind sich die Sachverständigen, dass die Errichtung einer Wehranlage und die hohe Wasserableitung erhebliche Eingriffe darstellen. Eingeschränkt sind auch die Schiebekraft des Flusses und der Transport des Materials. Des Weiteren kann nicht ausgeschlossen werden, dass im Zuge des Stollenvortriebes der Grundwasserstrom beeinflusst wird. Auf jeden Fall ist mit einer Verschlechterung des ökologischen Zustandes der Saalach zu rechnen.

Diese Ansichten sind natürlich Wasser auf den Mühlen der aufgebrachten Bürger. Obwohl die Betreibergesellschaft des geplanten Kraftwerkes bereits den rechtskräftigen Bescheid der wasserrechtlichen Bewilligung in den Händen hält, regt sich mit jedem weiteren Informationsfluss der Aufstand der betroffenen Bevölkerung zu beiden Seiten der Grenze. Wir Einheimischen wollen uns nicht auf Dauer den Wert des Naturerholungsgebietes zerstören lassen. Bürgerinitiativen wachsen wie die Schwammerl aus dem Boden. Wir kämpfen um den Erhalt des Natur- und Landschaftsjuwels. Unsere Nachfahren werden es zu schätzen wissen.

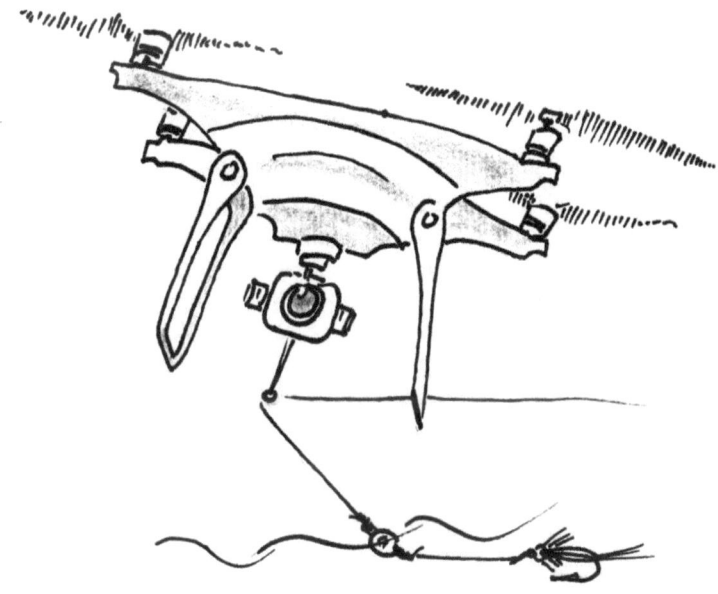

NOCH MEHR ABENTEUER
VON UND MIT WELTENBUMMLER
GOTTLIEB EDER

Ein Hornhecht in der Bermuda verstaut statt im Fangnetz? Blutgierige Stechmücken in der Tundra, die sogar richtige Männer in den Wahnsinn treiben? Eine in der Mongolei langsam kultivierte Darminfektion, die drastische Mittel erfordert? Ach du dickes Ei! Eigentlich hatte Gottlieb Eder nur den Fisch im Sinn und wie man ihn am besten überlisten kann. Doch die vielen abenteuerlichen Reisen über den Oberpinzgau hinaus machen das Zielobjekt immer wieder zum Nebendarsteller. Trotzdem lässt der Angel-Profi auch Nicht-Fischer und Naturliebhaber daran teilhaben, wie man mit List und Tücke Aal, die Vielfalt der Salmoniden und Zander an den Haken bringt. Denn eines ist klar: Das Privileg zu fischen ist ein Geschenk! Und der Traumfisch muss jeden Tag aufs Neue verführt werden, egal ob in der Heimat oder ganz weit weg.

Mongolei! Reiseprospekte und Internet-Recherchen versprachen unglaubliche Eindrücke in den endlosen Weiten der zentralasiatischen Steppe. Doch die Realität sieht anders aus: Das Hotel ist verwahrlost, und die stille Idylle der Jurtensiedlung außerhalb des Speckgürtels von Ulan Bator wird von penetrant stinkenden Plumpsklos ohne fließendes Wasser geprägt. Auf den Kulturschock im Moloch der Hauptstadt folgt das ersehnte Naturerlebnis, denn Gottlieb Eder macht sich gemeinsam mit seinen Reisegefährten auf den Weg Richtung sibirische Grenze. Rentiernomaden und unbegradigte Flüsse sind das Ziel für den passionierten Fliegenfischer. Dann jedoch geht es rasant bergab. Und zwar nicht nur im Landcruiser, sondern auch mit seinen Eingeweiden. Bis Gottlieb Eder eines Tages mutterseelenallein durch die Landschaft irrt und seine Körperfunktionen kaum noch aufrechterhalten kann.

Im (Internet-)Buchhandel und auf editionriedenburg.at

GOTTLIEB EDER

DER FISCHER
UND DAS
FREMDE
WASSER

EINE LIEBESERKLÄRUNG AN DIE
FEDERKRAFT DER RUTE UND
UNSEREN PLANETEN

edition
riedenburg

„Kein Rentier ist so blöde, in dieser gottlosen Weite und Öde als vierbeiniger Blutspender umherzulaufen. Nur wir abenteuersüchtigen Taimenfischer, samt russischer Begleitagentur, schlagen uns durch die Insektenschwärme." (Gottlieb Eders Erkenntnis am Polarkreis)

Unendliche Weiten zwischen den Kulturen, unbändige Kraft der Schöpfung am Haken. Die Sehnsucht nach gewaltigen Flusslandschaften lockt uns in unbekanntes Terrain. Nur hier können wir sie finden, die wahre Freiheit des Fliegenfischens. Irgendwo zwischen Ninilchik, verwilderten Alpen und mongolischem Wasser werfen wir den Köder aus. Geplagt von sibirischen Pferdebremsen, deren einziges Ziel unser warmes Blut ist. Ermahnt von brechenden Dämmen und dem Rückzug angetauter Gletscher, die den unaufhaltsamen Temperaturanstieg unseres Planeten zur bitteren Gewissheit machen. Umzingelt von gefährlichen Bären, deren bloßer Prankenhieb tödlich sein kann. Trotz aller Gefahren und Entbehrungen sind wir auf der Jagd nach den urgewaltigsten Fischen zwischen Alaska, Österreich und Asien. Bereit für den Fang unseres Lebens.

Ein packendes Fliegenfischer-Epos zwischen Alaska, Österreich und Asien.

NOCH MEHR NATUR VON SIGRUN UND GOTTLIEB EDER

Alle Malvorlagen zusätzlich in groß mit leerer Rückseite!

In diesem Malbuch steckt neben jeder Menge Naturwissen auch viel Ausmalspaß: Wenn die Tiere auf einmal so aussehen, wie sie heißen, kommen FANTATIERE dabei heraus! Waschbär, Brillenkaiman, Blindschleiche, Ohrenqualle, Hufeisenfledermaus, Fischreiher, Ringelrobbe, Gänseblümchengans und über 50 weitere Weltbewohner sowie 11 FANTAPFLANZEN (Fliegenpilz, Frauenschuh, Glockenblume und andere) erzählen in bebilderten Steckbriefen über sich. Auf diese Weise wird die ganze Familie zum Experten für Aussehen, Lebensraum, Lieblingsfutter, Freunde und Feinde der fantastisch gezeichneten Flora und Fauna. Umweltschutz, Artenschutz und Klimaschutz bekommen durch die FANTATIERE und FANTAPFLANZEN ein Gesicht. Witzig geschriebenes Fachwissen für lebendige Biologie.

Wie kann ich Bedürfnisse am besten erkennen und klar artikulieren? Jeder Mensch hat Bedürfnisse. Manchmal prallen sie sogar heftig aufeinander. Egal, ob es sich um Bewegung, Harmonie, Ruhe oder Nahrung handelt: Finde anhand der über 60 Selbstbau-Karten dieses Buches heraus, was du brauchst oder was dein Gegenüber gerade brauchen könnte!

Es erwarten dich lauter magisch verwandelte Pflanzen und Tiere mit zugeordneten Bedürfnissen aus der Gewaltfreien Kommunikation (GFK). Du darfst alle in deinen Lieblingsfarben bunt anmalen. Ausgeschnitten und auf stabilen Karton geklebt, ergeben diese Karten ein wunderschönes GFK Bedürfnis-Set.

Im (Internet-)Buchhandel und auf editionriedenburg.at